LE
GUIDE DU PROMENEUR
AUX BARRIÈRES
ET DANS LES ENVIRONS DE PARIS.

INDIQUANT

1° LES BONS ENDROITS POUR BOIRE, MANGER, SE PROMENER,
SE REPOSER, RESPIRER UN AIR PUR, JOUIR DES POINTS DE VUE LES
PLUS AGRÉABLES, DES SITES LES PLUS PITTORESQUES:

2° Les réunions de plaisir les plus en vogue, Bals, Spectacles, Guinguettes, etc.

3° LES FÊTES DE VILLAGE;

4° LA PHYSIONOMIE DE CHAQUE LOCALITÉ, SON ORIGINE,
LES PRINCIPALES PARTICULARITÉS DE SON HISTOIRE, SA POPULATION, LE CARACTÈRE
ET LES MŒURS DE SES HABITANTS, LEUR INDUSTRIE, SES ÉDIFICES
ET SES ÉTABLISSEMENTS LES PLUS REMARQUABLES;

**Enfin, tout ce qui peut y intéresser et ajouter au
bonheur d'une partie de campagne;**

5° Les moyens de transport les plus prompts, les plus commodes
et les plus économiques pour aller et revenir; les heures et lieux soit de départ,
soit de retour, et les prix tant en semaine que le dimanche.

SUIVI DE

Tableaux relatifs aux Restaurants, Marchands de vins-traiteurs, Cafés, etc.,
NOTABLES ET RECOMMANDABLES DANS CHAQUE LOCALITÉ.

OUVRAGE ORNÉ DE GRAVURES ET D'UN PLAN.

Par B.-R.

PARIS.
R. RUEL AÎNÉ, LIBRAIRE,
8, RUE DU PAON-SAINT-ANDRÉ.

1851

LES BARRIÈRES DE PARIS.

COUP D'ŒIL GÉNÉRAL.

Les tours de l'église de Notre-Dame, un des plus anciens monuments de Paris, en occupent encore à peu près le centre. C'est à partir de ce point que, sur toutes les routes qui mettent la capitale en communication avec toute la France, se comptent en kilomètres et myriamètres les distances indiquées par des pierres milliaires, dont le chiffre, très-nettement tracé sur une plaque de bronze ou de fonte, est un utile renseignement souvent consulté par le piéton fatigué d'une trop longue course.

1

Si vous voulez planer de très-haut sur Paris, postez-vous à la cime des buttes Montmartre, ou dans la lanterne, audacieux belvédère dont est surmontée la coupole du Panthéon; de là votre œil pourra embrasser une immense étendue remplie de toutes les créations et de tous les accidents d'une civilisation avancée; vous plongerez à la fois dans la ville et dans la campagne, et, avec l'aide d'un télescope, rien ne vous sera plus facile que de faire sur place de lointaines excursions.

De tous côtés se déroule un immense panorama riche d'aspect et de variété, et rien ne s'oppose à ce que vous découvriez dans toute son étendue la configuration de cet arc un peu irrégulier que trace la Seine dans son cours et qui fait deux portions inégales de cette surface tantôt plane, tantôt montueuse de 34,379,016 mètres carrés, sur laquelle s'élèvent les 29,526 maisons parisiennes et les nombreux édifices affectés, soit à des services publics, soit à des exploitations industrielles.

C'est dans cet espace que se sentent déjà bien à l'étroit, sans cesse coudoyés qu'ils sont par une population flottante de plusieurs centaines de mille étrangers venus de toutes les contrées du globe et de toutes les provinces de la France, 1,053,869 résidents, propriétaires, rentiers, fonctionnaires de l'Etat, employés de toutes classes, gens de lettres, artistes, industriels, ouvriers et personnages d'aventure ou d'intrigue sans moyens connus d'existence.

Du Panthéon vous jouirez d'une magnifique perspective; mais sans doute vous serez curieux aussi de voir comment cette toute petite *Lutèce*, à peine comparable, il y a quelques siècles, à l'un de nos bourgs de première classe, a grandi au point de renfermer dans ses murs une multitude assez considérable pour former à elle seule l'équivalent de ce qu'en Allemagne ou en Italie on ne fait nulle difficulté d'appeler une nation ou un peuple. Ceci est l'histoire du gland qui, dans son origine, donne naissance à une tige à peine perceptible, puis c'est une plante dont les proportions n'ont rien de remarquable; elle croît et n'est presque encore qu'un arbrisseau qui attire peu les regards; enfin, dans le baliveau s'annonce un arbre, et cet arbre est un chêne, le colosse et le quasi impérissable vieillard de l'antique forêt.

Si vous désirez assister rétrospectivement au développement successif d'un germe de cette espèce, montez sur l'une des tours de l'église métropolitaine, orientez-vous : si vous avez derrière vous le chevet de la cathédrale, et devant vous son parvis, vous faites face au couchant. Tout ce pâté de maisons qui s'étend entre les deux bras du fleuve est l'ancien Paris; vous êtes dans une île que les chefs gaulois, au temps de l'invasion romaine, sous Jules César, choisirent pour place de guerre. A cet emplacement se bornait *Lutèce*, chef-lieu du territoire des *Parisis*. Plus tard cette bicoque prit le nom de *la Cité*. La superficie de l'île était alors moins grande d'un cinquième environ qu'elle ne l'est aujourd'hui; sa longueur allait du chevet de l'église jusqu'à l'endroit où a été bâtie la rue du Harlay; elle s'est accrue par sa jonction avec une île de moindre importance; en comblant l'intervalle, on a fait disparaître la séparation. Aujourd'hui elle appuie son extrémité aux arches du Pont-Neuf. Notre-Dame commande et domine tous les autres édifices de la Cité : l'Hôtel-Dieu, la Morgue, la Sainte-Chapelle, le Palais-de-Justice, la Conciergerie, la préfecture de police et la place Dauphine.

La Cité ou *Lutèce* n'avait primitivement d'autre défense que sa ceinture d'eau qui l'environnait de toutes parts; elle ne communiquait avec les deux rives qu'au moyen de barques, qui furent remplacées par des ponts en bois sous Julien-l'Apostat. Alors la ville prit quelque extension du côté de l'ouest. Le palais et les Thermes de Julien, dont les vestiges se voient rue de La Harpe, un peu avant d'arriver à la rue des Mathurins, ne furent sans doute pas construits dans un désert : plusieurs habitations durent s'élever dans le voisinage de la demeure impériale, et il est très-probable qu'à cette époque une rue descendait de la colline dans la direction du lieu où l'on passait le fleuve pour se rendre au temple d'Isis, à la place duquel s'élèverait un jour l'église consacrée à la mère du Christ.

Jusqu'en l'an 885, Lutèce, encore de toutes parts environnée de forêts et de marais presque infranchissables, fut resserrée dans des limites assez étroites. Insensiblement sa population s'étant augmentée, elle déborda sur la rive droite et sur la rive gauche : c'est autour de l'Hôtel-de-Ville jusqu'au-delà de l'église Saint-Germain-l'Auxerrois, et dans l'espace compris entre le bas des rues de La Harpe et Saint-Jacques que se trouvent les anciens quartiers.

Lutèce est devenue Paris et la capitale d'un royaume exposé à de fréquentes agressions. En 1134, Louis VI, dit *le Gros*, l'entoura d'une épaisse muraille et fit creuser des fossés, afin de se mettre à même de résister aux attaques incessantes des grands vassaux. Il n'y a que peu d'années ce cœur de Paris avait encore une physionomie particulière : tout y était compacte et sombre, partout l'aspect de la vétusté; aujourd'hui le marteau a fait de nombreuses éclaircies dans ces tristes et froides demeures de nos ancêtres, et, grâce aux alignements et à la régularité des constructions nouvelles, l'air et la lumière peuvent enfin pénétrer dans des rues élargies et débarrassées de leurs immondices.

Le mur construit sous Louis-le-Gros partait de la rive droite de la Seine, dans le voisinage de l'église Saint-Germain-l'Auxerrois, qu'il enserrait avec toutes ses dépendances ; sur la rive gauche, il reprenait à peu près à l'endroit où commence la rue Mazarine, tout près de l'emplacement sur lequel il est à présumer, d'après les indices fournis par des fouilles récentes, qu'existait autrefois la fameuse tour de Nesle. Paris était alors un peu plus développé sur la rive droite que sur la rive gauche; il était compris tout entier entre deux arcs inégaux de circonférence.

En 1205, sous Philippe-Auguste, le Paris extérieur à l'enceinte était déjà beaucoup plus considérable que le Paris intérieur : ses faubourgs avaient pris une telle importance, qu'on ne dut plus différer de les assimiler à la ville. Cette assimilation s'effectua au moyen d'une troisième enceinte, dite *enceinte de Philippe-Auguste*, dans laquelle fut enfermée une partie de la campagne destinée aux accroissements futurs. Ils furent rapides, notamment sur la rive droite, où ils dépassèrent toutes les prévisions et nécessitèrent bientôt de ce côté une nouvelle clôture ; elle fut bâtie sous Charles V et Charles VI.

Cette quatrième enceinte avait à peu près la configuration de la moitié d'un octogone irrégulier coupé en deux par le cours de la Seine, en amont, un peu au-dessus de l'île Louviers, où l'on voit aujourd'hui la bibliothèque de l'Arsenal ; en aval, à la hauteur du pont des Tuileries. A son point le plus distant de la rivière, elle touchait à ce qu'on nomme aujourd'hui la rue Basse-du-Rempart. La rue du Rempart qui, de la rue de Richelieu, en face du Théâtre-Français, va aboutir à la rue Saint-Honoré, donne un autre point de sa direction.

L'équilibre entre les deux rives tend de plus en plus à se rompre : Paris, stationnaire sur la gauche, s'avance constamment sur la droite ; sans cesse il gagne du terrain et toujours en aval du fleuve. En 1630, Louis XIII fait couvrir cette partie, qui a le privilége de rester la plus vivante, par un mur bastionné, avec des tourelles de distance en distance. La Bastille et ses fossés se reliaient à cet ensemble de fortifications. En 1668, par une ordonnance de Louis XIV, le mur, les bastions, les tourelles, furent transformés en boulevarts, et la ville agrandie resta sans clôture régulière jusqu'en 1784. On peut encore voir, par une inscription placée sur une maison de la rue Dauphine, que, jusqu'au règne de ce monarque, le Paris de la rive gauche s'arrêtait avant d'arriver au carrefour Bussi. Les boulevarts intérieurs retracent le périmètre de la chemise qui formait avant Louis XIV la démarcation entre Paris et ses faubourgs, qui ne cessèrent de s'étendre dans la campagne environnante.

Sous Louis XVI, le savant Lavoisier, qui était en même temps un des 40 fermiers généraux, eut la pensée fort peu philantropique de quintupler les revenus du fisc, en portant les limites de la capitale à une très-grande distance de son centre. C'est lui qui lui assigna une nouvelle frontière dans laquelle furent enclavés tous ses faubourgs soumis dès lors à payer des droits d'entrée sur les principaux objets de consommation.

Cette nouvelle enceinte, assez élevée pour rendre la fraude difficile, fut percée d'un assez grand nombre d'ouvertures pour qu'elles correspondissent à toutes les routes et n'entravassent en aucune façon les relations avec le dehors. Elle suit les contours d'un vaste poligone de 24,100 mètres, c'est-à-dire de 6 lieues, n'ayant pas moins de 40 côtés inégaux, comme les angles qu'ils forment. — Les ouvertures, toutes fermées par une grille et gardées par les employés de l'octroi, sont au nombre de *cinquante-cinq*.

L'immense ligne de fortifications qui, sous le règne de Louis-Philippe, a coûté à la France plus de 750 millions, constitue une autre frontière plus infranchissable dans laquelle on a fait entrer un grand nombre de villages : *sur la rive droite* : Bercy, la Grande-Pinte, Ménilmontant, Belleville, La Villette, La Chapelle, Montmartre, Clignancourt, les Batignolles, Monceaux, les Ternes, Passy, Chaillot, Auteuil, le Point-du-Jour. — *Sur la rive gauche* : le hameau d'Austerlitz, Gentilly, le Petit-Montrouge, Plaisance, Vaugirard, Grenelle. Plusieurs de ces localités ont une population plus considérable que celle de beaucoup de chefs-lieu de département, les Batignolles et Belleville ont l'un et l'autre été mis au rang des cités.

L'enceinte continue, dont les sinuosités géométriques correspondent dans leur ensemble à une étendue de 20 lieues, permet la communication avec la campagne par 56 percées dont les principales sont à ciel ouvert et les autres en forme de tunel.

Les barrières de la rive droite, au nombre de 58, sont

comprises entre la barrière de la Râpée et celle de Passy ; celles de la rive gauche, au nombre seulement de 17, sont comprises entre la barrière de la Gare et celle de la Cunette.

Si l'on fait abstraction des saillies anguleuses formées par les lignes auxquelles appartiennent les 58 barrières de la rive droite, on peut dire que ces lignes qui, dans leur parcours, effleurent le pied des buttes Saint-Chaumont, les abords un peu rudes de Ménilmontant, de Belleville, de Montmartre, etc., dessinent en quelque sorte un arc de cercle commençant et finissant à la Seine, d'une part, par la barrière de la Râpée, de l'autre, par celle de Passy.

Les trois grands rayons, ou si l'on veut, les trois flèches de cet arc, sont les rues Saint-Martin, Saint-Denis et Poissonnière, ayant chacune dans le faubourg de son nom un prolongement qui aboutit à la barrière. — Le segment, sur la rive gauche, égale à peu près en superficie le tiers du segment sur la rive opposée, bien que l'arc qui se termine soit exactement de la même ouverture et s'appuie sur la même base ; l'une de ses extrémités est la barrière de la Gare, à la même hauteur relativement au cours de la Seine, que celle de la Râpée, l'autre extrémité est la barrière de la Cunette, à la hauteur de celle de Passy. C'est par ces quatre barrières que les deux murailles s'abouchent aux deux rives du fleuve dont la passe, en amont comme en aval, est gardée par des bateaux en vedette, qui s'opposeraient à tout introduction par eau.

Les Parisiens ne virent qu'avec douleur s'élever cette triste clôture qui ne pouvait jamais les protéger et qui établissait dans leur ville la cherté de tout ce qui est de première nécessité. Le travail n'était pas achevé, qu'il avait déjà coûté 25 millions, et il excitait les plus vifs mécontentements, quand, au 14 juillet 1789, le peuple brisa les barrières. L'Assemblée nationale, le 1er mai 1791, décréta l'abolition des droits d'entrée dans les villes ; le Conseil des Cinq-Cents, le 27 fructidor an 7, les rétablit sous le titre d'octroi municipal de bienfaisance, et il en affecta le produit aux hôpitaux. Le régime impérial fit rétablir les barrières et achever le mur d'enceinte. La Restauration maintint l'impôt et étendit même la perception à plusieurs objets qui jusque-là en avaient été exempts, en prononçant des peines plus sévères contre ceux qui tenteraient de s'en affranchir. Pendant l'insurrection de juillet 1830, plusieurs barrières furent brisées ou incendiées; le même fait fut répété en février 1848. Le gouvernement provisoire eut quelque velléité de supprimer un impôt qui, depuis longtemps, soulève une telle antipathie; mais, en attendant que la science économique puisse fournir un moyen de supprimer entièrement les taxes sans compromettre les ressources nécessaires à la cité, on s'est borné, pour répondre au reproche qu'elles n'effleuraient que les jouissances des riches, à frapper d'un droit quelques-uns des nombreux articles qui sont principalement à leur usage.

Les frais de perception de l'octroi ne s'élèvent pas à moins de *deux millions cent soixante-cinq mille six cent un francs.*

La recette totale, pendant l'année 1849, a été de *trente-trois millions dix-sept mille sept cent quarante-huit francs* prélevés sur les boissons, sur les alcools dénaturés pour leur emploi à l'éclairage ou dans les arts, sur les liquides, huiles, vinaigres, raisins, sur les viandes ou autres comestibles, sur les combustibles, sur les fourrages, les matériaux et bois de construction.

Les vins en bouteille, huile d'olive, pâtés, écrevisses, truites, saumons, turbots, esturgeons, huîtres, volailles fines, gibiers, dindes, oies, lapins, agneaux, chevreaux, cire blanche, bougie, etc., ont à peine produit *dix-huit cent mille francs;* tel a été résultat des droits nouvellement établis. Le budget municipal de Paris contient un chapitre pour les dépenses destinées à solder la délation en matière de fraude des droits du fisc. Cet espionnage, pour le compte de l'octroi est la dernière ressource du fraudeur dont toutes les ruses et stratagèmes ont été percés à jour. Trahi, ou pris trop fréquemment en flagrant délit, il devient à son tour un faux frère, et mérite ainsi l'indulgence.

Pas un ballot, pas une caisse, pas un paquet, expédiés de l'extérieur ne pénètrent à l'intérieur de Paris sans avoir été ouverts, examinés, scrutés, sondés, et, parfois, les objets qu'ils contiennent en souffrent quelque peu. Pas une malle, pas une valise, pas un sac de nuit, pas un nécessaire apporté par un voyageur, pas un colis, pas une calebasse, expédiés par le commerce, ne peuvent se soustraire à l'investigation des commis. Le fisc municipal, s'il se le mettait en tête, pourrait s'assurer, lorsque vous vous présentez à la barrière, qu'entre votre peau et votre gilet de flanelle vous ne portez point d'objets soumis aux droits. Si le fisc ne vous visite pas toujours ainsi, c'est pure bienveillance de sa part. Son droit va jusque-là, ou plutôt son droit n'a pas de limite, et les promeneurs parisiens, à qui il a pris la fantaisie bien naturelle d'aller respirer l'air de la campagne, ont toujours, en repassant à la barrière, la jouissance de se voir, eux, leurs femmes et leurs filles, examinés, maniés et fouillés comme des voleurs ou des contrebandiers. Que l'on rentre avec des reliefs de son dîner qu'on aura emporté de Paris pour n'avoir point à faire de dépense, pâtés, veau ou jambon, quelque peu qu'il y en ait, on le saisira, peut-être même fera-t-on un procès-verbal, si l'on n'a pas cru que la déclaration en fût obligatoire.

Au point de vue architectural, les barrières de Paris construites sur les plans de l'architecte Ledoux méritent peu de fixer l'attention : presque toutes sont des édifices sans goût, un lourd assemblage de pierres de taille bizarrement disposées, des bâtiments sans appropriation à la destination qu'on voulait leur donner. Rien de plus pitoyable que la fécondité prétentieuse qui ne sut produire qu'une si pauvre, si mesquine, si triviale variété. Nous ne nous arrêterons pas devant ces monumentales guérites de l'octroi; au-delà commence un autre monde qui se teint plus ou moins des nuances si diverses de la grande cité, bien que sous une foule de rapports il en diffère essentiellement.

Le dimanche, le lundi, quelquefois même le jeudi, une grande partie de la population parisienne, celle du moins qui travaille ou tient le comptoir pendant les journées pénibles de la semaine, se répand dans la zone comprise entre le long mur de l'octroi et l'enceinte des fortifications. C'est là que toute cette masse de boutiquiers et de prolétaires laborieux va voir une campagne qui n'existe plus, car le moellon a tout envahi, et où, il y a peu d'années encore, l'œil pouvait se reposer sur la verdure, où les pelouses et les ombrages invitaient à s'asseoir, il n'y a plus que les murs rougis des marchands de vin bleu, les tables disloquées des guinguettes, une atmosphère de fanges et de fritures, des rues sales, où une stupide tendance à la *villa* alterne avec la dégoûtante réalité du bouge, du repaire ou du lupanar. C'est dans ce rayon que l'épicier, le bonnetier, le charcutier retirés du commerce, se donnent leur maison de plaisance et leur quasi-jardin ; au milieu des eaux de savon en putréfaction, des nauséabondes senteurs de la gadoue ou de la poudrette et des vapeurs méphitiques de tous les établissements insalubres consignés aux portes de Paris par les résultats de l'enquête hygiénique *de commodo et incommodo.*

Depuis vingt ans l'écorce de cet énorme tronc qui fut jadis Lutèce s'est singulièrement grossie. Que de lichens, que de mousses, que d'agarics vénéneux, que de parasites de toutes espèces, que d'insectes dangereux, que d'existences infectes, ou tout au moins suspectes, se sont implantés là pour obtenir leur subsistance, pour la pomper, qui d'une façon, qui d'une autre, du grand corps dont ils semblent être une des émanations! Cette écorce où se mêlent le bien et le mal, cette plus voisine banlieue de la capitale, est aussi le pays des grandes usines, des fabriques, des manufactures importantes, et de quelques industries qui emploient beaucoup de bras et exigent de vastes emplacements.

Non loin de ces bâtiments qui s'isolent d'ordinaire, dont les murs froidement réguliers sont percés de nombreuses fenêtres, remarquez-vous quelque hangar pareillement isolé? Une hutte de vieilles planches mal jointes, encapuchonnée d'une toile à voile salement goudronnée pour préserver de la pluie un intérieur des plus nus. Une épaisse fumée s'échappe de ce taudis : à la voir fuir par mille interstices, vous imagineriez que là se couvent les flammes dévorantes d'un incendie au moment d'éclater ; il n'en est rien, ce sont des fraudeurs et leurs maîtresses qui se chauffent, en s'abreuvant du trois-six, ou d'un cru douteux d'Orléans ; ils s'apprêtent à se *farguer de la camelote* (se charger de l'alcool ou de l'huile), qu'ils se proposent d'introduire dans Paris, sans mettre dans leur confidence la vigilante milice de l'octroi.

La hutte où ils se rassemblent, combinent leurs ruses, préparent leurs stratagèmes, est ce qu'ils appellent le *château des Ventouses* ; c'est un réceptacle de femmes de mauvaise vie, d'hommes sans aveu qui ont eu maints démêlés avec la justice ; c'est en même temps une école d'immoralité, de fainéantise et de crime pour l'ouvrier qu'un trop long chômage condamne à accepter comme une ressource de transition pour sa famille et pour lui le trop chanceux métier de fraudeur.

L'ouvrier qui a goûté une fois de cette vie aventureuse se familiarise avec le gain et la débauche faciles ; bientôt il oublie sa femme et ses enfants, qu'il voulait secourir, pour des dévergondées devenues ses intimes ; son ménage est détruit et lui-même est perdu sans retour : infailliblement il est sur le chemin de la correctionnelle ou de la Cour d'assises ; il y a pour lui du bagne ou de la réclusion en perspective. Sa peine expirée, il reviendra parmi ses camarades de l'*extra muros* ; il les retrouvera, et il recommencera avec eux cette vie de bohême, parsemée d'aubaines et de déshonorantes catastrophes.

Entre les deux enceintes, il y a bien des peuplades, chaque barrière, pour ainsi dire, a la sienne, qui reflète un peu les mœurs du faubourg auquel elle correspond, et emprunte en même temps quelques traits des ci-devant villageois de la banlieue, métamorphosés par leur prospérité en citadins d'une rusticité de voyous.

Dans toute cette collection de peuplades diverses, le failli, le banqueroutier, l'escroc de bas étage, le libéré, le maraudeur, le rôdeur, l'individu de l'un ou l'autre sexe réduit à se dérober aux inconvénients d'une fâcheuse réputation, peuvent toujours se flatter de trouver un milieu où l'on s'inquiétera peu de la pureté de leurs antécédents, de ce qu'ils sont et d'où ils viennent ; si la police ne s'en mêle, personne ne s'en enquerra.

Cette locution proverbiale *marié au treizième,* prise dans l'acception qu'elle avait avant que le treizième arrondissement eût une existence légale dans le département de la Seine, peut s'appliquer à la plupart des couples qui viennent cohabiter à proximité des barrières.

Les petits commerces sans mise de fonds, sans marchandise, sans achalandage y foisonnent ; les débits de *consolation* s'y fondent avec une simple bouteille de rogome, et dix flacons transparents d'une eau diversement colorée. L'épicier s'installe avec des barriques et des caisses vides, des chandelles de bois et des cônes de glaise recouverts d'un papier bleu pour figurer les pains de sucre. Plus d'un marchand de vin n'a dans sa cave que l'unique feuillette de bleu dit d'Argenteuil, qu'il livre à la consommation sous tous les cachets et à tous les prix possibles, et plus d'un gargottier, qui a fait écrire sur sa porte : *un tel donne à boire et à manger,* ne sait en se levant si, faute de provisions et d'argent, s'il ne se couchera pas sans souper : il faut qu'un passant se fourvoie pour le nourrir.

Peu de marchands des barrières sont assurés d'un lendemain. Les boutiques, magasins, cabarets, guinguettes, estaminets ou cafés, ne font là que se fermer derrière un localaire qui s'est éclipsé en mettant la clef sous la porte, que s'ouvrir pour un autre qui l'imitera. Rien de stable, rien de prospère que les vastes établissements où l'attrait d'un orchestre assourdissant, d'une batterie de cuisine resplendissante, d'un jardin de lilas, d'un salon de 600 couverts pour noces et festins, et d'une foule de cabinets particuliers pour les noces à huis-clos, amène l'affluence aux beaux jours de l'année. Les propriétaires de ces échantillons du pays de Cocagne sont les heureuses notabilités de céans; à eux toute l'importance locale et les honneurs municipaux; à eux les grades dans la garde nationale, tant pédestre qu'équestre; dans cette milice plus ou moins fricoteuse de la petite banlieue, qui paie à boire peut avoir de l'avancement. Dans un temps l'ambition était aussi permise aux *pratiques* qui avaient servi sous *l'autre*, on les régalait même pendant qu'ils régalaient à leur tour du récit plus ou moins véridique de leurs campagnes. Marengo, Austerlitz, Friedland, Moscou et surtout Waterloo payaient l'écot pour eux; mais aujourd'hui, c'est fini pour la gloire, les *culottes de peau* ne sont plus écoutées, c'est du vieux, du trop vieux; les bédouins et Abd-el-Kader ne font même plus les frais de la conversation : personne ne se vante de ses exploits dans la guerre civile; on ne parle plus que de la Californie, de San-Francisco, du Sacramento, des mines d'or et des malheureux qui vont y puiser à pleines mains: ce sont les *écoute-s'il-pleut* du moment.

La Californie apparaît déjà sur les enseignes; elle se substitue au *Grand-Vainqueur* et au *Petit-Caporal*, qui ne sont guère plus de mode que dans les parages des Invalides. Méfiez-vous de la Californie, tant d'enseignes sont trompeuses! Si vous lisez quelque part (et vous en aurez fréquemment l'occasion) *bon petit vin de propriétaire*, *je vends mon vin*, *vin du vigneron*, ne donnez pas dans le panneau; il y a un puits dans la maison, et l'on vous abreuvera d'une décoction des plus malfaisantes; le soi-disant propriétaire et vigneron cumule deux professions sous une

patente unique : teinturier et empoisonneur. Gens de tous
états qui n'ont pu faire leurs affaires dans Paris, achè-
vent de se couler dans la petite banlieue; quelquefois pourtant ils prennent racine dans son sol et y végètent jusqu'à
la fin : le cordonnier y devient inhabile à la fine chaussure,
le tailleur s'y rouille et devient incapable de donner la
moindre tournure à la coupe de ses habits; la modiste s'y
perd la main et se fausse le goût dans les rhabillages; la
lingère ne confectionne plus que des layettes, des blouses
ou des bourgerons; pas de talent, pas d'aptitude qui ne se
perde; la fine fleur des cuisinières s'étiole dans la fastidieuse
et incessante répétition de l'éternelle gibelotte de lapin ou
de chat, l'un vaut l'autre, ou bien elle s'épuise à métamor-
phoser en bifteck la chair du cheval abattu, à raffermir le
veau mort-né. Au reste, les supériorités en quoi que ce
soit se trouvent si bien dans Paris, que rarement elles émi-
grent dans la petite ou dans la grande banlieue, qui n'est
après tout que le refuge des masettes et des camps-volants.
Ces derniers sont en perpétuelle circulation de la rive droite
à la rive gauche, de la Râpée à la Cunette, de la Garre à
Passy, se dépaysant à coup de déménagements furtifs, de
barrières en barrières, et arrivant inévitablement, par une
série de châteaux en Espagne et de trous faits à la lune, au
terme fatal de l'hôpital ou de la prison.

C'est dans la petite banlieue que le tourlourou rencontre
son île de Calypso. Les nymphes qui l'attirent en manière
de syrènes fortement avinées, sont tout ce qu'il y a de plus
révoltant dans la prostitution. Les antres enfumés qui les re-
cèlent sont souvent le théâtre de rixes sanglantes. Si, en
votre chemin, vous apercevez, entassée dans une tapissière,
une troupe femelle hurlant des couplets plus ou moins dé-
cents et agitant des bouquets dont l'éclat et la fraîcheur
contrastent avec la tenue désordonnée, la flétrissure mal
dissimulée et le caractère anti-virginal de ce groupe, dites-
vous que ce convoi à l'air dévergondé se compose des
prêtresses de Vénus Cloacine, soumises à la visite du dis-

pensaire au bureau des mœurs; c'est le contingent des Laïs
de barrière qu'on ramène au gîte, en attendant qu'elles soient
envoyées à Saint-Lazarre. Tous les ci-devant villages enclavés dans la dernière enceinte de Paris sont infestés de
cette lèpre, qui, se trouve-t-elle inoccupée au logis commun, va comme errante s'embusquer dans les chemins de
traverse, à l'affût du promeneur isolé; malheur à lui s'il
succombe à une inconcevable tentation! Il n'y a plus de
sûreté ni pour sa vie ni pour sa bourse. C'est dans l'immonde fréquentation de ces viragos, au milieu des brocs et
des pintes, que les beaux fils villageois, dont les parents se
sont enrichis par la culture maraîchère ou par le blanchis-
sage sur une grande échelle, se façonnent à tous les genres
de dépravation; c'est ce qu'ils appellent *s'affranchir*.
Montmartre possède un moulin à vent où s'opèrent des af-
franchissements de ce genre.

Pauvre génération que celle qui proviendra de ces indigènes de la petite ou de la grande banlieue! Pas un pan de
mur qui n'annonce qu'elle est sérieusement menacée; partout s'étalent sur le plâtre les affiches de Boiveau-Laffecteur,
du docteur Olivier, de Charles-Albert et de leurs nombreux
concurrents; mais, comme les filles ne vont pas moins à la
dérive que les garçons, et que les uns et les autres sont en
pleine décadence de mœurs, les placards donnant l'adresse
et le prix des maisons d'accouchement frappent à chaque
instant les regards. Ils prouvent l'utilité pour tout le monde
de savoir lire, ne fût-ce que le gros caractère.

L'indigène de la banlieue a tous les vices du Parisien
sans avoir aucune de ses qualités: tout bourgeois est à ses
yeux une proie qu'il doit exploiter et mépriser en même
temps. Il ne manquera jamais de le rançonner à outrance.

Si vous dirigez vos pas par un étroit sentier à travers les
rares parcelles de vigne qui se remarquent çà et là dans
cette zone autrefois en grande partie consacrée à la culture,
gardez-vous de vous baisser ou de vous accroupir, si c'est

aux approches de la maturité du raisin, on sera trop heureux de vous avoir aperçu et de vous conduire chez le maire, où, sur des témoignages menteurs, vous serez infailliblement condamné à l'amende, comme un larron assez peu délicat pour mordre indûment à la grappe. Payez et soyez content de n'avoir pas été battu !...

Ennemi du bourgeois, le cultivateur aisé de la banlieue vise cependant à lui ressembler, sinon par ses manières, du moins par son costume : les jours de grandes fêtes et tous les beaux dimanches, il se munit de ses breloques, de sa chaîne d'or, se chausse de ses bottes à semelles cabochées pour plus d'usage, endosse la rédingote de longueur, ou l'habit de fin drap en queue de morue, s'il n'est exagérément écourté, se coiffe du chapeau soyeux et s'enfile dans un pantalon qui laisse voir jusqu'à mi-jambe la couleur des bas, lorsqu'il en a, pour fignoler son gros pied dans un escarpin. Ceci est d'une coquetterie grossière et passablement arriérée. Filles et femmes se sont montrées beaucoup mieux entendues dans leur toilette; elles se sont résignées à vouloir toujours paraître de leur village, et celles qui essaieraient de jouer la demoiselle ou la dame seraient des exceptions. Honnies, goaillées par leurs voisines, elles passeraient par les langues envenimées des moins vipères ; les tailles se sont allongées, les vieilles mamans seules sont restées indélébilement fidèles aux tailles courtes, au jupon extérieur, au tablier traditionnel de taffetas noir, vert, bleu, aurore ou violet. Les grosses blanchisseuses et les respectables moitiés des gros nourrisseurs, les laitières de première classe attendent Pâques ou Noël pour se carrer, les poings sur la hanche, dans leur robe de lévantine fleur de pêcher. Conservatrices à l'excès, ce n'est qu'au jour de ces grandes solennités qu'elles font prendre l'air à leurs hardes les plus précieuses et mettent au vent les nombreuses rangées de leur jaseron. Leur progéniture féminine ne se requinque jamais sans corset, sans l'artifice menteur de toutes les étreintes qui condensent ses appas, leur impriment un montant attractif et les préservent de vagabonder. Elle vise à la taille de guêpe et n'est plus étrangère aux progrès de la cosmétique; plus d'une *fille de vierge* (on désigne ainsi celles qui, avec ou sans dévotion, sont enrôlées dans la confrérie, dont la place à l'église est dans la chapelle de la mère de Jésus); plus d'une fille de vierge, disons-nous, demande sa fraîcheur aux illusions du rouge végétal, et la blancheur de ses mains aux confections de l'illustre madame Màt; celle qui cherche un épouseur; vous embaume en passant de son eau de Cologne et vous émerveille de sa tournure perfectionnée par toutes les crinolines de l'univers.

Il y a quelque vingt ans, pour ne trouver aucune différence entre une demoiselle de Paris et une fille de la petite banlieue faubourienne, il aurait fallu les voir toutes deux dans le simple appareil de notre mère Eve; aujourd'hui il n'est plus besoin de les voir déshabillées: la première sera tout à fait, pour le décor, semblable à la seconde, si vous lui ôtez le joli bonnet et les riches dentelles qui laissent à découvert les bandeaux d'une chevelure bien lissée et ses provoquants accroche-cœurs. Cette tenue dominicale, pour laquelle a été abandonnée la marmotte des heures de travail, s'unit parfois à un minois des plus agaçants, à un décolleté de gestes et de paroles, à une effronterie un peu cynique, un peu poissarde, très-propres à enhardir un citadin peu déluré; mais qui s'y frotte s'y pique : ces demoiselles n'ont nul souci du *monsieur;* leur galant, si elles le rencontrent à la danse, c'est celui qui, en quittant les cartes ou le billard, au sortir du cabaret, les accostera d'un vigoureux coup de poing dans le dos, tendre caresse qu'elles lui rendront au centuple. Au reste, si vous ne voulez qu'il vous en mésarrive ne faites jamais la cour à l'une de ces beautés, quelque séduisante qu'elle soit : elles sont perfides ni plus ni moins que des transtéverines; et si elles ne vous tendaient un guet-apens, tous les garçons qui les regardent comme leurs Sabines ne manqueraient pas de vous traiter comme un Romain. Gare à qui se risque à chasser sur leur terre, cette fois le Romain aurait du dessous ; que voudriez-vous qu'il fît contre tous ? qu'il mourut ? Non, qu'il fût circonspect ou plutôt réservé.

D'une barrière à l'autre, d'un village à l'autre de la petite banlieue, il y a les plus étonnants contrastes ; ici le sang est beau, la constitution vigoureuse ; à quelques centaines de mètres de là hommes, femmes, enfants, tout est misérable, languissant, étiolé ; ici on parle à peu près le français vulgaire, tout à côté on n'entend que les idiotismes des faubourgs, un jargon singulier et ignoble, auquel vient se mêler l'argot des prisons et des bagnes ; pas de cabaret, pas de guinguette où l'on *n'entrave* ; on se croirait dans des cavernes de voleurs.

Sous tous les rapports, mœurs, habitudes, costumes, langage, opinions, chaque barrière participe du faubourg qui l'avoisine ou qui la hante. Aussi, autant de barrières, autant de physionomies, d'allures, de manières d'être diverses sur toute la zone. Dans tous les villages qui la peuplent sont répartis les bouchers, les boulangers, les charcutiers, qui viennent dans les halles vendre au prolétaire les viandes de qualité inférieure, le pain de farine avariée, et le cochon atteint de ladrerie. Les horticulteurs qui exploitent dans les marchés et chez eux la plus innocente des passions, celle dont on s'est épris pour les dons de Flore, n'ont point adopté de région spéciale pour leurs établissements ; les maraîchers affluent de toutes parts, et sans doute qu'il y a des laitiers-nourrisseurs dans tous les endroits où l'eau leur permet de faire l'abondance au nez et à la barbe du galactomètre, impuissant croquemitaine qui n'a jamais découragé la fraude.

Nous avons esquissé les caractères généraux de la banlieue faubourienne, les traits communs à l'ensemble, nous venons de les grouper, nous allons maintenant procéder à une exploration de détail, en prenant pour point de départ la barrière de la Râpée, et ne nous reposant un instant dans notre ronde circulaire que sur les hauteurs de Passy.

Dans cette pérégrination, nous tâcherons de ne rien omettre de ce qui peut intéresser la curiosité ; nous dirons tout ce qu'il y a de remarquable ; nous indiquerons tous les lieux où l'on peut encore s'arrêter avec plaisir, où l'on peut entrer sans se compromettre ; nous ferons connaître tous les établissements, restaurants, cafés, bals, guinguettes, qui se recommandent au public soit par l'irréprochable qualité et le bon marché des objets de consommation, soit par l'honnête composition des sociétés qui s'y rendent les dimanches et les jours de fête. Tout n'est pas à dédaigner à la barrière ; mais il y a un choix à faire, et les honorables exceptions, celles qu'en conscience nous devrons signaler sont encore nombreuses. Nous visiterons ensemble le monde des morts, les cimetières du Père-Lachaise, de Montmartre, du Montparnasse ; puis, après avoir jeté quelques fleurs sur une tombe délaissée, nous chercherons de moins lugubres impressions dans l'un des théâtres du directeur Seveste, et s'il vous plaît de faire de plus lointaines excursions, nous vous indiquerons les divers embarcadères et les heures de départ.

BARRIÈRES SUR LA RIVE DROITE

EN FAISANT LE TOUR DE PARIS PAR LES BOULEVARTS EXTÉRIEURS,

depuis la Râpée jusqu'à Passy .

1. La Râpée.
2. Bercy.
3. Charenton.
4. Reuilly.
5. Picpus.
6. Saint-Mandé.
7. Vincennes (ci-devant du Trône.
8. Montreuil.
9. Fontarabie.
10. Des Rats.
11. D'Aunay.
12. Des Amandiers.
13. Ménilmontant.
14. Des Trois-Couronnes.
15. Ramponneau (autrement de *Riom* ou de l'*Oreillon*).
16. Belleville.
17. De la Chopinette.
18. Du Combat.
19. De la Boyauderie.
20. De Pantin.
21. De La Villette ou S.-Martin.
22. Des Vertus.
23. De Saint-Denis.
24. Poissonnière.
25. Rochechouart.
26. Des Martyrs.
27. Montmartre.
28. Blanche.
29. De Clichy.
30. De Monceaux.
31. De Courcelles.
32. Du Roule.
33. De Neuilly et de l'Étoile.
34. Des Réservoirs.
35. De Longchamps.
36. De Sainte-Marie.
37. De Franklin.
38. De Passy.

BARRIÈRES SUR LA RIVE GAUCHE

DEPUIS CELLE DE LA GARE JUSQU'A CELLE DE LA CUNETTE EN SUIVANT LES BOULEVARDS EXTÉRIEURS.

1. De la Gare.
2. D'Ivry.
3. D'Italie ou de Fontaine-bleau.
4. De Croulle-Barbe.
5. De Loursine.
6. De la Santé.
7. D'Arcueil.
8. D'Enfer.
9. Du Montparnasse.
10. Du Maine.
11. Des Fourneaux.
12. De Vaugirard.
13. De Sèvres.
14. Des Paillassons.
15. De l'Ecole-Militaire.
16. De Grenelle.
17. De la Cunette.

BARRIÈRE DE LA RAPÉE.

BERCY (GRAND ET PETIT). — CONFLANS.

Prenons pour point de départ la place de la Bastille, et dirigeons-nous vers la barrière de la Râpée.

Nous franchissons d'abord le faubourg Saint-Antoine, cet immense quartier si vivant, si industriel, si laborieux, si matinal dans toutes les saisons. Là, sont les hommes forts, énergiques, courageux de la grande cité, l'élite intelligente des ouvriers infatigables venus de tous les départements de la France pour satisfaire aux exigences du luxe et de la civilisation.

L'Alsacien, le Comtois aux instincts si sérieusement patriotiques, dominent par le nombre dans cette population active de producteurs d'une richesse dont la source ne se tarira pas aussi longtemps que Paris sera la métropole des sciences et des arts, d'une richesse qui créerait pour eux une prospérité certaine, durable et incessamment croissante, si jamais Paris pouvait devenir en réalité le foyer de la li-

berté, sous toutes ses formes. Aussi est-ce au faubourg
Saint-Antoine que vit dans sa plus fière intensité ce sentiment démocratique qui tend à s'étendre dans toute la France,
et qui bientôt ne laissera plus de place aux vieilles idées.
Causez un instant avec ces prolétaires, qui ne demandent
au travail que ce que le travail doit valoir, une assurance
contre la misère, et vous ne tarderez pas à vous apercevoir
combien depuis peu d'années le monde a marché ; ils vous
étonneront par leur bon sens, par la solidité et la simplicité
de leur raisonnement, comme ils vous édifieront par la
douce austérité de leurs mœurs, leur esprit de famille et de
confraternité, la pureté de leurs intentions, la justice de
leurs vœux et de leurs espérances.

Si l'on se reporte au temps passé, on peut se souvenir que
Bonaparte l'ancien fut l'idole du faubourg Saint-Antoine,
où son plus zélé partisan était le filateur Richard Lenoir ;
mais auparavant ce faubourg avait avec son général, le bras-
seur Santerre, déployé le drapeau révolutionnaire. Sous
Louis-Philippe, il eut le malheur de croire que tout changement doit conduire à un meilleur ordre de choses ; depuis
il s'est complétement désabusé, et de déceptions en déceptions, il en est venu à cette inébranlable et sage conviction,
que les travailleurs ne doivent rien attendre que de la stabi-
lité et d'eux-mêmes. Tout mouvement politique les trouve-
rait sachant positivement ce qu'ils veulent ; car à cette heure,
grâce au progrès, où il y a des bras, il y a de la pensée et
de la réflexion..... Ce qu'ils veulent aujourd'hui, ce qu'ils
voudront demain, c'est la paix à l'intérieur, la paix qui
active et féconde tout, la paix qui rassérène le riche, et
fait grandir sa bienveillance à l'égal de sa sécurité. Le temps
des barricades est passé : après les agitations les labeurs,
après les troubles et la guerre civile, dont Dieu nous préserve à jamais, le bon accord et l'union, source de toutes
les joies et de toutes les prospérités.

Mais revenons à ce qui est simplement objectif, et poursuivons notre chemin à travers les mille bruits divers qui

attestent que les habitants de ce faubourg ne sont pas gens à faire la grasse matinée lorsqu'un mauvais vouloir ou des terreurs exagérées n'ont pas fait brutalement fermer les coffres-forts de la commandite. Dieu veuille que les marteaux du forgeron continuent à nous assourdir, que notre tympan soit sans cesse déchiré par les bruits stridents de la scie, par les sifflements du rabot, par le va et vient du soufflet qui vivifie la flamme ardente du Mons et du Saint-Etienne! Puisse ne jamais s'éteindre la fournaise, l'enfer des fonderies, et s'élever jour et nuit des cheminées *obeliscales* ces fumées rouges qui sont comme le symbole et le drapeau d'une florissante industrie!

Nous sommes ici dans le pays des inventions éminemment utiles, des créations gigantesques, des appareils monstres, des machines les plus colossales, les plus ingénieuses, et, tout à côté de ces travaux de Cyclopes, il nous faut admirer des chefs-d'œuvre d'une délicatesse et d'un goût exquis; la plus belle, la plus élégante, la première ébénisterie du monde; des meubles que l'exportation fera accueillir avec joie aux derniers confins de l'univers. Ici on battrait les Cosaques avec enthousiasme, on braverait le czar s'il nous attaquait. En attendant, on travaille pour lui, on l'humilie en palpant ses roubles, car il se dira : Ceci vient de France, ceci vient de Paris, ceci a été fait par des citoyens policés; et il regrettera de n'avoir sous sa main que des esclaves et des sauvages impuissants.

Passons devant l'hospice du Petit-Saint-Antoine, ce grand bâtiment que vous voyez à votre droite, et entrons dans la rue de Reuilly, où nous pourrons visiter la célèbre manufacture de glaces : nulle part, en Europe, il ne s'en est coulé d'un plus grand volume.

Suivons toujours la rue de Reuilly jusqu'à celle de Rambouillet, qui nous conduira directement au quai de la Râpée par la rue Villot.

Nous voici arrivés sur le premier théâtre de nos explorations : nous sommes en pleine Bourgogne. *Bonum vinum lætificat cor hominis,* traduction fidèle : *Le bon vin réjouit le cœur de l'homme;* mais ce lait des vieillards met aussi en gaîté les adultes, et il paraît qu'il n'est pas moins efficace pour les entretenir dans un état de florissante santé.

La Râpée et son port, quel coup d'œil ravissant pour un membre altéré de la société libre des véritables œnophiles! De tous côtés des tonneaux pleins de vin, des figures de la plus expansive jubilation, des hommes faisant leur commerce le verre à la main; de grandes ou de petites affaires se traitant avec une indicible et parfois bruyante satisfaction *inter pocula*, entre pots et brocs; des restaurants bien servis : l'estomac du commerçant en vin demande du substantiel, et la délicatesse de son palais s'userait infailliblement sur des mets d'une saveur équivoque; des guinguettes qui ne chôment jamais, des cafés qui ne désemplissent pas; car point de marché n'arrive à sa conclusion qu'on ne l'arrose du noir moka toujours un peu *chicoracé* et du cognac artificiellement vieilli : *res ratafiat.* — C'est entendu, on ne s'en dédira pas; c'est l'étymologie du ratafiat, vous apprendront les érudits philologues de la ci-devant royale Académie des inscriptions et belles-lettres.

Ce n'est pas à la Râpée que l'on croira facilement que le monde doit finir un jour; tant de caves pleines, tant de bateaux chargés de vin, tant de tonneliers à la face rubiconde, frappant à coups redoublés sur les cerceaux de tant de tonneaux, qui ne resteront pas là béants et sans fond comme celui des Danaïdes, vous disent assez que si à la Râpée les *coups de soleil* sont à craindre, en dépit des observations prophétiques de l'illustre François Arago et de ses confrères en astronomie, on n'y craint pas les coups de lune.

Le port de la Râpée, très-fréquenté en toute saison, fut jadis en grande renommée pour ses matelottes, mais aujourd'hui les pêcheurs ont transporté ailleurs leurs filets, et à la Râpée la matelotte ne se fait plus guère que de commande.

Ce port doit son nom à une maison qu'y avait fait bâtir un sieur la Râpée, commissaire général des guerres sous Louis XV. Depuis lors ce lieu est devenu l'entrepôt des vins, eaux-de-vie, huiles, vinaigres, etc., qui arrivent par la Seine, dont les chargements sont alimentés par le canal de Briare et par celui de Montargis, ses tributaires.

Depuis 1787, les mariniers de cette partie de la rivière donnaient chaque dimanche, pendant la belle saison, le spectacle d'une joûte sur l'eau qui se terminait toujours par un feu d'artifice. Les Parisiens s'y rendaient en foule, et la recette était des plus rondes; mais autres temps autres mœurs, de nos jours bien autrement maritimes une simple joûte sur l'eau ne piquerait que bien faiblement la curiosité publique, et ce n'est plus qu'à la Gare, le jour de la fête d'Ivry, que les anciens acteurs de la vieille naumachie peuvent faire montre de leur adresse ou de leur force.

La joûte s'est transformée, elle s'est prétentieusement baptisée du nom de *régates*. La Râpée est presque devenue un port de mer, qui a ses constructeurs, dont le plus illustres, sans contredit, a le soin de donner son adresse, quai de l'endroit, 69.

Les bateaux d'agréments sortis de ses chantiers sont réputés excellents marcheurs; ils filent à l'heure on ne sait combien de nœuds; ce sont des prodiges pour la vitesse que ces fins voiliers. La flottille des canotiers parisiens, grosse de plus de trente voiles, sans compter les nacelles qui n'en ont pas, est en grande partie son ouvrage.

Les plus fringants commis de la nouveauté, d'intrépides clercs de notaire et d'avoué, quelques artistes avides de naviguer, une infinité de pêcheurs à la ligne composent les équipages ordinaires de cette marine d'eau douce, dont les passagers sont habituellement de téméraires modistes, des fleuristes sans peur, nous ne dirons pas sans reproche, des lorettes qui ne redoutent rien et des lingères qui n'ont pas froid aux yeux. Combien s'en noiera-t-il? C'est ce qu'on ignore, mais assurément il s'en noiera; car, avant de s'embarquer, plus d'un capitaine et son équipage ont contracté à terre le mal de mer, le principe alcoolique d'un vertige qui leur fera perdre la tramontane. Enfin, vive le corps respectable des canotiers de Paris, que Bacchus leur soit en aide ainsi qu'à leurs vaillantes compagnes! Qui a bu boira, dit le proverbe; c'est vrai, mais ce qui ne l'est pas moins, c'est que plus ils auront bu, moins ils boiront.

Aux premiers beaux jours a lieu l'ouverture des régates; si aucun grain noir, précurseur de la tempête, ne se montre à l'horizon, si le fleuve est calme, le pavillon de partance est arboré; on voit les voiles se tendre et les avirons se lever; les commandements, les signaux, l'extra-ventriloquie au fond des porte-voix! les sifflets impératifs indiquent la manœuvre; tous les Duguay-Trouin, tous les Jean-Bart sont l'œil ouvert à leur banc de quart. Tout le répertoire technique des faiseurs de romans maritimes est lancé aux échos de la rive: on appareille, on cingle vers une côte quelconque; on prend des ris, on met la barre sur le cap, enfin par le 48e degré 30 minutes 14 secondes de longitude et le 20e 30 de latitude est du méridien de l'Ile de Fer, l'homme de quart s'écrie: *brisans!* c'est la très-consternante préface d'un nouveau chapitre à ajouter à l'histoire des naufrages; *le Terrible, le Tonnant, la Pandore* ou *l'Antilope*, a sombré en vue de l'île Séguin. Heureusement toutes ces dames avaient des caleçons; c'est un fait consigné dans le journal du bord. — Ces enfantillages ont cela de bon, qu'ils feront sans doute des nageurs, voire même des nageuses qui pourront se vanter de leurs campagnes.

Les guinguettes de la Râpée sont nombreuses, et les cabarets foisonnent dans cette bachique localité. Le vin qu'on y débite y est tel, dit-on, que Dieu l'envoie aux coteaux les plus généreux; y trouvera-t-on partout, sans mélange, les bouquets si parfumés de la Bourgogne, du Mâconnais, du Beaujolais? On aurait tort de s'en flatter. La chimie moderne en sait malheureusement plus que la nature. Nos anciens chansonniers ont souvent célébré dans leurs couplets ces aimables lieux de rendez-vous, qui étaient comme autant de succursales du Caveau; mais de l'époque où s'enivraient ces Anacréons à l'époque actuelle, il y a loin, et d'eux à nous que d'eau a passé sous le pont !

De nos jours on ne chante plus; les goguettes si multipliées quand Béranger donnait le ton, quand Émile Debraux les électrisait de ses chauviniques accents, ne font plus entendre le son des désopilants refrains; le *flon flon* s'est tu, il est muet; Momus n'a plus ni temple, ni chapelle; au surplus ce n'était pas auprès des sans-soucis, gais ministres de son culte, qu'il fallait aller chercher dans son naturel le nectar du bon cru. Ces Roger-Bontemps n'étaient pas difficiles.

Pour boire du bon vin, dans les cabarets de la Râpée, remarquez où entrent les tonneliers; les cabarets favorisés de leur clientèle sont de ceux qui n'ont pas besoin d'enseigne; ils vous abreuveront en conscience, et fussiez-vous en possession d'une faim des plus canines, ils l'assouviront sans vous écorcher.

Tenez-vous à donner la préférence au pseudo-restaurant que hante le notable marchand de vin en gros, vous pouvez en essayer; mais notez bien qu'à cet habitué l'on servira son propre vin, et qu'il s'abstient de celui de l'établissement dont la qualité et la provenance lui sont suspectes. Le gaillard est au fait des dangers et des mystères de la falsification; il s'en prive, aussi absorbe-t-il en pleine sécurité, et il se porte comme un charme.

La *maison des Marronniers* est une des plus anciennes de la Râpée. Du temps des vieux us, lorsque les cartes par trop catégoriques et parfois ambitieusement menteuses des restaurateurs étaient encore ignorées aux barrières, la maison des Trois-Marronniers était en parfaite odeur; jamais il n'y avait assez de siéges et de tables sous l'ombrage des arbres séculaires, et le chef sollicité de toutes parts ne savait à qui répondre; aujourd'hui il n'éprouve plus pareil embarras. A qui la faute? Est-ce à la carte? Non, mais à la concurrence. Toutefois la trois fois estimable maison des Trois-Marronniers ne laisse pas d'être une des plus suivies.

Il en est une autre dont il est rare que tout Bourguignon en bonne fortune ne veuille pas faire les honneurs à sa récente conquête, c'est le *Rocher-de-Cancale*, où tout vise à un confortable dans le haut style parisien.

Le Bourguignon est particulièrement recherché par les beautés de *Breda-Square*, qui, s'il est bon enfant et suffisamment pourvu de *bank-notes*, ne peuvent souffrir qu'il languisse. La Râpée est alors une campagne largement hospitalière, dont le séjour leur agrée quelquefois pendant toute une semaine ; plusieurs se sont fixées dans ce vignoble, ou plutôt dans cette Thébaïde en futailles; et si j'étais quelque peu indiscret, je pourrais vous nommer plus d'un mari mâconnais assez amoureux de la famille pour en avoir deux, la famille légale sur les bords de la Saône et l'autre à la Râpée ou à Bercy, par duplicata. Le Mâconnais, autant dire le Beaujolais, le Dijonnais, le Châlonnais, le Beaunois est comme le matelot provençal, sauf exception, il a deux ménages pour n'en pas manquer.

La Râpée est au nombre des enclaves de la commune de Bercy, qui comprend en outre le Petit-Bercy, le port de Bercy, la Grande-Pinte et la vallée de Fécamp.

Le Petit-Bercy est situé à l'ouest de la rue dite de la *Grange-aux-Merciers*, qui le sépare du Grand-Bercy. Les deux Bercy possédaient chacun une magnifique résidence seigneuriale, et de brillantes habitations de campagne occupaient le terrain qui s'étend depuis les barrières de Paris jusqu'au territoire de Conflans. — Le château et le parc du Grand-Bercy, placés sur le bord de la Seine dans une heureuse situation, appartenaient, il y a peu d'années, à M. de Nicolaï, que quelques indigènes de la localité appelaient encore naïvement en 1858 le *seigneur* de Bercy. — Sous le règne de Louis XIV, le château, qui appartenait alors au marquis de Nourtel, avait été réédifié d'après les plans de

l'architecte Lavaux, et le jardin avait été planté sur les dessins de Le Nôtre.

Le château du Petit-Bercy subsiste encore ; mais. de
même que les maisons et les jardins situés entre la rue
Grange-aux-Merciers et la barrière, il a subi des métamor-
phoses qui ne rappellent guère sa primitive destination.
Ces changements furent un des effets des droits auxquels
étaient soumises les boissons qu'on entrait dans Paris. L'i-
dée de boire et d'offrir à boire aux Parisiens sans engrais-
ser le fisc fit élever hors de ses murs, à proximité des barrières, des groupes d'habitations particulières et une foule
de guinguettes où venaient s'abreuver petits bourgeois,
marchands et ouvriers qui avaient réservé pour le dimanche
leur soif de toute la semaine : durant six jours, on ne buvait que de l'eau, et le septième on s'enivrait ni plus ni
moins que tous les citoyens membres de toutes les sociétés
de tempérance de Londres ou de Philadelphie. C'est toujours aux vicieuses institutions, du moins en grande partie,
que doit être attribuée la démoralisation des peuples.

Tout ce qui arrive par la Seine, tout ce qu'elle reçoit de
la Loire ou de l'Yonne par ses canaux, tout ce que lui
apportent ses affluents passant nécessairement devant Bercy
et la Râpée, s'arrêtait tout naturellement à cette limite de
l'impôt. Il fallait abriter les marchandises pour lesquelles,
dans l'incertitude d'une vente prochaine, on ne se souciait
pas de débourser les droits d'entrée. Le commerce songea
donc à avoir un entrepôt pour ses vins et eaux-de-vie ; plus
tard les marchands firent cette remarque, bien intéressante
pour eux, que Bercy était plus favorable à leurs manipula-
tions clandestines que le grand entrepôt de Paris constamment trop en vue du public. Le laboratoire doit être le
saint des saints : *Odi profanum vulgus!* au loin, profanes !
Ne faut-il pas toujours frelater un peu ; saturer l'acide,
musquer le moisi, dissimuler ou *l'évent* ou la verdeur,
et accomplir en paix le tour de la cuvée! Ces petits manéges
n'empêchent nullement la Râpée et Bercy d'être le pays

des bons vivants: le Bourguignon est le Français par excellence !

Bientôt toute la partie de Bercy qui s'étend depuis la barrière de la Râpée jusqu'à la rue de la Grange-aux-Merciers,
fut achetée, louée et couverte de magasins et de hangars.
Les parcs, les jardins, les avenues plantées d'arbres disparurent presque entièrement, et furent remplacés par des
caves, des celliers et des maisons appropriées aux besoins
des commerçants. — Voilà ce que devinrent les dépendances du grand château. Le château du Petit-Bercy avec
son parc passa dans les mains d'une compagnie qui y loue
des emplacements aux marchands. — Le corps du château et son jardin anglais ont été conservés. Tous ces établissements formèrent au bord de la Seine un quai nouveau d'une longueur de 1,200 mètres; mais, le 31 juillet
1820, dans l'après-midi, ces nombreuses constructions, la
plupart en planches et couvertes en chaume, devinrent la
proie des flammes. Le vin s'échappait des tonneaux brûlés
et coulait par torrents; la perte fut immense; plusieurs
marchands furent entièrement ruinés. Cependant en peu
de temps il n'y parut plus; Bercy sortit de ses cendres plus
vaste, plus commode, plus solide, moins combustible et
surtout plus prospère que jamais.

Bercy, comme la Râpée, c'est Mâcon, c'est Dijon, c'est
Beaune, c'est Auxerre, c'est Joigny, c'est aussi la Champagne et Bordeaux, oui, Bordeaux; si vous en doutiez, il
suffirait de vous rappeler qu'il y a deux ou trois ans la
police livra aux barbillons de la Seine huit cents pièces de
poiré artificieusement converti en vin blanc du chef-lieu
de la Gironde. Il eût été plus honnête de le distribuer aux
indigents qui n'ont que de l'eau pour se désaltérer : du
poiré, cela se boit, demandez plutôt aux Normands.

Enfin cette monstrueuse quantité de poiré fut déclarée
profondément criminelle par le poste des *dégustateurs-
gourmets* établi sur le port de Bercy avec mission d'éprouver tous les liquides qui arrivent sur la place. Ces mes-

sieurs sont-ils bien sûrs d'arrêter au passage tous ceux qui ne sont pas orthodoxes? Leur palais inquisiteur est-il un infaillible instrument pour leur appliquer la question? Les chimistes modernes sont si habiles dans la confection des insaisissables hérésies! Quoi qu'il en soit, si vous voulez boire du bon vin qui vous soit un velours sur l'estomac, ne vous échauffe point la gorge, ne vous la dessèche jamais et vous mette en belle humeur, à la Râpée comme à Bercy, à Bercy comme à la Râpée, on ne saurait trop vous le répéter, allez où va le tonnelier.

Nourri dans le sérail, il en sait les détours.

De Bercy pourquoi n'irions-nous pas à Conflans? Les deux villages sont si près l'un de l'autre, et puis Conflans, situé au confluent de la Seine et de la Marne, ce qui lui a valu son nom, est un endroit des plus agréables, aussi les archevêques de Paris y ont-ils leur maison de campagne. Le premier qui l'habita est François de Harlay; il l'avait achetée en 1672 du duc de Richelieu, qui lui vendit aussi une île sur la rivière. Ce prélat renommé pour ses déportements, y fit construire pour lui et ses successeurs un château dans lequel il mourut le 6 août 1695. Cette résidence pèche du côté de la symétrie, en revanche elle est splendidement ornée, et l'on y jouit du coup d'œil le plus varié et le plus pittoresque.

A différentes époques la villa épiscopale reçut le contre-coup des querelles politico-religieuses, mais jamais elle ne fut plus violemment menacée qu'après la révolution de 1830, et notamment par suite de la démonstration royaliste qui amena la dévastation de l'église Saint-Germain-l'Auxerrois et le sac de l'Archevêché.

L'église de Saint-Pierre de Conflans mérite d'être vue, elle existait au onzième siècle. — Conflans est une halte excellente pour les amateurs de la bonne friture.

BARRIÈRE DE CHARENTON.

CHARENTON. — ALFORT. — REUILLY. — PICPUS. — SAINT-MANDÉ.

La première barrière qu'on rencontre est celle de Charenton à l'extrémité d'une longue rue assez peu commerciale qui commence à la place de la Bastille. Cette rue si longue, si triste, est la patrie des fabricants de papiers peints, industrie qui a pris de nos jours d'assez grands développements. Les papiers peints sont les tentures de la petite propriété. Le décor d'architecture, l'ornement, le paysage, les fleurs, les scènes historiques ou mythologiques, l'imitation des étoffes les plus riches, des bois les plus précieux, des marbres les plus rares, tout rentre dans le domaine du papier peint. Il y a dans ce genre de véritables artistes.

A gauche de la rue de Charenton, si l'on regarde Paris, s'élèvent les constructions monumentales de l'embarcadère du chemin de fer de Lyon, à proximité du boulevard Mazas, non loin de la prison de ce nom, sombre et malheu-

reux édifice, dont l'emplacement aurait pu être mieux choisi:
une prison est plus triste à voir qu'un cimetière, celui-ci du
moins est un champ de repos. Au retour de sa première
campagne d'Italie, Bonaparte rentra par la barrière de Charenton, qui reçut alors le nom de *Marengo;* depuis 1815,
elle a repris sa dénomination primitive. La route que bordent en dehors les guinguettes et cabarets qui forment une
sorte de continuation de la rue de Charenton, conduit au
bourg de ce nom, situé à six kilomètres de Paris, sur la
rive droite de la Marne.

Sous une même désignation, et dans la même commune,
sont compris des lieux autrefois distincts et maintenant
physiquement réunis ; ce sont : Charenton-le-Pont, Charenton-les-Carrières, Charenton-Saint-Maurice.

Charenton-les-Carrières avoisine Conflans. Son sol,
creusé souterrainement pour l'extraction de la pierre, est
couvert de jolies maisons de campagne, bâties sur le penchant du coteau. Plusieurs fabriques importantes y sont
établies ; on y voit des fonderies de fer, des manufactures
de produits chimiques, d'acier poli, des féculeries, des ateliers de gravure pour les cylindres destinés à l'impression
des toiles, etc., etc.

Dès le septième siècle, il existait à Charenton un pont de
bois sur la Marne pour faciliter par terre les arrivages à Paris.
Considéré comme une des clefs de la capitale, ce pont a été
souvent fortifié, attaqué, défendu. En 865, les Normands
s'en emparèrent et le rompirent. Il a depuis joué un grand
rôle dans l'histoire des guerres faites à la France et dans celle
des guerres de religion. Les calvinistes le prirent en 1567.
Henri IV l'enleva aux soldats de la ligue; il était alors protégé par une grosse tour à la tête du pont : dix enfants de
Paris y résistèrent pendant trois jours à toutes les forces
de l'armée royale. Henri IV victorieux fit raser la tour et
pendre les dix Parisiens. — Pendant les troubles de la
fronde, le pont de Charenton fut plusieurs fois pris et repris; antérieurement, et dans diverses circonstances, il

avait été détruit et réédifié. Il le fut encore en 1714, tel qu'il est aujourd'hui : six de ses arches sont en pierre; quatre autres, qui forment le milieu du pont, sont en bois.

Au moment de la première invasion, en février 1814, l'ennemi inondait les plaines de la Champagne et menaçait d'arriver aux portes de Paris, on fortifia les approches du pont, et il fut établi aux deux extrémités des redoutes palissadées. Mais quand nos soldats se multipliaient en vain pour arrêter le torrent de l'invasion qui débordait de toutes parts, à qui confier cette première défense de Paris? Les élèves de l'école vétérinaire d'Alfort sollicitèrent l'honneur de combattre à ce poste avancé; ils essayèrent en vain de disputer le passage du pont. Le 30 mars, accablés par le nombre, ils furent contraints de céder à la force. Charenton fut pris, et l'ennemi se répandit aussitôt sur la rive droite de la Seine.

C'est à Charenton-Saint-Maurice qu'existait le fameux temple des protestants construit en vertu de lettres-patentes accordées par Henri IV en 1606, brûlé en 1621 par les catholiques, et réédifié deux ans après sur les dessins de Jacques de Brosse, célèbre architecte. Ce temple était d'une grandeur et d'un style imposant dans sa simplicité. Les protestants y tinrent leurs synodes nationaux de 1623, 1631, 1644. Ils avaient auprès une bibliothèque, une imprimerie et des boutiques de libraires. Plusieurs ministres de Charenton se rendirent illustres par leurs talents. En 1658, une bande de fanatiques ameutés par les jésuites, ces incorrigibles boute-feu de la chrétienté, tentèrent pendant la nuit d'incendier le temple; les protestants se plaignirent au parlement; mais Louis XIV ayant révoqué l'édit de Nantes, le soir même du jour où cette révocation eut reçu la sanction parlementaire, 22 octobre 1665, les dévots séides de Loyola commencèrent à consommer sur le temple leur œuvre de destruction. Au bout de cinq jours, il ne restait pas vestige de ce vaste et superbe édifice. Sur son emplacement, on éleva un couvent de bénédictines et une petite église qui fut achevée en 1703 et qui subsiste encore.

L'hôpital de Charenton, fondé en 1741, par Sébastien Leblanc, est particulièrement affecté au traitement des maladies mentales. On peut y recevoir plus de quatre cents personnes des deux sexes, admises soit gratuitement, soit comme pensionnaires. Les prix de la pension sont de 1,500 fr. et au-dessus, 1,000 fr. et 720 fr. Le public ne pénètre pas dans les quartiers affectés aux malades; on ne lui montre que les cours et les jardins. Les aliénés reçus à titre gratuit sont renvoyés à Bicêtre, aussitôt que l'on a reconnu l'impossibilité de les guérir.

L'hôpital de Charenton, ci-devant *maison royale*, est situé sur le penchant d'une colline au bas de laquelle coule la Marne; elle offre de toute part une vue ravissante. On y respire un air pur, ses bosquets sont frais, et ses promenades délicieuses, au milieu d'un enclos assez vaste pour que la privation de la liberté ne soit pas trop sensible. — L'exécrable marquis de Sade, ce monstre de luxure et de cruauté qui avait érigé en doctrine la perpétration des crimes inouïs dont il s'était souillé, a terminé dans la maison de Charenton son abominable existence. Nul homme n'a jamais eu une physionomie plus calme et plus douce : c'était la tête vénérable de Bernardin de Saint-Pierre, et pourtant quelle âme! quelle criminelle imagination! quelles épouvantables mœurs! Bonaparte, ne voyant dans les actes de sa vie et dans ses livres que des effets de la démence, l'avait fait renfermer comme fou; il eût mieux fait de le livrer aux tribunaux; rétablir les lettres de cachet, même pour un bon motif, c'était introduire un dangereux précédent, c'était ouvrir la porte à cet arbitraire, qu'il est toujours déplorable de voir substituer à la justice. — Le public honnête eût applaudi à la séquestration du marquis de Sade si elle n'eût pas été un moyen de soustraire à la vindicte des lois et à l'infamie d'une condamnation bien méritée, un membre de la vieille noblesse.

Sous l'ancienne royauté, quiconque avait des ennemis à

la cour pouvait être enlevé comme fou et claquemuré à Saint-Lazare; sous Bonaparte, l'odieux Fouché de Nantes, passionné pour tous les procédés de la tyrannie, Fouché, bien résolu à cuirasser de toutes les mauvaises traditions monarchiques l'autorité impériale dont il s'était fait le ministre et le courtisan, voulut pareillement que les cabanons des aliénés devinssent des succursales des prisons d'État qu'il avait remplies. Une des victimes de ce genre fut le poète Théodore Desorgues, qu'il fit soumettre au régime des douches pour le punir d'avoir fait des vers contre l'empereur après avoir chanté Bonaparte général et consul; Desorgues, qui était républicain, ne le ménagea pas dans ses sarcasmes :

> Oui, le grand Napoléon
> Est un grand caméléon.

Tel était le refrain d'une de ses chansons. Cette boutade coûta cher au malin bossu, car Desorgues, qui respirait, comme Esope, entre deux gibosités, ne recouvra jamais sa liberté.

Charenton est en grand renom de salubrité; aussi, dans la belle saison, y a-t-il affluence de citadins. Ce bourg est assez bourgeoisement peuplé; hiver comme été, il réunit des commerçants retirés du tracas des affaires, de petits rentiers, charmés de ne pas trop s'éloigner du Trésor, des graveurs qui viennent y chercher là la vie à bon marché, des artistes qui ont eu assez de chance ou assez d'économie pour se créer les loisirs de la vieillesse. Le maire de Charenton a été longtemps et peut-être est-il encore l'ancien directeur du théâtre de la Gaîté, l'honnête comédien Marty, qui, pendant trente ans, a eu le privilége de faire pleurer le public des boulevarts.

Charenton-Saint-Maurice est une localité de prédilection pour les Parisiens qui, sans trop s'éloigner de la capitale, désirent passer les beaux jours à la campagne. De nombreux enclos bien ombreux et rafraîchis par des sources vives, en font un délicieux séjour. Parmi les jolies habitations qui le décorent, il faut remarquer celle qu'on appelle encore aujourd'hui *le Séjour-du-Roi*. Le pavillon de Gabrielle, que fit bâtir Henri IV, existe encore; c'est un bâtiment en briques, que l'on voit à la droite de la route en entrant dans le village, lorsqu'on vient de Paris. Il avait autrefois, dans sa dépendance, un superbe parc et de magnifiques jardins qui, en 1825, furent distribués et vendus en détail par l'acquéreur de cette immense étendue de terrain. Le pavillon était alors meublé comme au temps de Gabrielle; on y montrait le lit dans lequel elle avait reçu son royal amant. Ce théâtre des monarchiques concupiscences fut plus tard acheté par le célèbre romancier Honoré de Balzac, grand amateur de ces sortes de reliques.

Au-delà du pont de Charenton est le château d'Alfort, consacré à l'établissement de l'école vétérinaire, fondée en 1766, sous le titre d'*École royale d'économie rurale*. Partie des élèves est aux frais du gouvernement; d'autres paient pension. La durée des études est de huit ans. Un troupeau de mérinos, pour le croisement des races et l'amélioration des laines, y est entretenu avec le plus grand soin. L'école possède un vaste amphithéâtre, un musée d'anatomie comparée des plus curieux, une clinique, et des infirmeries où l'on traite les animaux malades. De savants professeurs y donnent gratis leurs consultations. Depuis 1848, on a cessé de recevoir l'espèce canine dans cet établissement, sérieusement menacé d'être envahi par tous les roquets et bichons des vieilles dévotes de la capitale.

Alfort a une bonne auberge, la poste aux chevaux, et plusieurs cafés assez fréquentés. Entre Alfort et Maisons, près du confluent de la Marne et de la Seine, dans une très-forte position, s'élève le fort de Charenton, commandant la route d'Italie, et à quelque distance, sur la rive gauche de la Seine, le fort d'Ivry, pouvant défendre avec lui, par des feux croisés, le passage du fleuve.

Charenton est une des relâches favorites de la remuante

s

corporation des canotiers de Paris. Si vous voulez être bien traité et ménager votre bourse, donnez sans hésiter la préférence aux marchands de vin, restaurateurs, limonadiersque paraissent particulièrement affectionner ces hardis navigateurs. Quelque démocrate ou socialiste que vous soyez, évitez les endroits où s'adonnent les carriers; la *coterie* n'est pas toujours disposée à entendre raison, surtout après une libation trop prolongée de *picton* servi dans les *petits pères noirs.*

Nageurs et baigneurs qui pourriez vous laisser séduire par le calme apparent des eaux limpides de la Marne, par la solitude de ses bords, qui permet de se passer du caleçon exigé par la décence et par là consigne du gendarme, n'entrez qu'avec défiance dans cette rivière où les herbes et les sables mouvants sont si perfides.

La fête champêtre de Charenton a lieu le deuxième dimanche de juillet; c'est à ce jour qu'on y voit accourir toute la nombreuse population du quartier Saint-Antoine, heureuse de fraterniser avec les 5,198 habitants des trois Charenton.

La barrière de Reuilly doit son nom à une ancienne résidence royale habitée par plusieurs souverains de la première race. Le château qui leur appartint était situé dans un village qui a entièrement disparu. La barrière de Reuilly est précédée à l'intérieur d'une assez grande étendue de terrains vagues où l'on commence cependant à bâtir avec l'espoir, peut-être mal fondé, qu'une partie de la population déplacée par les embarcadères des chemins de fer se jettera de ce côté. Cette barrière est décorée d'une rotonde assez élégante et dont la forme contraste avec les deux bâtiments de la barrière de Charenton, qui ont chacun deux péristyles de six colonnes.

La barrière de Reuilly est peu fréquentée, même le dimanche; elle est constamment une des moins vivantes. Il faudrait être abandonné de Dieu et des hommes pour aller chercher des distractions dans ce triste recoin de là pelite banlieue. Il n'y a là que de l'ennui à recueillir. La *Chaumière de Bacchus*, et deux ou trois autres cabarets, ne voient que rarement des chalands, encore faut-il qu'ils se soient égarés ou qu'ils aient de puissants motifs de ne boire, comme on dit, qu'avec leur Suisse.

La barrière de Picpus est pareillement déserte; à peine y trouve-t-on quelques baraques barbouillées de rouge et meublées tant intérieurement qu'extérieurement de quelques tables, ais mal joints, constamment salis par le vin à 4 sous dont s'abreuvent les quelques menuisiers ou imprimeurs sur étoffe qui, par amour pour le jeu de Siam, se laissent attirer dans cet obscur recoin par l'espoir sournois de dépister leur femme. Le véritable ouvrier, celui qui a les mœurs modernes, évite de s'introduire dans ces taudis, haltes habituelles de ces rôdeurs de barrières qui sont sans cesse à la recherche des attardés et des isolés pris ou non pris de vin. — Une police de sûreté bien faite parviendra nécessairement à supprimer ce danger.

A quelques centaines de pas du mur d'octroi, on aperçoit la maison de Picpus, qui fut un ancien couvent des *pénitents réformés de saint François*. Cette variété de moines, que nous reverrons peut-être si la galvanisation de tout ce qui est mort se continue en dépit du progrès des lumières, était d'une saleté et d'une ignorance devenues proverbiales. Les picpus, longtemps avant notre première révolution, étaient tombés dans le plus souverain mépris : on les fuyait, on se garait d'eux comme d'une vermine, et on ne les nommait qu'avec dégoût ! Un picpus ! quelle horreur ! Le peuple de Paris, et notamment les dames, ne savaient rien de plus immonde. On ne parlait jamais d'un picpus sans faire précéder ou suivre le mot de cette vulgaire précaution oratoire, *sauf votre respect*. Aujourd'hui une communauté religieuse de femmes s'est établie à la place de ces picpus; on y fait l'éducation de jeunes personnes que leur famille veut faire élever au couvent, sous le prétexte des bons principes et de la modicité du prix. Un petit cimetière, sépulture privilégiée, ancienne dépendance d'un couvent de chanoinesses, a été concédé sous l'empire à plusieurs familles nobles; c'est là que repose Lafayette entre les Noailles et M. de Quélen, avant dernier archevêque de Paris.

A la barrière de Picpus, ni industrie, ni plaisirs; un silence de mort! point de marteau qui batte, point d'orchestre qui vous invite à la danse. Aussi le quartier de Picpus est-il le siége de plusieurs maisons de santé. Nous citerons celles de Marcel-Sainte-Colombe, nos 6 et 6 bis, particulièrement destinée aux aliénés; on y reçoit aussi des malades libres, au prix de 5 fr. par jour. Sans sortir de l'établissement, ils ont la jouissance de vastes jardins, d'une bibliothèque et d'une chapelle où un aumônier vient dire la messe. Le n° 16 et le n° 78 sont encore des lieux de séquestration pour les malheureux dont la raison s'est égarée. Ainsi, à la barrière de Picpus, il ne saurait y avoir que de ces joies désolantes qui navrent le cœur. Pauvre humanité!

En suivant le chemin de ronde de Picpus, on arrive directement à la barrière de Saint-Mandé, construite à l'extrémité d'une avenue de ce nom. Quoiqu'elle soit d'un aspect moins triste que les barrières de Reuilly et de Picpus, ses voisines, la barrière de Saint-Mandé est une des moins fréquentées. Les grandes guinguettes n'y prospéreraient pas; à peine y voit-on quelques établissements de marchands de vin, assez désolés de ne recevoir les dimanches et jours de fêtes, que le petit nombre de couples amoureux qui, à l'issue d'une promenade dans le bois, ne se soucient pas d'affronter les regards indiscrets d'un public trop nombreux ou trop bruyant.

Bien que tout chemin mène à Rome, par la barrière de Saint-Mandé on ne va nulle part si l'on ne va pas à Saint-Mandé même, joli village dont le cœur est à six kilomètres des tours de Notre-Dame.

Saint-Mandé ne fut d'abord qu'un simple hameau, quelques maisonnettes disséminées au milieu du bois de Vincennes, dans la partie que Philippe-le-Hardi acheta pour l'agrandissement de son parc, et qui fut dès lors entourée de murs.

Exilés de cette enceinte, les habitants se bâtirent de nouvelles demeures dans le voisinage; ainsi s'éleva et s'étendit dans une direction parallèle au mur de clôture le village actuel, qui ne consista longtemps qu'en une seule rue.

Depuis 1789 la population de Saint-Mandé s'est considérablement accrue : on n'y compte pas moins de 2,474 habitants. Avant la révolution, cette localité n'était qu'une annexe de la paroisse de Charenton-Saint-Maurice ; mais, en 1790, l'Assemblée nationale, dans la nouvelle division qu'elle fit de la France, la mit au nombre des communes.

Quoique situé sur la rive droite de la Seine, Saint-Mandé ressort de l'arrondissement de Sceaux. Son territoire, naguère encore, tout parsemé de bouquets de bois, de vertes charmilles, de prairies émaillées de fleurs, d'eaux vives et murmurantes, d'agréables sentiers, était richement pourvu de tout ce qui fait les délices de la campagne. De jolies maisons de plaisance se dessinaient çà et là au milieu des massifs de trembles et de peupliers. Le surintendant Fouquet avait dans ce site ravissant une des plus commodes et des plus coquettes résidences d'été. Malheureusement la belle nature tend de plus en plus à s'éloigner du grand foyer de la civilisation; les murs emprisonnent et isolent tout; on ne veut plus voir ni être vu, on se séquestre hors de l'horizon, on entasse, on aligne des pierres et de la brique, on n'a plus le sentiment des harmonies agrestes, si suaves en tout temps, mais surtout aux beaux jours de l'année. Pourtant il est juste de dire qu'à Saint-Mandé il y a encore quelques frais ombrages et de l'air à respirer. Des poumons échappés à l'étouffante atmosphère de la ville peuvent s'y trouver à l'aise, la vue peut s'y délasser des funestes réverbérations d'un pavé brûlant, l'odorat s'y délecter aux salubres senteurs des fleurs de l'acacia, et des nombreuses cultures de la fleuristerie. La proximité du parc est d'ailleurs d'un puissant attrait pour tout citadin qui sait apprécier le plaisir de la promenade. Aussi Saint-Mandé s'est-il enrichi depuis quelques années d'un assez grand nombre de maisons bourgeoises, dont les plus élégantes bordent l'avenue dite du *Bel-Air*.

On n'y voit aucune maison de santé, mais plusieurs institutrices de jeunes demoiselles y ont établi leurs pensionnats.

Sur la route de Saint-Mandé on remarque, dans le creux d'un vallon, un bel hôpital, *hospice Boulard*, du nom de son fondateur, ancien tapissier de la cour. Une pensée philantrophique a présidé à la création de cet établissement, destiné à servir d'asile aux pauvres tapissiers que des infirmités ou la vieillesse laisseraient sans ressource.

Le plus ancien édifice de Saint-Mandé est la chapelle qui lui sert d'église, et qui fit autrefois partie d'un prieuré dont on voit encore quelques vestiges dans la grande rue du côté du parc. Cette chapelle, décorée avec assez de goût, est ornée de quatre grands tableaux, représentant les quatre évangélistes. C'est dans le bois, à peu de distance du village, qu'eut lieu entre Émile de Girardin et Armand Carrel le duel si malheureux dans lequel ce dernier succomba. Ses restes mortels ont été inhumés dans le cimetière de la commune.

Saint-Mandé est plutôt une commune bourgeoise qu'une commune agricole ou industrielle. On y compte peu de cultivateurs, la plupart logés dans les maisons les plus rapprochées de la lisière du parc. Leurs jardins, pendant les chasses royales, étaient pour les faisans autant de perfides refuges ; malheur à ce gibier de prince, si, pour fuir le plomb meurtrier, il dirigeait son vol vers un de ces enclos où l'on épiait son arrivée dans cet affût de braconniers ! Les paysans de Saint-Mandé ont tué ou pris plus de faisans que Charles X et le duc d'Angoulême n'en abattirent dans tout le cours de leur longue carrière de chasseurs.

La scierie mécanique de pierres de toute espèce est un des remarquables établissements de l'endroit. Il faut voir aussi la grande fabrique d'émaux de toutes couleurs. Si vous

êtes épris de la frugalité champêtre, vous trouverez à Saint-
Mandé plusieurs nourrisseurs qui se feront un plaisir de
vous offrir à discrétion des œufs frais du jour et du lait
chaud. Mais il se peut que votre estomac ait de plus mâles
exigences, alors, si vous n'êtes pas trop esclave des élégances dispendieuses, entrez chez l'un des aubergistes
transitaires, et ne soyez ni plus difficile ni moins sans façon
que ces braves rouliers qui, en matière de bon vin et d'a-
limentation, savent tout ce qui ragoûte et profite au corps.

Si, à peu de distance de la barrière, vous vous dirigez vers
la route de Vincennes, que vous la quittiez pour suivre à
gauche de la chaussée une voie charretière, vous trouverez
sur votre droite une assez vaste habitation bâtie entre
cour et jardin. C'est la demeure très-confortable, dit-on,
d'un personnage qui fut marquant à plus d'un titre. Êtes-
vous curieux de lui rendre visite, sonnez ou frappez; les
aboiements féroces de deux boule-dogues pur sang diront
que vous êtes là, déjà l'on vous a aperçu du dedans, et l'on
sait s'il n'y a pas d'inconvénient à vous permettre l'entrée
du sanctuaire. Ce colosse qui vient au-devant de vous coiffé
d'une brillante fourrure et se drapant dans les plis d'une
ample et moelleuse robe de chambre, est le maître de céans:
c'est le fameux Vidocq.

Quand il se posa là, avec le projet d'y établir une fabrique
de carton pâte, tout Saint-Mandé frémit à l'idée d'un pareil voisinage. On craignit qu'il n'employât comme ouvriers
que des libérés, et c'était à qui garnirait ses portes des
serrures les plus incrochetables, des verroux de sûreté les
plus solides, leurs murs des plus coupantes cassures de
verres en compagnie de maint stupide avertissement sur
les piéges à loup. Bientôt, en effet, on vit affluer vers la
cartonnerie quelques porteurs de mines fort peu rassu-
rantes. Mais on n'eut jamais rien à leur reprocher, et les
bourgeois de Saint-Mandé, revenus de leur terreur, finirent
par se persuader qu'ils pouvaient dormir d'autant plus
tranquillement que Vidocq était là.

Barrière, Bourg, Fort et Parc de Vincennes, Nogent, Montreuil.

Non loin de la barrière de Saint-Mandé est la barrière de Vincennes, autrefois barrière du Trône. On l'appelait ainsi, parce que, le 26 août 1660, la ville de Paris avait fait élever à cette place une estrade magnifique sur laquelle Louis XIV et Marie-Thérèse montèrent pour recevoir, disent les historiens du temps, l'hommage et le serment de fidélité de leurs sujets. Les deux hautes et maigres colonnes qui décorent cette barrière sont les seuls débris d'un arc-de-triomphe immense dont la construction fut abandonnée par ordre du monarque, tant il la jugeait de mauvais goût.

La barrière est précédée d'une place circulaire, sur laquelle on arrive par plusieurs avenues, celles *des Ormes* et *des Ormeaux* aboutissant à la rue de Montreuil, celle *des Triomphes* allant au chemin de ronde, et celle *du Bel-Air* se terminant à l'avenue de Saint-Mandé.

Où s'était autrefois dressé un trône, la Révolution avait érigé une colossale statue de la République, regardant vers Paris. Ce simulacre gigantesque, que supportait un piédestal proportionné à sa hauteur, n'était qu'une de ces représentations provisoires qui, exposées à l'injure du temps, ne tardent guère à éprouver de graves avaries. Il se fit une ouverture dans le faisceau sur lequel s'appuyait cette figure, et des colombes vinrent s'y loger ; elles y restèrent jusqu'en 1794, époque à laquelle le régime de la terreur vint ensanglanter cette place. La première fois que l'échafaud politique se dressa devant la statue, elles disparurent sans qu'on pût savoir ce qu'elles étaient devenues. Les sans-culottes du faubourg disaient qu'elles avaient émigré. C'est là que bien des têtes tombèrent sous le fatal couteau. En un seul jour le tribunal révolutionnaire en fit abattre cinquante-quatre. Un jeune paysan de Montreuil était compris dans cette fournée. Il n'avait pas été condamné, mais il se trouvait en prison, et devait être traduit en police correctionnelle sous la prévention d'escroquerie ; depuis son enfance il avait fait le désespoir de ses parents, et ses malheureuses dispositions qu'il était impuissant à réprimer semblaient le vouer à une existence fatalement criminelle. Au moment où l'on fit l'appel des prisonniers pour les entasser sur la lugubre charrette, il répondit à un nom qui n'était pas le sien, et vint, à la faveur du désordre inévitable dans un pareil moment, se placer parmi les victimes. Il n'en fallait que cinquante-quatre, on les compta, le nombre y était, on était en règle, et le convoi se mit en route sans qu'on se doutât de la substitution, qui allait peut-être sauver quelqu'un, du moins était-ce le vœu du Montreuillais.

Chemin faisant, le funèbre cortége fut rencontré dans le faubourg Saint-Antoine par des paysannes qui se rendaient à Paris, le jeune homme les reconnut, c'étaient des amies de sa famille : « Dites donc, les autres, leur cria-t-il, vous direz à papa et à maman que je vas me faire raccourcir, il y a assez longtemps que je leur donne du chagrin ; j'ai trouvé l'occasion de mourir en compagnie d'honnêtes gens, j'en profite, on pouvait plus mal finir. Adieu, bonjour à papa et à maman, surtout ne l'oubliez pas. Adieu, adieu ! » Arrivé, il monta gaîment sur l'instrument du supplice, battit un

entrechat, en criant : *vive la République, je m'en f..;* et
se coucha de lui-même sur la planche. Ce fut la fin d'un
sceptique et d'un fou.

La place du Trône est aujourd'hui un point de réunion
et de réjouissances publiques pour les habitants du faubourg Saint-Antoine, qui en font leur Champs-Élysées ;
c'est là que, dans les fêtes nationales, ceux d'entre eux qui
ne veulent pas faire une trop longue course peuvent conduire leur famille à la danse et au spectacle du feu d'artifice.

Les guinguettes nombreuses et les cabarets plus nombreux encore qui animent cette partie du territoire de Saint-
Mandé, que traverse la route majestueuse par laquelle on
arrive au fort de Vincennes, reçoivent le dimanche une
foule de militaires et d'ouvriers du faubourg. Le bal *des
Corybantes* est un des plus fréquentés par les enfants de
Mars. Son orchestre bruyant rappelle les éclats de la musique guerrière ; là tout est jeune et fringant, et les rafraî-
chissements, comme les produits culinaires, sont à la portée
de toutes les bourses. Le décompte du troupier, fût-il un
artilleur ou un sapeur du génie, ne se constitue pas de
sommes bien rondes, et son prêt n'est à l'épreuve que d'une
faible quantité de libations, quand c'est lui qui paie. Aussi
ne paie-t-il pas toujours. Petites bonnes qui s'échappent
pour aller voir leur *pays* et pincer avec lui le fin rigodon,
ne peuvent guère fournir aux appointements ; leurs gages
sont si modiques ; mais il y a les cordons bleus sur le retour, celles-là sont de respectables capitalistes capables de
faire les plus grands sacrifices pour n'être pas du tout res-
pectées. C'est jusqu'à la Tourelle, à moitié chemin de Vincennes, que ces dames viennent à la rencontre de leur
belliqueux cavalier, qui, soit dit en passant, est très-souvent
un fantassin. Elles n'apportent pas le premier bouillon ; où
serait le droit du pompier, qui consomme sur place? mais
le cabas s'ouvre. Dieu ! que de bonnes choses! deux longues
bouteilles! Est-ce du champagne ou du bordeaux? N'importe;

les maîtres ont cru que ce précieux liquide s'est absorbé dans les sauces. Qu'enveloppe ce papier? Une fine poularde, obtenue à titre de pot-de-vin de la marchande de volaille. — Il n'y a que cela? — Et ce pâté, un vrai Félix; c'est du cheuu, j'espère. On va danser ou se mettre à table, suivant que l'appétit est plus ou moins ouvert; on cause un peu des intérêts. S'il se fait de la dépense, on en fait toujours, il n'est pas décent que la femme paie, et pour qu'elle ne paie pas, le cordon bleu fait généreusement et avec mystère l'avance d'une pièce de cent sous. Bienheureux sont les petits fourriers, aux petites moustaches joliment retroussées, aux manières affables, à la danse légère; ceux-là sont la coqueluche des plus fraîches et des plus pimpantes donzelles qui demandent à être conquises ou à conquérir. L'inconstance est leur fait; le reproche qu'on leur adresse de toutes parts est d'être volages; enragés papillons, il n'est fleur si séduisante qui ait le privilége de les fixer. Le fourrier est libéral, il ne tient pas à l'argent, presque toujours il reçoit une haute paie de sa famille, supplément quelquefois bien funeste, car, en s'évaporant, il entraîne les espèces placées sous la sauvegarde du comptable. Amusez-vous, galants fourriers, mais ne touchez pas à la grenouille; que jeunesse se passe, mais que l'honneur soit sauf: l'honneur dans la noble profession des armes est le premier capital, le seul qu'il ne faille pas dissiper.

Voyez ce sergent de canonniers, et cette belle grande et délurée personne qui bâille en s'entretenant avec lui, c'est qu'il l'aime sérieusement et pour le bon motif, et que si son colonel et le ministre de la guerre n'y mettaient empêchement, il ne balancerait pas à la conduire à l'autel. En cas de refus, il est prêt à prendre son congé. — Votre congé, mon cher, lui dit la péronnelle, mais vous ne seriez plus alors qu'un pékin, et je déteste le pékin, je l'ai en horreur! Ainsi le brave garçon, le voilà condamné à l'uniforme aussi longtemps que l'âme lui battra dans le corps.

Ce n'est pas en général pour aller à la recherche d'un

mari que tant d'intrépides danseuses prennent le chemin des Corybantes. Les rapports qui peuvent s'établir là entre un sexe et l'autre, rentrent tout simplement dans la catégorie des amours de garnison. Aussi, n'est-ce pas aux Corybantes que des parents sages conduiront leurs filles, bien que la pudeur y soit plus ménagée que dans certains bals de barrière où l'étudiant et le calicot se donnent amplement carrière dans le sens du plus scandaleux dévergondage. Le troupier, sans être bégueule, n'entendrait pas raison sur de telles excentricités. *La Réunion du fort de Vincennes* est encore un peu plus martiale que les Corybantes; le vin à 6 et à 8 sous la bouteille y coule également à plein bord. De la barrière jusqu'à la Tourelle, où *la Maison de terre* peut offrir une bonne hospitalité, les *amis* avant de se séparer des *camarades* trouveront à faire plus d'une halte. Les enseignes qui invitent à se désaltérer et les bouchons qui symbolisent silencieusement un temple consacré à Bacchus ou plutôt une invitation à Silène jalonnent suffisamment le trajet. Mais parfois de tels jalons égarent la vue, et si l'on ne suit pas la ligne droite, on rentre trop tard ou l'on ne rentre pas, alors la discipline s'en mêle, et c'est pain béni.

Au temps déjà bien loin de nous, où le chauvinisme était de mode, les ouvriers du faubourg étaient heureux de se rendre le dimanche dans les cabarets et guinguettes de la barrière de Vincennes, où ils fraternisaient avec les militaires; rarement il s'élevait des querelles entre eux, depuis quelques années ces contacts si sympathiques deviennent de plus en plus rares. Espérons toutefois que bientôt renaîtront ces jours de franche cordialité, que toutes les défiances se dissiperont et feront place partout à des sentiments de réciproque bienveillance.

Le Franc-Picard est toujours le rendez-vous de prédilection des charbonniers, qui, malgré l'enseigne de l'établissement, y font entendre un *charabia* beaucoup plus connu dans le Cantal que dans l'Aisne ou la Somme, où il ne serait que de l'hébreu. C'est au milieu de ces braves gens que les vieux soldats sont bien venus à raconter leurs exploits; là vivront éternellement les souvenirs de la grande armée, la mémoire de Napoléon : la poésie de ces montagnards, c'est la gloire de la France partout où elle a porté son drapeau.

BOURG ET FORT DE VINCENNES.

A 7 kilomètres de la barrière sont situés le joli bourg et le château fort de Vincennes. Vincennes est chef-lieu de canton, et ressort, comme Saint-Mandé, de l'arrondissement de Sceaux; sa population est de 3,924 habitants, non compris la garnison.

Les naturels du pays sont des cultivateurs, toujours plus ou moins en antipathie avec les naturels de Montreuil-aux-Pêches. Ils se sont souvent querellés, et même il leur est arrivé d'en venir aux mains, parce que ces derniers interceptaient le cours des eaux dont ils avaient d'abondantes sources à leur disposition. La guerre entre les Montreuil et les Vincennes, c'est ainsi qu'ils se nomment, ne fut jamais aussi sanglante que celle entre les Guelfes et les Gibelins, mais le levain de la vieille haine dans le cœur des jeunes gens des deux partis subsiste encore, et quand les têtes des uns ou des autres sont échauffées, il n'est pas rare qu'il s'engage une rixe des plus violentes.

A Vincennes il y a peu de bourgeois dans l'aisance, en revanche on y compte bon nombre de militaires retraités, qui, pour entendre encore le canon et la trompette, sont venus se fixer là avec leurs familles. Ceux-là ne craignent pas pour leur vénérable moitié ou pour leur progéniture féminine la rencontre d'un uniforme ou d'une moustache quelque peu entreprenante. C'est la présence de la garnison qui, aux yeux de la bourgeoisie opulente et par trop pudibonde, a dépoétisé les délicieux ombrages du bois de Vincennes. Elle a fui le tambour, les bruyants exercices et l'odeur de la poudre. Les grandes industries se sont aussi prudemment tenues à l'écart ; de telle sorte qu'à Vincennes, il n'y a que les cultivateurs, primitives dynasties de l'endroit, se perpétuant de père en fils dans la même fonction sociale (la production des asperges, des petits pois, de la framboise, des fraises ananas, du cassis, de la groseille et de la violette), puis quelques minces bourgeois intrépidement casaniers, des rentiers tout aussi sédentaires, d'anciens officiers et sous-officiers pensionnés, et pas mal de boutiquiers, épiciers, marchands de vins, cabaretiers, traiteurs, limonadiers, etc., vivant de leur clientèle militaire et de celle des nombreux visiteurs qu'elle procure à leur localité. A Vincennes les mœurs générales sont celles d'une place de guerre, pas de pruderie et propos lestes, c'est la manière et le ton de l'endroit ; toutefois les filles des cultivateurs se sentent peu d'inclination pour le soldat, fût-il le premier bombardier de France. Une faute, deux fautes, avec un garçon, ou même deux garçons du pays, cela se pardonne ; un œillade à un troupier, portât-il l'épaulette d'or, il faut moins que cela pour être à jamais perdu de réputation. Tous les garçons jetteraient la pierre et le mépris à la malheureuse qui oublierait à ce point qu'elle se doit toute à sa caste et qu'il lui est interdit d'en sortir. A Fontenay-sous-Bois, à Montreuil et dans tous les environs, les villageoises doivent se prescrire la même retenue. Rebecca et farouche *au vis-à-vis* du militaire, c'est la consigne, et elles n'oseraient y manquer.

L'ancienneté du bois de Vincennes et son nom sont établis dans une suite de titres authentiques, dont le premier remonte à l'an 847. Il s'appelait en latin *Vilcenna*, d'où l'on a fait Vilcenne, puis Vicenne et enfin Vincennes. Dès 1164, sous Louis VII, il y eut à Vincennes un château habité par des religieuses. C'est Philippe-Auguste qui, en 1183, fit entourer le bois de hautes murailles, afin d'y renfermer un grand nombre de daims, de cerfs et de chevreuils, dont lui fit présent Henri, roi d'Angleterre, qui les avait pris dans ses duchés de Normandie et d'Aquitaine. En 1274, Philippe-le-Hardi agrandit l'enclos, et acheta plusieurs sources dont les eaux furent amenées dans les viviers du château.

Saint Louis séjourna souvent à Vincennes. Sauval dit que, de son temps, on montrait encore dans le bois le vieux chêne sous lequel, suivant ce que nous apprend Joinville, ce roi rendait la justice. C'est de Vincennes, où il avait déposé la couronne d'épine, qu'il partit, les pieds nus et accompagné de ses frères, pour porter cette relique à Notre-Dame de Paris. En 1265, la veille de son départ pour la croisade, il vint coucher à Vincennes, où il prit congé de Marguerite de Provence, sa femme. Jeanne de France, épouse de Philippe-le-Bel, et Charles-le-Bel moururent à Vincennes, l'une le 2 avril 1504, l'autre le 2 février 1527.

Six ans après, le château menaçant ruine, Philippe de Valois le fit raser et jeter les fondements du donjon actuel. Les premières assises étaient à peine hors de terre quand il mourut. Jean, son fils, éleva jusqu'au troisième étage l'édifice, qui ne fut fini que par Charles V, dit le Sage. C'est sous ce prince que les habitants de Vincennes, de Montreuil et de Fontenay, qui n'étaient tenus qu'à entretenir les eaux du château, furent condamnés, par le Châtelet, à monter la garde aux portes du donjon et du parc, en manteaux de gros drap où le chaperon tenait, semblables à ceux que Duguesclin faisait porter à ses gendarmes. Du temps de Charles VII, le roi d'Angleterre Henri, maître d'une grande partie de la France, mourut à Vincennes, en 1422. Jusque-là, le donjon royal n'avait été qu'une sorte de lieu de plaisance, où les rois et les princes venaient se réjouir et prendre leurs ébats. Louis XI, à partir de 1472, en fit un séjour d'angoisses et de malheur. Il le changea en une affreuse prison, remplie d'instruments de tortures, et près desquels il avait son appartement, afin d'entendre gémir ses victimes... Cependant, les rois venaient encore de temps à autre dans ce château, qui continua d'avoir une double destination. Charles IX y était allé cacher ses remords, lorsqu'il fut frappé par une mort prématurée. Sous Louis XIII, des bâtiments considérables furent ajoutés à cette résidence : tels furent la galerie qui existe encore, et deux magnifiques corps de logis, l'un pour le roi et l'autre pour la reine. A cette époque, Richelieu peupla le donjon d'un grand nombre de prisonniers. Le prince de Condé y fut enfermé en 1617, et quarante ans après, son fils, le grand Condé, y fut amené, pendant les troubles de la Fronde, avec le duc de Beaufort, qui réussit à s'évader. Diderot y fit, sous les verroux, un séjour de six mois, pendant lesquels il reçut fréquemment la visite de J.-J. Rousseau. Mirabeau n'y resta pas moins de sept ans. C'est là qu'il écrivit son ouvrage contre les lettres de cachet et ses *Lettres à Sophie*.

Aux approches de la Révolution, on ouvrit cette prison, et tout le monde put aller lire sur les murs des cachots les plaintes et les récriminations amères des malheureux enterrés vivants sous le despotisme royal.

En 1791, les prisons de Paris regorgeant de détenus, on voulut rendre Vincennes à la destination que lui avait assignée Louis XI. Déjà on avait commencé des travaux dans ce but, lorsque, le 2 février, les patriotes du faubourg Saint-Antoine, Santerre à leur tête, s'opposèrent violemment à la restauration de cette bastille ; déjà ils étaient en train de démolir le couronnement du donjon, lorsque Lafayette, accouru de Paris avec plusieurs détachements de la garde nationale, les obligea à se retirer. Soixante-quatre des plus mutins furent arrêtés. Ce mouvement des exaltés du faubourg, obéissant sans s'en douter à une impulsion de la cour, avait été combiné pour éloigner de Paris le chef de la milice citoyenne, pendant qu'aux Tuileries les chevaliers du poignard accompliraient une contre-révolution. Ils annoncèrent que le général avait été assassiné, et, en effet, tout avait été disposé par eux pour qu'il n'échappât pas. Dans le bois de Vincennes, des brigands apostés, croyant faire feu sur lui, tirèrent sur son aide-de-camp Romeuf, qui, heureusement, ne fut pas atteint. A son retour, Lafayette trouva la barrière gardée par un poste de royalistes ;

il lui fallut entrer de vive force, et sous l'arcade près de l'Hôtel-de-Ville, il ne dut qu'à la vitesse et à la solidité de son cheval d'échapper à une nouvelle tentative de meurtre.

Le projet de faire encore une fois de Vincennes une prison d'État fut abandonné ; on se borna à y renfermer les femmes de mauvaise vie, que l'on transféra plus tard dans l'ancien hôpital de Saint-Lazare, au faubourg Saint-Denis.

Sous le Consulat, le château de Vincennes redevint une prison politique ; c'est là qu'une police ombrageuse et prodigue d'incarcérations embastillait les citoyens soupçonnés d'être peu satisfaits de l'ordre de choses qu'elle avait mission de protéger. Plus tard, la prison de Vincennes, confiée à la vigilance de la garde impériale, devint un objet d'effroi. Le bruit se répandit que souvent, pendant la nuit, on y entendait des fusillades, et il se disait qu'à l'intérieur les mamelucks étaient les agents de sanglantes exécutions. Le sort funeste du duc d'Enghien, jugé militairement, condamné à mort, fusillé nuitamment et enterré dans les fossés, a peut-être été le principe de ces tragiques histoires.

C'est à Vincennes que furent enfermés les Polignac, après l'attentat du 3 nivôse ; plusieurs des complices ou présumés complices de Moreau et de Pichegru y firent un assez long séjour. Vincennes reçut aussi les cardinaux noirs, c'est ainsi qu'on désignait ceux qui, à l'époque du concordat, s'étaient montrés hostiles aux intentions de Pie VII et de Bonaparte. Les hôtes infortunés du terrible donjon avaient, à certaines heures, la liberté d'aller respirer sur la plateforme qui le termine ; de cette hauteur, on plane en quelque sorte sur tout un monde ; ce spectacle eût été une consolation pour de pauvres reclus ; mais, par un raffinement de cruauté, les geôliers impériaux établirent sur le parapet une cloison qui dérobait à leur poitrine un air pur et à leurs regards un si vaste horizon. C'est à Vincennes que furent enfermés, après la chute de Charles X, les ministres du coup d'État, le prince de Polignac, le comte de Peyronnet, MM. de Chantelauze et de Guernon de Ranville. Il s'était répandu dans Paris qu'ils ne seraient pas jugés; un immense rassemblement se rendit alors à Vincennes pour demander qu'on les lui livrât; mais toute cette colère de la multitude vint se briser contre l'énergique fermeté du gouverneur de la forteresse, le général Daumesnil, si connu du peuple sous le nom de la *Jambe-de-bois*.

Sous le règne de Louis-Philippe, les cachots de Vincennes restèrent vides. Après la révolution de Février, il n'y eut aucune arrestation politique, aucun coupable à juger; mais au 15 mai, un attentat contre l'inviolabilité de l'Assemblée nationale ayant eu lieu, le château de Vincennes fut de nouveau converti en prison, pour mettre à l'abri d'un coup de main les chefs présumés de cette entreprise, que leurs partisans pouvaient vouloir délivrer.

Prison ou forteresse, le château de Vincennes est d'un aspect formidable; il retrace deux des principaux caractères du gouvernement féodal: l'impénétrabilité du repaire et l'impunité, la sûreté de ses vengeances à l'ombre du mystère; pas de soupirs, pas de sanglots, pas de cris qui ne puissent être étouffés entre ces épaisses murailles. Différent en ce point de la plupart des autres forteresses du moyen-âge, le château de Vincennes a été construit en plaine, et il serait accessible de toutes parts si, pour le rendre inexpugnable, tout l'art des vieux temps ne s'était surpassé dans l'emploi de ses ressources. Ni en France, ni ailleurs, il n'a jamais rien produit d'aussi complet, d'aussi vaste, d'aussi régulier, d'aussi solide, d'aussi ingénieux dans ses procédés. Les dégradations qu'on remarque dans quelques parties de cet ensemble immense sont l'œuvre de la main des hommes, mais à peine peut-on y découvrir quelque trace de vétusté. Les pierres sont toutes d'une qualité admirable, à l'épreuve de toutes les intempéries, et il est probable que le boulet entamerait difficilement ce que les hivers ont respecté.

La figure du château de Vincennes est un long quadrilatère à angle droit, d'une grande dimension. Les
grandes lignes sont dans la direction du nord au midi. Des
fossés larges et profonds, des murailles et des tours composent une enceinte infranchissable, si l'on ne recourt aux
moyens de la moderne polyorcétique. C'est au milieu, du
côté nord, armé à ses deux extrémités d'une tour carrée, que se trouve l'entrée principale pratiquée dans un
corps de bâtiment muni de tous les accessoires défensifs en
usage autrefois : des ponts-levis, une herse, des meurtrières, des mâchicoulis, dont on reconnaît encore la place;
rien n'y manque. Au centre, du côté opposé, une porte s'ouvre sur le bois, avec lequel on communique par un pont de
pierre, élevé sur un large et profond fossé. Anciennement,
cette communication avait lieu par un pont-levis. Le côté
exposé à l'orient se développe entre deux tours carrées, également distantes d'une tour intermédiaire, près de laquelle
s'élèvent la chapelle et une construction moderne répétée
en face symétriquement. Le côté qui regarde au couchant
ne diffère du précédent qu'en ce que le fameux donjon remplace la tour du milieu.

Des neuf tours qui portaient aux nues leurs créneaux su

perbes, une seule est restée intacte; c'est la tour du Diable, située du côté du village. Elle est surchargée d'ornements et de détails d'une sculpture bizarre. Les autres tours furent rasées à la hauteur du mur d'enceinte, lorsque Bonaparte, averti par ses revers, songea à faire de Vincennes une place de guerre.

C'est dans le fossé, du côté de l'esplanade, à droite du pont-levis et dans l'angle rentrant formé par la *tour de la Reine*, que fut assassiné le duc d'Enghien : une lanterne fixée sur sa poitrine indiquait où les balles devaient frapper. Sa fosse fut creusée à l'instant même, et sur le tertre qui avait aidé à la retrouver, la Restauration fit placer un cippe de granit rouge, sur une base de marbre noir, avec cette inscription :

Hic cecidit.

Un saule pleureur ombrageait ce simple monument, qui a disparu depuis la révolution de Juillet.

Les restes du prince, après avoir reposé pendant quinze ans en cet endroit, furent enfin transférés dans la chapelle du château et déposés dans un monument élevé à sa mémoire.

Mais pénétrons dans le château, où la curiosité peut trouver amplement à se satisfaire; on arrive par deux ponts-levis, un petit pour les gens de pied, un grand pour les voitures, puis on passe par trois portes; celle qui donne définitivement accès à l'intérieur ne peut s'ouvrir ni en dedans sans le secours du dehors, ni en dehors sans le secours du dedans. A droite et à l'entrée du grand pont-levis, est gravée sur une table de marbre la curieuse inscription en vers où sont consignées toutes les particularités relatives à la construction du donjon. Les trois portes franchies, on est dans la cour royale, où se trouvent deux grands bâtiments modernes, symétriquement liés à leurs extrémités par deux galeries en portiques, couronnées de balustrades ; à gauche était l'appartement de Louis XIV et celui de Marie-Thérèse. Une porte ornée ouvre une seconde cour ; à gauche est le donjon, à droite la sainte chapelle, bâtie par Charles V ; le gothique en est exquis, les vitraux peints par Jean Cousin, sur les dessins de Raphaël, faisaient l'admiration des connaisseurs. C'est dans cette chapelle que se pratiquait le cérémonial pour les réceptions dans l'ordre de Saint-Michel. Le mausolée du duc d'Enghien, œuvre des mauvais jours du sculpteur Deseine, est une regrettable pauvreté.

Le donjon est comme une forteresse dans une autre : il a ses fossés particuliers, d'une profondeur de 40 pieds et revêtus de pierres de taille, montant verticalement jusqu'à hauteur d'une courbure qui regarde en dedans, de manière à former un insurmontable obstacle pour quiconque essaierait de gravir le fossé sans une assistance extérieure. Une galerie ouverte, percée de meurtrières, ajoute à la défense dont le système se complète par les tours qui, aux quatre angles, débordent par leur base sur le fossé. C'est encore par trois portes qu'on peut arriver dans le donjon, qui est au milieu d'une cour ; sa forme est carrée ; ce géant semble porter les quatre tours qui cachent les arêtes de ses angles. Un hardi escalier conduit aux cinq étages dont il se compose ; à chaque étage est une salle carrée dont la voûte, au centre, s'appuie sur un énorme pilier ; une vaste cheminée permet d'y faire du feu ; aux quatre coins de cette immense pièce sont quatre cabinets ayant également leur cheminée, et ayant souvent servi de prison ; au troisième étage, une galerie extérieure en saillie règne autour du bâtiment. Le sommet du donjon forme une terrasse cintrée, d'une coupe de pierres des plus curieuses ; ce belvéder est surmonté à l'un de ses angles d'une guérite en pierre, d'une exquise délicatesse et d'une hauteur extraordinaire. Au rez-de-chaussée était la chambre *de la question*, où, en 1790, on voyait encore tout l'affreux arsenal de la torture. Au cinquième étage était la salle du conseil, où le roi, quand il habitait le donjon, se consultait avec ses ministres sur les affaires de l'Etat.

Dès qu'un des étages recélait des prisonniers, toutes les portes étaient rigoureusement fermées; la porte commune par une porte épaisse et doublée de fer extérieurement et intérieurement. Chaque cachot était clos par trois autres portes également doublées, et chacune d'elles garnie de deux serrures et de trois verroux. Ces portes étaient placées en sens inverse, s'ouvrant en travers l'une de l'autre, la première barrant la seconde et la seconde la troisième, ou bien l'une s'ouvrait à droite, un autre à gauche, tandis qu'une dernière se haussait et s'abaissait comme un pont-levis. L'épaisseur des murs est de 16 pieds et l'élévation des voûtes de 32. Toutes ces prisons sont privées d'air et de lumière; d'étroites ouvertures sont censées donner accès à l'un et à l'autre, à travers trois grilles de fer croisées entre elles, de manière que les barreaux de la première masquent les vides de la seconde, et ceux de la seconde les vides de la troisième. Les cachots les plus étroits et les plus obscurs sont ceux du rez-de-chaussée. Les huit tours carrées sont également des prisons; les plus affreuses de toutes sont, sans contredit, dans la tour de la *surintendance*; quatre cachots, compartiments froids et ténébreux, où la taille humaine ne peut se déployer, où le prisonnier n'a pour s'étendre qu'un lit de pierre, y sont de véritables sépulcres; plus bas, est un caveau plus abominable encore, où l'on ne peut descendre que par un trou pratiqué dans la voûte. Oh! maudits soient à jamais les monstres dont l'orgueil et la méchanceté ne purent se satisfaire qu'en créant de si cruels moyens de faire sentir ou de venger leur puissance!

Avant que Paris eût son enceinte de fortifications et ses forts détachés, sentinelles avancées de sa défense, dans la croyance des Parisiens, le château de Vincennes, disposé en 1815 pour résister à une première attaque, était une citadelle imprenable. Cette opinion semblait être justifiée par la belle conduite du général Daumesnil, si connu du peuple sous le nom de la *Jambe-de-Bois*. Tout le monde sait avec quelle fermeté il résista dans ce poste lors de l'invasion de 1814. Depuis plusieurs jours la capitale était occupée par les armées alliées ; que Daumesnil ne se rendit pas ; il n'était alors bruit, dans tout Paris, que de son obstination et de la gaîté de sa réponse aux sommations de l'ennemi : « Quand vous me rendrez ma jambe, je vous rendrai ma place. » A la menace de commencer contre lui un siége en règle, son *ultimatum* fut : qu'il tenait la place du gouvernement français, et qu'il ne la remettrait qu'à ce gouvernement ; » en même temps, il fit arborer le drapeau blanc. Lors de la seconde invasion en 1815, Daumesnil déploya la même énergie, c'est-à-dire qu'il tint pour le roi et qu'on n'entreprit pas de le forcer.

Le château de Vincennes est aujourd'hui une caserne, un dépôt considérable d'armes et de munitions de guerre, une école d'artillerie et du génie, et quelquefois une prison. On y avait meublé de somptueux appartements pour les jeunes princes de la maison d'Orléans. C'est à Vincennes que se font, sous les yeux du comité d'artillerie, toutes les expériences et tous les essais d'innovation qui peuvent se rattacher aux progrès de cette arme. Il faut voir à l'une des extrémités du parc, en se dirigeant vers la presqu'île de la Marne, le polygone, sa butte et toutes ses dépendances. Là existe, mais encore à l'état rudimentaire, la fameuse *Canonville*, un des projets du vieux maréchal Soult, et dont on a tant parlé dans les dernières années du règne de Louis-Philippe. Canonville, qui ne devait pas coûter moins de 20 millions, et devenir tout à la fois un arsenal fortifié, une fonderie, une manufacture d'armes, une manutention de vivres pour cent mille hommes, une colossale réunion de magasins et de casernes, ne consiste, jusqu'à présent, qu'en de vastes hangars et en deux fortins destinés à s'opposer au passage de la Marne à Pont-Joinville. Lorsqu'il y a manœuvre à feu au polygone, les promeneurs doivent éviter de se placer dans la ligne de tir ; plus d'un curieux a payé de sa vie l'oubli de cette précaution.

Le bourg de Vincennes est riche en auberges, cafés-estaminets, marchands de vins-traiteurs, restaurants, hôtels, dont le plus considérable, nous voudrions dire le moins cher, est à l'enseigne du *Grand-Cerf*. Mais à Vincennes il y a des réfections pour toutes les bourses. Ne dédaignez pas les modestes établissements où se rendent les sous-officiers; si vous n'êtes pas en bonne fortune, et que vous ne cherchiez pas à vous dissimuler à l'ombre du huis-clos du cabinet particulier, le comptoir ne vous mettra pas le couteau sur la gorge.

La fête de Vincennes a lieu le dimanche après le 15 août.

L'étendue du bois de Vincennes et de 752 hectares, entourés de murs; au centre est une étoile, où neuf routes viennent aboutir; un obélisque, surmonté d'un globe et d'une aiguille dorée, porte deux écussons dont les inscriptions indiquent qu'en 1751 une plantation nouvelle remplaça l'antique forêt. Le parc de Vincennes était autrefois riche en fauves; sous Charles X, on l'avait peuplé de lapins qui, malgré la vigilance des gardes, n'échappaient pas tous aux collets des rustiques voisins. Souvent aussi il leur arrivait d'être salués au passage par l'étourdissant coup de chapeau d'un carrier rentrant de sa besogne, ou par la sournoise contondance d'un bâton de paysan. La faisanderie était très-riche et très-bien entretenue. Le duc d'Angoulême prenait un grand plaisir à tirer au vol ces brillants volatiles; chaque fois il en faisait un rude massacre, et les courtisans de célébrer son adresse, qui, en effet, n'était pas ordinaire, puisque, pour ajuster, il n'avait jamais pu parvenir à fermer un œil.

Pendant la belle saison, les dimanches et autres jours fériés, il y a souvent des danses dans le bois de Vincennes, quelquefois même des bals improvisés: un amateur a apporté son violon, ou son octavin, ou son cornet à piston, instrument favori du garçon épicier ou de toute autre oreille anti-musicale; il s'offre d'être le ménétrier, et toute l'aimable société, ravie de cet orchestre individuel, polke avec d'inouïs transports d'allégresse. Autrefois, dans le bois, on n'eût pas fait cinquante pas sans rencontrer, ou mollement assis sur le gazon, ou debout, se promenant amoureusement penchés l'un vers l'autre, de bien tendres couples; plus loin, partout enfin où il y avait de l'espace, c'étaient des guirlandes animées de jeunes filles, bien innocentes, qui sautaient et gambadaient en rond en chantant:

> Nous n'irons plus au bois,
> Les lauriers sont coupés;

ou bien encore qui jouaient en répétant en façon de psalmodie,

> Promenons-nous dans les bois
> Pendant que le loup n'y est pas.

En effet, le loup n'y est pas, mais les mamans ont imaginé que, par le fait d'une nombreuse garnison, souvent assez désœuvrée et peut-être aussi, en certaines occasions, légèrement avinée, il pourrait y avoir là, pour des jouvencelles, un danger beaucoup plus grave que celui du loup. D'une part, les discrètes amours ne se sont plus senties attirées vers ces ombrages déshérités de leurs mystères; d'autre part, les mamans prudentes et les fillettes ont fui comme si le loup y était. Si bien qu'aujourd'hui, dans ce bois de Vincennes, où il y avait jadis des joies pour tout le monde, il ne s'aventure guère que dryades ou hamadryades par trop aguerries, et puis là, tout s'est désenchanté à la fois, tout ce qui était champêtre s'est évanoui : y a-t-il rien de moins pastoral qu'un uniforme, de moins idylle que la fanfare, de moins églogue que des retentissements perpétuels de coups de canon? Aussi, comme les chantres ailés de céans ont disparu : pas un rossignol, pas une fauvette, pas un gazouillement d'oiseau dans ces feuillées dont la douce verdure a perdu tous ses habitants!

Il y a quelque vingt ans, le bois de Vincennes fut le théâtre d'un crime bien affreux : de petites croix, souvent renouvelées depuis cette époque, indiquent encore l'endroit où, par un monstre appelé Papavoine, furent assassinés, au bord d'une allée, sous les yeux de leur mère, qui ne put les défendre, deux pauvres petits enfants. Cet attentat resta longtemps inexplicable ; Papavoine fut frappé par la justice, mais son instigateur, que protégeait le pouvoir du jour, fut couvert par une scandaleuse impunité.

Chassons bien vite ce lugubre souvenir et courons à *Fontenay-sous-Bois*, charmant village qui doit son double nom au bois de Vincennes, auquel il est presque contigu, et à ses sources, dont les eaux abondantes alimentaient les abreuvoirs, que Charles V fit construire en son château de Beauté. Les conduits passaient à travers les masures des habitants, qui étaient tenus de les nettoyer, et qui, pour ce travail, furent exempts de la chasse au loup. Le manoir seigneurial de Fontenay est encore debout ; il y avait aussi, dans ce bois, un couvent de Minimes, qui a été démoli, à l'exception des bâtiments où les rois avaient un appartement lorsqu'ils y venaient en dévotion. Fontenay, situé à 10 kilomètres de Paris, a une jolie église gothique et d'agréables maisons bourgeoises ; on y montre encore celle du célèbre tragédien Lekain et le tombeau de Dalayrac. Comme Nanterre et Salency, Fontenay a sa fête annuelle de la Rosière, le 21 août ; elle attire un grand concours de Parisiens. Ce solennel couronnement de la fille la plus sage a eu la plus heureuse influence sur les mœurs des *fontenaisiennes* et même sur celles des jeunes garçons du village, dont la population, de 3,173 habitants, se compose en grande partie de cultivateurs. Les paysans de Fontenay sont en général assez affables et beaucoup plus sympathiques aux bourgeois que dans bon nombre d'autres localités de la banlieue. On trouve à Fontenay tout ce qui est nécessaire pour pourvoir aux besoins de la vie. C'est là qu'existe le réservoir des eaux de la Marne et que passe la route stratégique du fort de Nogent, placé sur la hauteur, à égale distance de Nogent et de Fontenay.

Visitons le fort et poussons jusqu'au village dont il a emprunté le nom. Là, nous ne serons encore qu'à 8 kilomètres de Paris. Nogent, situé sur la rive droite de la Marne, a l'apparence d'un gros village ; sa population n'est, toutefois, que de 1,828 habitants. Les maisons de campagne, occupées seulement dans la belle saison, y sont les plus nombreuses ; aussi, comme les bourgeois aisés tirent ordinairement de Paris tout ce qui est à l'usage de leur consommation, il en résulte que Nogent est une localité des plus dépourvues de toute espèce de ressources ; pourtant elle fut jadis une des plus splendides. *Novigentum* ou *Novientum*, ainsi le nommait-on, était en 581 une résidence royale. Childéric y reçut, dans son palais, les présents que lui envoyait Tibère, empereur d'Orient ; plusieurs rois de la première race affectionnèrent ce séjour. Sous la seconde race, Nogent et ses habitants, opprimés par des rois, par des moines, par des seigneurs de différents fiefs, puis enfin par les religieux de Saint-Maur-des-Fossés, qui avaient fini par s'emparer de tout, maisons, terres et personnes, eurent à souffrir toutes les misères de la plus affreuse servitude. Ils ne commencèrent à respirer de nouveau qu'en 1404, que Charles VI les affranchit des déprédations et ravages que ses officiers avaient exercés jusque-là.

L'église de Nogent, sous l'invocation de saint Saturnin, renfermait plusieurs tombeaux, qui ont été détruits ; elle n'a rien de remarquable ; il existait autrefois dans cette paroisse un usage bien singulier : après la communion pascale, les habitants buvaient du vin dans l'église et se rendaient ensuite en procession à Saint-Maur.

Presque toutes les maisons de la grande rue ont de beaux jardins ; les plus agréables sont ceux qui descendent de terrasse en terrasse jusqu'à la rivière. C'est à Nogent que mourut, en 1733, à l'âge de 86 ans, la marquise de Lambert, l'amie de Fontenelle, le plus spirituel des octogénaires. Wateau, peintre admirable, quoiqu'il n'eût pas assez de genre pour ne pas subir l'influence du mauvais goût de son siècle, habitait Nogent, dont il espérait que l'air pur rétablirait ses poumons; mais rien ne put enrayer la phthisie, il y succomba à l'âge de 37 ans, le 18 juillet 1721; à ses derniers moments, le curé qui l'assistait lui présenta un crucifix à baiser. « Otez de devant moi cette face hideuse, s'écria le peintre, comment un artiste a-t-il pu rendre si mal les traits d'un Dieu? »

C'est sous les traits de ce curé, dont il était l'ami, que Wateau, lui trouvant la mine belle et joviale, peignit ses pantalons, ses gilles, ses pierrots, son médecin, harnaché d'un collier de limonier; au moment de mourir, il lui demanda pardon de l'avoir si grotesquement affublé. *Habitants de Nogent, bonnes gens,* dit le proverbe, et vraiment le proverbe a raison; les paysans de ce village sont laborieux, polis et moins corrompus que dans beaucoup d'autres communes. Si vous aimez les fêtes villageoises, celle de Nogent vous plaira; elle a lieu à la Pentecôte, et ne dure pas moins de trois jours.

BARRIÈRE DE MONTREUIL.

MONTREUIL. — ROSNY. — NOISY. — ROMAINVILLE.

En suivant le boulevart extérieur, passablement garni de cabarets d'assez mince apparence, on arrive à la barrière de Montreuil, à l'extrémité de la rue du même nom, qui, à quelques cents mètres de là, se bifurque avec la rue du Faubourg-Saint-Antoine.

La barrière de Montreuil est moins militaire que civile; on y voit peu d'uniformes, excepté le dimanche, lorsqu'il est de mode parmi les ouvriers de se parer de leur habit de garde national. Les jours de fête, les *gens du bâtiment,* charpentiers, serruriers, menuisiers et maçons y affluent; ces derniers, que leurs coopérateurs de la bâtisse qualifient impitoyablement de *mufles,* sans doute à cause de leurs airs peu dégagés, y sont en majorité. C'est là qu'ils viennent faire leurs noces et festins, et qu'ils se retrempent dans toutes les puretés des patois consanguins de la Creuse, de la Corrèze, de la Haute-Vienne, du Lot, de Lot-et-Garonne, de la Dordogne, voire même de l'Aveyron.

Rome n'est plus dans Rome, elle est toute où je suis,

peut se dire avec orgueil le brave Limousin en se retrouvant à la barrière de Montreuil, au milieu de ses frères *de la Limoge*. Il est bien entendu que pour lui Rome, c'est l'antique *Lemovices Augustoritum*, cité quasi de bois, où se délivrent les passeports de tous ces milliers de limousineurs qui, la truelle à la main, viennent se gagner une chaumière ou un champ en bâtissant les palais de Paris.

Dans un temps où la *Redingote-Grise*, le *Petit-Chapeau*, le *Petit-Caporal* étaient autant d'enseignes séditieuses, rappelant à l'esprit la gloire de Napoléon, la même idée s'abrita derrière cette rubrique le *Grand-Vainqueur*, que la police n'osait incriminer, car le Grand-Vainqueur pouvait-être Louis XIV ou tout autre héros de la monarchie. Mais, sous la Restauration, les impérialistes ne s'y méprirent pas, et la guinguette du Grand-Vainqueur, à la barrière de Montreuil, était alors un rendez-vous qu'ils affectionnaient, ce qui ne veut pas dire, toutefois, qu'ils fissent aucunement fi de la *Renommée-du-petit-salé*, où plus d'une santé silencieuse s'adressait au captif de Sainte-Hélène. Le vin blanc y était particulièrement fêlé, et le vin rouge y était réputé naturel. Il l'est encore, et Dieu veuille, disent les habitués de ces lieux, qu'ils ne cesse jamais de l'être!

Entrez aux *Vieillards-Antiques*, sans vous étonner de ce singulier baptême de l'établissement : le vin est le lait des vieillards, c'est une vérité parfaitement consacrée de tous temps. Ce fut apparemment pour avoir du vin que le patriarche Noé planta la vigne, il n'était pas jeune alors; Loth, que ses filles enivrèrent avec tant de facilité, était un respectable barbon que le jus de la treille rendait encore

vert ; Anacréon et tant d'autres, que bien des siècles sépa-
rent de la génération actuelle, furent des doyens de leur
époque, et ne vécurent si longtemps en joie et santé que
par la vertu des dons de Bacchus. Hippocrate, qui n'était
pas non plus un blanc bec, bien qu'il eût la barbe grise,
recommande très-expressément à qui souhaite se bien porter
de s'enivrer au moins une fois par mois.

Voilà donc les vieillards antiques, dont l'enseigne nous
convie à suivre le salutaire exemple ; et que de modernes
sont enclins à les imiter ! L'agréable liqueur qui fait épa-
nouir la rate a été tant célébrée ; il n'est pas jusqu'à madame Deshoulières qui n'ait dit :

> C'est un secours contre plus d'un tourment ;
> Il n'en est point qui ne cède aisément
> Au doux glouglou que fait une bouteille.

Et il n'est personne qui ne se rappelle ce couplet que
chante Sganarelle dans le *Médecin malgré lui* :

> Qu'ils sont doux,
> Bouteille jolie,
> Qu'ils sont doux
> Vos petits glouglous.
> Mais mon sort ferait bien des jaloux,
> Si vous étiez toujours remplie !
> Ah ! bouteille, ma mie,
> Pourquoi vous videz-vous ?

Ainsi, cette inscription aux Vieillards-Antiques a un sens
bien profond, et l'on ne devrait pas hésiter, malgré son
vernis tout classique, à la déclarer bien choisie, si, par cas
fortuit, dans quelque recoin bien obscur de la cave de l'é-
tablissement, depuis le millésime d'une comète quelconque, il avait été oublié quelque bouteille avec le bon cachet.

Le *Franc-Bourguignon* est encore un endroit qu'on ne
doit pas dédaigner ; le bon marché du solide s'unit au bon
marché du liquide en ce modeste cabaret. Aussi plus d'un

chaland ne voudrait jamais en sortir ; plus d'une femme
en courroux vient y chercher son mari, qui, le mardi venu,
ne songe pas encore qu'il a quitté son logis le dimanche.
« Tu vas marcher devant moi ! » Telle est l'injonction de
l'autorité conjugale tombée en quenouille ; la poule chante
alors plus haut que le coq, et, quoique le Code lui commande l'obéissance, on ne peut que l'applaudir de s'en
être affranchie. Le mari a tort, il faut qu'il cède et re-
tourne à son travail. Malheur à l'épouse qui manque de
fermeté en pareille occurrence ; se laisse-t-elle attendrir par
l'offre d'un coup de piclon, vient-elle à s'asseoir, accorde-t-
elle le moindre répit, sourit-elle au lieu de se fâcher tout
rouge, elle, son ménage, ses enfants, tout sera compromis,
tout sera perdu par cette faiblesse, tout s'en ira à la déban-
dade par l'effet de cette transaction. La femme forte est la
Providence de l'ouvrier.

Le gros bourg de Montreuil-sous-Bois ou sur-le-Bois, plus
connu aujourd'hui sous la dénomination de *Montreuil-aux-
Pêches*, a donné son nom à la barrière que nous venons
de franchir. Sa population, naguère encore entièrement
composée d'horticulteurs, s'est considérablement accrue
depuis quelques années ; elle est de 5,600 habitants, de
tous états et professions. D'importantes industries se sont
établies à Montreuil ; nous citerons notamment une fabrique de porcelaine, dont les produits, en imitations chi-
noises et japonaises, sont devenus des objets d'exportation
très-recherchés à cause de leur bas prix et de leur perfec-
tion.

Les amateurs de la florilogie ne peuvent se dispenser
de visiter les jardins et les serres si renommées de MM. Le-
père (Alexis), Savart père et Savart fils. Il y a là de magnifiques collections de camélias, de magnolias, d'azalées et
de bruyères. Au reste, Montreuil est le pays des cultures
les plus variées, mais c'est à ses espaliers qu'il doit sa principale et vieille réputation. Ses pêchers et ses pêches ont
été depuis longtemps cités comme des miracles de la science

horticulturale : on en a même écrit des choses fabuleuses ; ainsi Mercier, dans son *Tableau de Paris*, a poussé l'exagération jusqu'à affirmer très-sérieusement qu'à Montreuil trois arpents de terre produisent habituellement à leur propriétaire 20,000 livres de rentes, à quoi il ajoute, en parlant des Montreuillais, ils cultivent les pêches les plus belles qui soient sur le globe ; or les pêches, en certains temps, valent 6 livres pièce. Quand un prince donne une fête un peu brillante, on en mange pour 300 louis d'or.

L'arpent, continue Mercier, y est loué 600 livres, et l'on en paie au roi 60 pour la taille. Montreuil est le plus beau jardin dont puisse se glorifier Pomone, nulle part l'industrie n'a poussé plus loin la culture des arbres à fruit et surtout celle du pêcher. C'est un coup d'œil intéressant que ces murailles tapissées des plus beaux fruits, tandis qu'entre les espaliers sont semés des fraises, des pois, des légumes de toute espèce. La capitale doit quelque reconnaissance à l'admirable industrie de ces jardiniers qui peuplent les marchés de ces excellentes productions qui plaisent au goût et entretiennent la santé.

Ce pauvre Mercier n'avait jamais aperçu, même de loin, un jardin à la Montreuil. Il raconte à ses lecteurs que la possession de trois arpents équivaut à 20,000 livres de rentes, et, quelques lignes plus bas, il leur dit que l'arpent se loue 600 livres. En visant à l'extraordinaire il se fourvoie de même que s'est fourvoyé ce bon abbé Rozier, qui, dans son cours d'agriculture, rapporte très-sérieusement que, de son temps, on a pu voir des pêchers presque séculaires couvrir, de leur monstrueux éventail, une étendue de 70 pieds de mur. Il n'y eut jamais à Montreuil de pêcher de cet âge et de cette dimension ; mais, ce qui est incontestable, c'est que les cultivateurs de Montreuil ont les premiers mis en pratique la bonne taille du pêcher, les meilleurs procédés pour en obtenir des fruits d'une qualité exquise, les soins qu'exigent la prospérité et la conservation des espaliers.

Un jardin neuf, en plein rapport, vaut à Montreuil de 10 à 12,000 fr. l'arpent et se loue jusqu'à 50 fr. la perche. Un jardin épuisé n'a plus que la valeur d'une terre ordinaire, augmentée de celle des matériaux dont se composent ses murs qui n'ont plus de destination.

Tout jardin à la Montreuil se constitue d'un enclos coupé par des traverses parallèles entre elles et formant un nombre de compartiments disposés de manière à ce que l'air et le soleil puissent y arriver. On multiplie ainsi les bonnes expositions. Chacune de ces traverses est un mur qui, de même que celui de la clôture générale, a 2 mètres 50 d'élévation avec fondation en moellons de 50 centimètres; le surplus est construit en plâtras provenant des démolitions parisiennes. Un large chaperon sert à abriter les espaliers et souvent un cordon de chasselas taillé à la manière de Thomery et de Fontainebleau.

Les murs sont constamment tenus en bon état, afin d'éviter que les mulots ou des insectes destructeurs ne s'y logent. Là, point de crevasse, point de dégradation qu'on ne fasse à l'instant disparaître.

Les murs en plâtras, toujours parfaitement unis, présentent cet avantage qu'ils permettent de donner à chaque bras d'espalier la direction la plus convenable, sans que l'on puisse être gêné par la difficulté de planter des clous.

A Montreuil, pas un pouce de terrain de perdu; dans l'espace compris entre deux traverses, de la vigne et des cerisiers quenouilles ou gobelets, des framboisiers, des groseilliers, des fraisiers; sur les parois des murs, selon l'exposition, les diverses espèces de pêchers, d'abricotiers, de pruniers, la cerise royale; aux angles les plus chauds le figuier; dans les nords les poires de bon-chrétien, du beurré, la crassane, etc.; dans les côtières, toujours richement fumées, des fèves de marais, de la chicorée; du cerfeuil.

Ici, les bonnes méthodes ont tout perfectionné; toutefois, la pêche hâtive y est moins précoce qu'en Angleterre, où, dans les cultures de luxe, on a introduit des espaliers artificiellement chauffés, procédé qui exige trop de précautions et devient trop dispendieux pour être à l'usage des agriculteurs purement industriels. Les Montreuillais s'en sont tenus au choix des bonnes espèces. Du reste, rien de moins routinier que le cultivateur de cette localité; il s'enquiert avec la plus grande sollicitude de toutes les innovations, ne recule pas devant les essais et a l'œil constamment ouvert sur le travail de ses voisins, afin de profiter de leur expérience. Il est curieux et intelligent. Une erreur du provincial amateur de jardins est de s'imaginer qu'à Montreuil on élève des pêchers; les pêchers de Montreuil viennent des pépinières de Vitry-aux-Arbres, d'où l'on tire, dans leur troisième année, des sujets dont la greffe a été prise à Montreuil sur les arbres qui ont donné les plus beaux fruits. C'est ainsi que l'espèce se perpétue.

Le territoire de Montreuil, pourvu de sources abondantes, peut défier les plus persistantes sécheresses. Quant aux gelées du printemps et aux accidents de la grêle, la constante vigilance des horticulteurs emploie les moyens les plus efficaces pour en préserver les espaliers.

Tout le temps que dure la saison des pêches, il se tient, tout le soir à Montreuil, un marché où les particuliers qui ne veulent pas faire le voyage de la Halle peuvent vendre leur cueillette de la journée aux cultivateurs plus aisés qui ont à leur disposition le moyen de transport.

A Montreuil il y a peu de maisons de campagne; le bourgeois n'y foisonne pas. Il se sentirait mal à l'aise au milieu de cette population trop occupée et trop orgueilleuse pour faire la moindre attention à ce qu'on appelle des gens de loisir. Le Montreuillais n'est pas villageois le moins du monde, le *monsieur* lui inspire peu de respect; de son côté la Montreuillaise n'a positivement aucune déférence pour la *dame*. Le sentiment dominant parmi les indigènes est la cupidité portée à l'excès; il s'unit à une licence de mœurs que les voyages de nuit, pour approvisionner de fruits la capitale, n'ont pas peu contribué à développer. Aussi Montreuil a-t-il sa chronique scandaleuse, et, si l'on en croit les mauvaises langues, plus d'un complément ou supplément de dot a été le résultat d'une intrigue dont la divulgation fournirait à un nouveau tableau des *Mystères de Paris* la nature d'un chapitre des plus piquants. Filles et garçons de Montreuil étaient, il y a peu d'années, assez mal famés : à une époque où le *cancan* était en vogue, ils en dansèrent un des plus effrénés sur la place publique, ce qui leur valut, devant une chambre de la correctionnelle, une condamnation sévère accompagnée d'un formidable galop. — Plus tard un crime affreux (un beau-père avait été assassiné par son gendre) vint démontrer à la justice la nécessité de moraliser cette commune par un terrible exemple. Elle voulut que Lezier, le coupable, fût exécuté sur cette place même où, à la suite d'une orgie des deux sexes, s'était dansée la ronde obscène. Depuis ce temps, les habitants de Montreuil n'ont plus fait parler d'eux, et tout porte à croire que la génération nouvelle s'est heureusement amendée.

Montreuil n'est qu'à 6 kilomètres de la barrière et à 2 kilomètres de Vincennes. — Sa fête a lieu le dimanche après Saint-Pierre; elle est peu brillante et attire peu de monde.

ROSNY.

En gravissant les hauteurs, on rencontre, après le fortin de Fontenay-sous-Bois, les forts de Rosny, de Noisy, avec deux fortins intermédiaires, et le fort de Romainville. Chacun de ces forts emprunte son nom du village dont il est le plus voisin. Rosny, de l'arrondissement de Sceaux, est un joli endroit, dans un site assez agreste ; sa proximité du bois de Reuilly ajoute à l'agrément de sa position. Sa population est de 1,160 habitants, presque tous cultivateurs et ayant peu de relations avec Paris, dont ils sont séparés par une distance de 10 kilomètres. A Rosny commence, de ce côté du moins, le sol des grandes fermes, dont les propriétaires ont çà et là de charmantes habitations. Le château de Rosny est un délicieux manoir. Dans ces parages rustiques, on est heureux de retrouver l'affabilité dont se privent d'ordinaire les paysans de la banlieue ; à Rosny l'étranger peut demander son chemin sans redouter un renseignement trompeur, l'absence d'une réponse ou une grossièreté, et, quoique bien mis, il ne sera pas regardé de travers, et, suivant l'us de la vieille politesse, en passant près de lui, on ne lui refusera pas un salut cordial.

Les pommes de terre de Rosny sont d'une excellente qualité.

NOISY-LE-SEC.

On compte dans les environs de Paris cinq villages qui portent le nom de Noisy, tous sont très-anciens. Celui que nous allons visiter est à 12 kilomètres de Paris, et se trouve compris dans l'arrondissement de Saint-Denis. Sa population est de 2,515 habitants.

Dès l'an 842, le village de Noisy (*Nucidum*) se trouve mentionné dans une charte de l'empereur Lothaire. Parmi les seigneurs dont il eut à subir la loi ou le caprice, on cite trois personnages historiques : Enguerrand de Marigny, Louis d'Orléans, en 1450, et le fameux Nicolas Balue, maître des comptes sous Louis XI.

L'église de Noisy, spacieuse et bien éclairée, est son seul édifice un peu remarquable. Un fait du siècle dernier (1707) est le seul souvenir que les vieillards de Noisy aient pu recueillir de la bouche de leurs mères-grand : en creusant une fosse sous un arbre, on trouva, dans un état de parfaite conservation, le corps d'une femme inhumé depuis plus de trente ans. Sa mère, encore vivante, la reconnut : les traits de son visage étaient restés dans leur forme, seulement la peau s'était desséchée. Aussitôt les bonnes âmes de crier à la sainte et d'implorer des miracles. Ces extravagances superstitieuses vinrent aux oreilles de l'archevêque, qui ordonna de réinhumer le corps dans l'église, afin d'empêcher le concours. Mais le peuple fit un trou à la fosse et plaça dessus une grille à travers de laquelle on voyait les pieds de la défunte. On y faisait toucher des chapelets, on y disait des évangiles et l'on y faisait des offrandes. Les adorateurs de cette relique ne cessèrent leur idolâtrie qu'après une défense formelle qui fut lue au prône, et qui leur apprenait, de la part de l'archevêque, que la conservation des cadavres résultait de certaines conditions purement physiques, et n'était nullement un indice de sainteté. Assurément les dévotes ne furent pas convaincues, mais plus tard, une révolution a balayé ce qui persistait de leur stupide croyance, et à Noisy on n'y pense plus.

Noisy-le-Sec est renommé pour ses asperges; on y cueille aussi une grande quantité de fraises.

ROMAINVILLE.

De Noisy à Romainville il y a à peine une portée de canon. Si nous avions la fureur des étymologies, nous dirions que ce charmant village, situé à 15 kilomètres de Paris, fut jadis la *villa* de quelque César, *Villa Romana*, la maison de campagne de l'empereur Julien. Les 5,406 habitants de cette commune, de l'arrondissement de Saint-Denis, dussent-ils se sentir fiers de pareille origine, en conscience nous n'aurons pas assez d'imagination pour établir, avec quelque vraisemblance, qu'ils descendent en ligne directe de quelque colonie du peuple-roi. La population de Romainville est tout bonnement du sang gaulois, qui, certes, en vaut bien un autre; elle se compose de cultivateurs, d'horticulteurs et d'ouvriers employés soit dans les carrières à plâtre, soit à la confection de la chaux hydraulique et des briques façon anglaise.

Le plus ancien document dans lequel il soit fait mention de Romainville date du treizième siècle. Depuis cette époque, pas un souvenir historique ne se rattachait à cette localité, lorsque, le 29 mars 1814, les troupes russes occupèrent les hauteurs environnantes qu'on avait négligé de garder. Il s'agissait de reprendre ces positions et de protéger Romainville. L'ennemi fut débusqué et poursuivi; mais bientôt, revenu à la charge avec des renforts considérables, il renouvela le combat; la lutte fut terrible, Romainville fut pris et repris plusieurs fois; enfin il resta au pouvoir des Français. Malheureusement, Paris n'avait pas été défendu aussi vigoureusement sur d'autres points, et la coalition se présentait avec des masses si imposantes, qu'il fallut se replier devant elle. Dans la soirée, les Russes établirent leur quartier-général à Romainville, et le lendemain eut lieu leur entrée dans Paris.

Mais, oublions cette journée néfaste pendant laquelle la trahison du dedans mit le comble à la trahison du dehors, et parcourons ce riant village où tout semble respirer le bonheur, l'aisance, la propreté. Combien d'agréables habitations, de jardins bien tracés et bien fleuris, de charmantes demeures dont l'aspect rappelle à la pensée la *mediocritas aurea*, la médiocrité dorée d'Horace! Il faut surtout remarquer la maison dite le *Moulin de Romainville*. Le château, d'une élégance moderne, est bâti sur une éminence, on y jouit d'une des plus belles vues des environs de Paris; son parc, d'une vaste étendue, n'est qu'une suite d'admirables paysages, rafraîchis par des pièces d'eau, des cascades et les doux murmures d'une rivière toujours limpide. Ses ombrages si pittoresques sont un heureux mélange de tous les arbres et arbustes exotiques que l'art et la patience des naturalistes sont parvenus à acclimater.

Il y eut un temps où des essaims d'amoureux s'abattaient sur le bois de Romainville; on y allait cueillir la violette, manger des fraises, boire du lait, couper des lilas; on s'y roulait sur l'herbe, on s'enfonçait dans les bosquets, et mille mystères, quasi-publics, s'y accomplissaient en secret en vertu de cette convention tacite : *Ne dérangeons pas le monde, laissons chacun comme il est.*

Alors on chantait :

> Qu'on est heureux,
> Qu'on est joyeux,
> Tranquille
> A Romainville!
> Ce bois charmant, pour les amants,
> Offre mille agréments.

Romainville est la patrie des lilas, des seringats, des chèvrefeuilles, de la boule-de-neige. Les bandes joyeuses qui allaient autrefois s'y divertir ne rentraient jamais sans en rapporter des brassées. C'était à Romainville que l'on se couronnait de fleurs en se régalant du savoureux gâteau fait à la mode de la campagne ; partout c'était une appétissante odeur de pâtisserie rustique, et les habitants, pour accueillir les visiteurs, semblaient en tout temps avoir pris leur visage de fête ; leur hospitalité n'était pas désintéressée, mais elle était engageante et vraiment cordiale. Enfin Romainville, village et bois, était un ravissant théâtre de plaisirs : c'était jeune, c'était pastoral, c'était bruyant, c'était Florian et Gessner en même temps que c'était corybante et bachique. Aujourd'hui Romainville est un peu abandonné ; son bois s'est éclairci, ses bosquets sont en ruine, et ses félicités, ses jovialités ont vieilli, elles sont passées à l'état rococo. L'humeur parisienne n'est plus autant aux folâtres gaîtés, elle s'est tempérée, attristée, assombrie ; la faute en est, dit-on, aux préoccupations politiques, qui, bientôt depuis plus d'un demi-siècle, ne nous laissent plus sans soucis. — Noirs nuages, ôtez-vous donc de notre soleil et ne revenez plus !

N'importe ! Romainville est beau le dimanche, plus beau le premier dimanche d'août, jour de sa fête !

Barrières de Fontarabie ou de Charonne, — des Rats, — d'Aunay, — des Amandiers.

LES DEUX CHARONNE. — BAGNOLET. — LE CIMETIÈRE DU PÈRE-LACHAISE.

La barrière de Charonne est située dans le quartier Saint-Antoine. Des ouvriers, des militaires, des Auvergnats avec leurs femmes et leurs enfants, tel est le personnel qui se rassemble en cet endroit le dimanche et le lundi. S'il ne vous déplaît pas trop d'entendre le plus rocailleux des *charabias*, entrez au *Rendez-vous du Cantal*, vous y trouverez l'élite des charbonniers, des porteurs d'eau, des marchands de peaux de lapin et des ferrailleurs coiffés pour le moment de leur large chapeau le plus neuf, requinqués de leur cravate de couleur aux grands coins flottants et de leur habit-veste aux poches béantes. Soyez certain que là chacun

est à son écot ; personne ne paie que pour soi, personne
ne régale ; on cause du pays ; on se dispute, c'est encore à
propos de souvenirs et de rancunes du pays ; des querelles
d'intérêt, commencées au sein des montagnes, se ravivent
au milieu des verres, et souvent sans se terminer ; elles
aboutissent à une de ces rixes violentes qui, autour d'elles,
mettent tout le monde en rumeur et en garde, tant on craint
les éclaboussures. Les horions se détachent au hasard ; les
coups de pied, les coups de poing granitiques pleuvent sur
des faces, des têtes et des corps qui ne le sont pas moins ;
les femmes se lamentent et s'entre-mêlent au différend pour
l'apaiser, les enfants pleurent avec des bouches à faire frémir : c'est pis que la lutte si drolatique engagée entre les
convives du *Souper ridicule* du vieux poète Régnier : *Tous*
en sont venus de parler à tic-tac, à torche-lorgne.

> Qui casse le museau, qui son rival éborgne,
> Qui jette un pain, un plat, une assiette, un couteau,
> Qui pour une rondache, empoigne un escabeau.

Mais respect aux bouteilles pleines, les briser est un sacri-
lége.

Chaque barrière a sa guinguette à l'usage des plus huppés ; ici les sociétés qui se targuent de leur distinction, costume et manières, se rendent d'ordinaire *aux Armes-de-*
France. Par contre, on va s'asseoir, dans toutes les tenues,
au cœur de l'établissement des *Petits-Cochons-sans-pa-*
reils, où l'on boit du vin à 4 sous, et mange la soupe à neuf
heures. Aux Noces-de-Cana, si l'on a de la monnaie, on
est pareillement reçu sans cérémonie ; mais pourquoi cette
enseigne aux Noces-de-Cana ? n'y boirait-on que de l'eau
magnétisée ?

La barrière franchie, vous êtes dans Charonne, qui n'est
qu'à 6 kilomètres des tours de Notre-Dame. Ce village (petit
et grand) dépend de l'arrondissement de Saint-Denis, et
pourtant il commence au faubourg Saint-Antoine ; sa population est de 6,017 habitants. Sa fête patronale, fort peu

champêtre, est le premier dimanche d'août. Il y a encore à Charonne quelques espaliers et des jardins à la Montreuil; plusieurs établissements d'horticulture (plantes rares et fleurs) sont dignes de fixer l'attention ; mais ce qui domine dans cette localité, ce sont les établissements industriels, et l'on y compte aujourd'hui beaucoup plus d'ouvriers que de cultivateurs.

L'église de Charonne est une des plus anciennes; la base de son clocher remonte au onzième siècle. C'est, dit-on, à Charonne que saint Germain-l'Auxerrois, réputé son fondateur, reçut les vœux de sainte Geneviève: le tableau du maître-autel représente ce fait mémorable. Charonne a sa vieille histoire; son nom est mentionné dans des titres du temps de Hugues-Capet et du roi Robert. Dans le treizième siècle, ce village possédait une sorcière ou *devine*, dont les oracles étaient en grand renom, même dans Paris.

Lors des troubles de la Fronde, Louis XIV était à Charonne, pendant que les deux armées, celle de Turenne et celle du prince de Condé, en venaient aux mains dans le faubourg Saint-Antoine. Dans la journée du 30 mars 1814, les Français, attaqués dans Charonne, s'y défendirent vigoureusement; mais deux divisions russes s'étant emparées du cimetière du Père-Lachaise, ils furent contraints de se replier. Le château et le parc de Charonne n'ont rien de remarquable; au reste Charonne offre, en général, peu d'attrait aux promeneurs.

Bagnolet touche à Charonne, auquel il est en quelque sorte *juxta-posé;* nous n'avons pas son acte de naissance, mais il est constaté qu'il existait en 1356. Depuis lors, ce village a bien grandi, et aujourd'hui on n'y compte pas moins de 1,321 habitants, tous cultivateurs ou plâtriers. Le duc d'Orléans, régent de France, ayant acheté la seigneurie de Bagnolet, en fit une résidence vraiment féerique. C'est dans cet opulent manoir, où le duc son fils avait un laboratoire, que furent faits en 1765, par Guettard, les premiers essais de porcelaine dure; on employa le kaolin d'Alençon,

qui venait d'être récemment découvert. Dulaure, dans son
Histoire des environs de Paris, suppose qu'une veine de
cette terre avait été trouvée à Bagnolet et qu'on en a
perdu la trace; c'est une de ses nombreuses erreurs; elle
prouve son ignorance, car s'il existait du kaolin à Bagnolet,
il serait impossible de ne pas le retrouver. Les habitants de
Bagnolet sont les heureux rivaux des horticulteurs de Montreuil; ils ont, sur ces derniers, l'immense avantage des
jardins neufs, et d'un sol plus favorable encore à la production des beaux fruits. Le premier grand jardin à la
Montreuil, sur le territoire de Bagnolet, fut planté par un
chevalier de Saint-Louis, du nom de Girardot. A force d'intelligence et de soins, il y refit sa fortune qu'il avait dissipée
au service. Le chevalier Girardot eut des imitateurs dans le
village, qui dut à cette émulation la prospérité dont ses
habitants jouissent aujourd'hui. Ici, il nous faut encore relever une erreur de Dulaure, qui, on ne sait sur quel fon-
dement, contrairement à la notoriété publique et à la vérité,
rapporte que les jardins de Bagnolet servirent de modèles à
ceux de Montreuil, tandis que, mieux informé, il aurait dit
précisément le contraire.

Le fameux cardinal du Perron possédait à Bagnolet une
maison où, jeune et vieux, il passa plusieurs années de sa
vie. L'*Aveugle de Bagnolet*, type jovial et patriotique, dont
Béranger a fait le sujet d'une jolie ronde, n'est point un
personnage d'invention.

Le premier dimanche de septembre est la fête de Bagnolet, on y vient de tous les villages voisins.

La barrière des Rats n'est l'aboutissant d'aucun des quartiers populeux de Paris; elle est peu fréquentée. Sa voisine
la barrière d'Aunay, à l'extrémité de la rue de la Roquette,
qui prend naissance derrière la place de la Bastille, à proximité du boulevart intérieur, est un des chemins qui mènent
le plus directement au cimetière du Père-Lachaise. Quel
plus triste trajet, après avoir franchi la rue de la Roquette,
encore vivante par ses commerces de verreries, de poterie,

de porcelaine et par quelques autres industries! tout est silencieux, tout est morne; à droite et à gauche, deux vastes bâtiments d'un aspect sinistre, deux prisons; d'un côté, celle des jeunes détenus, dont on voudrait obtenir l'amendement, de l'autre, le nouveau Bicêtre, où sont renfermés les malfaiteurs que la justice humaine, en vue de la sûreté commune, a cru devoir retrancher du sein de la société. Ce lieu est une halte avant d'aller au bagne, un dernier séjour avant de tomber sous le glaive de la loi. Enfin ici tout conspire à donner de douloureuses impressions; aussi la barrière d'Aunay n'est-elle pas un théâtre pour les plaisirs; là point de guinguettes à orchestre, point de salons pour noces et festins; on craindrait que les violons n'évoquassent une danse des morts; mais on peut boire près d'une tombe: plus d'un deuil, surtout dans la classe ouvrière, se complète le verre en main; en s'enivrant, on se console, et le panégyrique du défunt n'en est que plus touchant. Le vin ajoute des larmes à celles dont la source est au cœur. Il y a donc des marchands de vin en cet endroit quasi-funéraire. Mongreville est un des plus renommés; c'est dans son établissement que viennent se désaltérer les tailleurs de pierre et les sculpteurs praticiens, dont le calcaire pulvérulent dessèche trop souvent la poitrine ou la gorge. Ces messieurs les artistes du mausolée et de l'épitaphe sont pourvus d'une soif inextinguible.

La barrière des Amandiers est tout au bout de la rue des Amandiers, qui, en réalité, n'est que le prolongement de celle du Chemin-Vert, dont les premières maisons ne sont séparées du boulevart Beaumarchais que par la largeur de la rue Amelot.

La rue des Amandiers est irrévocablement vouée au plus lugubre silence, interrompu toutefois avant le point du jour par le bruit de ces voitures d'une vitesse impitoyable qui font le service de la boucherie parisienne près de l'abattoir de Ménilmontant, établissement fort mal placé à proximité d'un cimetière. Les approches de cette ville des morts s'annoncent bien avant d'arriver au mur de l'octroi; à chaque pas on voit s'étaler mille petits métiers funéraires : les fleuristes, les treillageurs, les marbriers, les graveurs d'épitaphes et toutes les autres industries qui ne vivent que des morts.

Au-delà du boulevart extérieur commence la frontière du plus vaste champ de repos qui ait été ouvert pour les habitants de Paris : sa surface est d'environ 25 hectares; il s'étend sur les flancs et sur le sommet de la plus orientale des collines qui dominent Paris dans la direction de Charonne. C'est sur cette éminence, nommée autrefois le *Mont-Louis*, qu'était l'habitation du père Lachaise; le cimetière de *l'Est* a pris son nom de ce jésuite confesseur de Louis XIV. Des cyprès, des ifs, des saules pleureurs, des arbres et des arbustes indiquent et décorent de leurs mélancoliques ombrages les contrées de ce lugubre asile qui rassemble tant de dépouilles illustres, où se dressent tant de précieux monuments. Désolée comme une voie antique, l'avenue qui conduit à cette dernière demeure est, à chaque instant, traversée par des files de corbillards. Plus de cinquante mille mausolées, sépultures de familles, tombeaux, pierres tumulaires, sont accumulés sur cet espace où l'orgueil de l'opulence vient encore, en y marquant sa place, chercher une vaine distinction.

Nous explorerons une autre fois cet élysée; mais, avant d'aller plus loin, jetons un coup d'œil sur les accessoires obligés de toute barrière. Ici l'on n'est jamais en fête, mais il faut bien que les nombreux visiteurs du Père-Lachaise puissent, non loin de là, se procurer une confortable réfection : *Au Fer-à-Cheval* et au *Belvéder*, ils seront servis à souhait; et, s'il leur convient d'entrer au *Restaurant-des-Amandiers*, ils y trouveront une cave des mieux fournies. Nous leur recommanderons aussi les cuisiniers associés, les seuls peut-être, qui, à la faveur de cette enseigne ordinairement trompeuse, n'aient pas porté à l'excès l'abus des produits par trop spartiates de la gargote.

BARRIÈRES DE MÉNILMONTANT, — DES TROIS-COURONNES, — DE RAMPONNEAU, — DE BELLEVILLE.

MÉNILMONTANT. — BELLEVILLE. — LES PRÉS-SAINT-GERVAIS.

C'est quand le promeneur est sorti de Paris par l'une ou par l'autre de ces quatre barrières que, l'âme remplie de tristesse, il se demande qu'est devenue la campagne. Ménilmontant se confond dans Belleville, aujourd'hui placé au rang des cités, attendu ses 25,000 habitants; et, sans le mur d'octroi, Belleville et Ménilmontant, dont les maisons commencent aux boulevarts extérieurs de la capitale, ne seraient, véritablement, qu'un de ses plus vastes faubourgs. Belleville est situé sur une hauteur qui domine Paris et une partie des environs. Le coteau, dont la rue de Paris suit la pente adoucie, est couvert de maisons presque contiguës, et le gros de la ville tend à se développer de plus en plus sur le joli plateau où l'on remarquait, il y a peu d'années encore, tant d'agréables habitations de campagne. La salubrité de l'air et d'autres avantages de la position y ont fait multiplier les maisons d'éducation de l'un et l'autre sexe. Belleville et Ménilmontant ressortent aujourd'hui de l'arrondissement de Saint-Denis. Ces deux endroits, auparavant distincts, ne forment plus qu'une seule commune, agglomération d'individus de toutes les conditions, de toutes les professions, de tous les états, petits rentiers qui cherchent à diminuer leurs dépenses, cultivateurs qui, ci-devant villageois, sont encore attachés aux guérets du plateau ; ceux-là sont les indigènes de céans, industriels de toutes les branches à qui il faut de l'espace à bon marché, ouvriers en masse, ayant là leur atelier ou leur usine, puis un assez grand nombre d'existences précaires ou même suspectes, éprouvant le besoin, pour dissimuler leurs ressources ou leurs expédients, d'avoir en quelque coin à l'écart un refuge peu surveillé.

Belleville, y compris Ménilmontant, est en outre la terre classique des guinguettes : elle le fut de temps immémorial. Village, elle porta anciennement le nom *Savogium*, *Savia*, *Savie*, et, sur des pièces de monnaies frappées dans ce lieu, où les rois de la première race avaient une maison, on lit l'inscription *Savi*. A la ferme de *Savie*, au haut de la montagne, il y a, dit-on, des vestiges de la royale demeure. Sous Charles VI, Savie était devenue *Pointreville* et même déjà Belleville, dont les plus anciennes constructions sont dans la partie qui avoisine l'église, édifice dont l'architecture n'offre absolument rien de remarquable ; cependant le décor de son intérieur, ses peintures toutes modernes et ses vitraux méritent d'être vus.

On peut arriver par quatre barrières sur le territoire de Belleville. On se rend à celle de Ménilmontant par la rue de ce nom, qui commence au boulevart des Filles-du-Calvaire ; la ligne presque droite, qui, à partir du boulevart du Temple, se compose des rues d'Angoulême, des Trois-Bornes et des Trois-Couronnes, va aboutir à la barrière de ce nom. La rue de l'Oreillon, qui s'appuie sur la longue rue Saint-Maur, mène à la célèbre barrière de Ramponneau, et, enfin, la rue du Faubourg-du-Temple se prolonge jusqu'à la barrière de Belleville. Celle de Ménilmontant a encore le privilége d'attirer les promeneurs ; les jardins et les bosquets y sont devenus d'une rareté extrême, mais les guinguettes y persistent toujours plus ou moins fréquentées. Celle du *Galant-Jardinier*, avec son salon de 600 couverts, son jardin champêtre et ses nombreux cabinets de société, fut longtemps une des plus animées ; on y voyait force sous-officiers de la garnison de Paris, quelques ouvriers du quartier et pas mal de grisettes sans ambition, culottières, giletières, passementières, brunisseuses, policeuses, repasseuses, doreuses, bordeuses de souliers, piqueuses de bottines, etc., ne venant chercher au bal qu'un amant qui les fît valser avec élégance et les reconduisît chez elles ou chez lui, après les avoir mises à même de se refaire à peu près conforlablement le torse délabré par les macérations forcées de la semaine. En de telles occurrences, il s'improvise des intimités d'un appétit dévorant, heureusement qu'il peut être satisfait à peu de frais, et qu'il n'est si mince sacrifice qui ne puisse valoir les plus doux témoignages de reconnaissance. Les figurantes de toutes les scènes des boulevarts, les comparses du théâtre Franconi étaient les déités les plus courtisées dans toutes ces guirlandes de danseuses qui donnaient une impulsion sans pareille à l'entrain des galops aussi prestement que tapageusement enlevés par l'orchestre du Galant-Jardinier.

La *Barque-à-Caron* est une enseigne du temps grandement classique, où nos chansonniers, se targuant d'une philosophie quelque peu moqueuse à l'endroit de la mort, faisaient litière de tout le personnel de l'enfer mythologique. Le nautonnier des ombres, le *passeu* du fleuve qu'on ne repasse plus ne devait être plus ennemi de la bouteille que ses confrères les *passeux* de la Râpée ; donc, en sa nef, il y avait du bon vin, du nectar, peut-être, sinon l'onde du Léthé, qui efface de la mémoire tous mauvais souvenirs de la vie. La *Barque-à-Caron*, rien que d'y penser, les Pa-

nard, les Collet, les Radet, les Laujon se pâmaient d'aise,
ils se sentaient rire en dedans : aujourd'hui, la susdite ne
serait plus qu'une enseigne de croque-mort, un appel allé-
gorique aux cochers de corbillards; pourtant, il n'est là le
moindre échantillon des pompiers de la pompe funèbre:
on s'y divertit, on y boit, on y mange, on y fête comme
ailleurs le veau rôti, la salade et le petit vin d'Argenteuil;
vous pouvez même vous y donner, sous votre responsabi-
lité personnelle, la nappe blanche, la serviette virginale et
le couvert d'argent.

Avez-vous vu l'Acacia? Êtes-vous un enfant d'Ivan ? vous
serez sans doute tenté d'entrer au *Grand-Orient* : ici le
mot de passe, le mot sacré même, c'est la monnaie, c'est
celui qu'on demande partout, point de porte qu'il ne fasse
ouvrir : il fera venir à vous tous les cachets, cachet bleu,
cachet noir, cachet rouge, cachet vert. Payez, et je vous
réponds qu'apprenti compagnon, maître ou rose-croix,
vous serez fraternellement accueilli; au reste, il n'y a de
profane au Grand-Orient que le citoyen d'Argent-Court.
Rien *à l'œil* est la consigne de l'établissement.

Au *Rendez-vous-des-Pompiers*, évidemment on est convié aux manœuvres d'une pompe qui a plus allumé d'in-
cendies qu'elle n'en a éteint; il s'agit ici de la pompe qui
chauffe le four; le liquide de la cave, où elle va puiser, y
est d'un bon choix et d'un naturel parfait; à ce rendez-
vous, tout est bien, huile et colon, et, si entre l'un et
l'autre, on a le soin d'égaliser la dépense, on se retirera en
vraie pointe de gaîté et sans trébucher.

Un autre *rendez-vous* est celui *des Lilas;* gentils couples
qui cherchent la nature, les fleurs odoriférantes, les feuilles, le grand air et le petit vin, pourront faire ici une fort
agréable station. Si toutes les tables sont occupées, allez aux
Armes-de-France, lys, aigle ou coq, selon la mode du jour,
ou bien encore au *Paon d'or*, ne pas confondre avec la Pandore, dont la boîte à double compartiment s'ouvre pour le
bien comme pour le mal. Au *Paon-d'Or*, il n'y a que source de

jubilations; mais trop de bonheur est comme trop de cha-
leur, cela vous tourne sur le cœur et vous donne le vertige,
oh! qu'alors une culotte est lourde à porter! Le *Grand-Saint-
Eloi* est la guinguette populaire par excellence; les ouvriers
qui n'éprouvent pas le besoin de se ranger et les militaires
qui se dérangent sont les cavaliers ordinaires de son bal,
dont maintes vestales des boulevarts et quelques autres
péronnelles de même acabit sont le plus bel ornement.
L'*Elysée-Ménilmontant*, rue des Couronnes, est un véritable restaurant bourgeois; se propose-t-on sérieusement de
dîner, ce qui n'est pas la même chose que dîner sérieusement, on ne saurait mieux faire que de s'arrêter à l'Elysée,
qui a emprunté son nom à l'enseigne d'un célèbre cabaret.

La barrière des Trois-Couronnes est trop voisine de celle de
Ménilmontant pour ne pas souffrir de la concurrence. L'*An-
cienne-Héroïne-française* et le *Jardin-des-Alcides* sont
des guinguettes trop modestes pour les grandes tenues du
dimanche, mais on s'y achève volontiers le lundi, quand le
repos de la veille a perdu tout son charme et la bourse ses
hôtes les plus précieux.

Un litre de plus ou de moins n'est pas la mort d'un
homme, surtout quand, avant qu'il soit entamé, la fille ou
le garçon n'ont à vous réclamer que la bagatelle de 50 c.

Comme tout change et se métamorphose ici-bas! Qu'est
devenu, hélas! ce magnifique jardin des *Montagnes-Fran-
çaises*, où de brillantes fêtes hebdomadaires attiraient de
nombreux et folâtres essaims de grisettes et de commis-
marchands? Les montagnes, leurs rails et leurs chars rapides ont été détrônés par les merveilleuses vitesses des
chemins de fer; les arbres se sont écartés pour faire place
aux maisons, le sol est aplani, et de tout ce qui séduisait
autrefois, rien n'a été respecté, si ce n'est le carré de la
danse, où les polkeurs peuvent encore prendre au *bal du
Delta* leur revanche du long repos de la semaine; c'est
un vestige qui vous dit tristement : *Ici fut Carthage*.

Ménilmontant fut, en 1832, la Rome de l'église Saint-

Simonienne : c'est là que les adeptes de la nouvelle religion eurent leur temple et leur Vatican jusqu'au moment où leurs chefs étant poursuivis comme association illégale, ils descendirent processionnellement et les accompagnèrent à la cour d'assises. Après la condamnation, ils se dispersèrent, et leur retraite, qu'ils avaient embellie, devint la propriété d'un homme immortalisé par ses réclames, le marchand de moutarde blanche du Palais-Royal.

La barrière de Ramponneau, qui s'est nommée aussi *barrière de Riom*, puis *barrière de l'Oreillon*, doit le nom qu'elle porte encore à un fameux cabaret dont le fondateur, célèbre *queue-rouge*, jouait des scènes comiques qui avaient le privilége d'attirer la cour et la ville ; la réputation de ce grotesque farceur était si colossale, que toutes les modes de l'époque prenaient son nom ; la barrière, théâtre de ses lazzis, n'aurait pu sans ingratitude être baptisée autrement. Le chemin le plus direct pour arriver au cœur de Belleville, est la large rue de la *Courtille*, bordée de guinguettes et de cabarets toujours peuplés d'un grand nombre d'ouvriers venus du faubourg du Temple et de militaires qui, n'étant pas trop accablés de besogne, désirent faire la rencontre de quelque avenante payse qui veuille bien, comme dit la chanson du sous-lieutenant, se promener en emportant un pioupiou sous son bras. De chaque côté, vous n'apercevez que la plus étonnante variété d'enseignes, prodigieusement démonstratives de ce fait bien intéressant qu'à la Courtille ce n'est pas de la pépie que l'on est exposé à mourir ; il ne faudrait pas avoir 10 c. dans sa poche pour se refuser l'agrément d'un canon ; avec 15, on irait jusqu'à la chopine. Entrez, messieurs, entrez, mesdames, au *Grand-Vainqueur*, à la *Fontaine-de-Ricey*, aux *Barreaux-Verts*, au *Petit-Bacchus*, à *Fanchon-la-Vielleuse*, au *Jardin-de-Flore*, chez *Dormois*, chez *Maréchaux*, chez *Grand-Jean*, où entrez chez *Desnoyes*, entrez au *Petit-Ramponneau*, entrez encore ailleurs et puis partout ; trombonnes, octavins, grosses-caisses vous invitent, vous n'avez que l'embarras du choix ;

ici point d'étiquette, tout danse, tout saute, tout gambade, avec un *ad libitum* qui ne souffre pas d'exception ; les propos sont lestes, les attouchements peu discrets, toutes les convenances sont à fond de cale ; quant à la toilette, n'en parlons pas ; les femmes sont en marmotte et sur l'oreille de la plupart des hommes se panche crânement la casquette éreintée.

Mais où donc est l'*Ile-d'Amour*, ce lieu de plaisance parsemé de bosquets, de labyrinthes, de ruisseaux artificiels et d'ombrages ? Où sont passés ces massifs de chèvrefeuille, ces statues mythologiques dont les noms seuls éveillaient une passion voluptueuse, dont les formes si délicates donnaient, par comparaison, un avant-goût du plaisir ? La pierre et le plâtre se sont substitués à toutes ces émouvantes perspectives, les rues ont envahi la place des pelouses et des boulingrins, et sur les ruines du sanctuaire de Paphos s'est élevé, sous le titre un peu ambitieux d'hôtel-de-ville, la municipalité de la commune ; où l'on faisait l'amour, on fait aujourd'hui des mariages, c'est moins divertissant, mais c'est plus moral. Et puis, à toutes ces transformations, les bourgeois de Belleville ont gagné un théâtre qui n'a d'autre tort que celui d'attendre le spectateur au pied de leur haute et longue colline. Si jamais, aux frais des œnophiles, on érige un panthéon bachique, la dynastie Desnoyez aura droit à plus d'une glorieuse inscription dans ce temple. *Aux grands échansons populaires, les buveurs de Paris reconnaissants*, voilà ce qui se lirait au fronton de l'édifice, et tout aussitôt on songerait aux Desnoyez, pyramidales notabilités de presque toutes les barrières. Mais c'est surtout à la Courtille qu'a grandi, qu'a régné, que règne encore la grosse branche de cet arbre qui étend ses pampres en tous lieux où l'on se promet du plaisir. Quel enfant de Paris, quel provincial même n'a pas entendu parler de Desnoyez ? qui n'a pas voulu voir son vaste restaurant les jours où la foule s'y transporte ? Quel coup-d'œil instructif pour l'observateur ! quels tableaux ! quels contrastes ! quelles mœurs !

Le corps dont l'ivresse a fait un cadavre ne respire plus,
se ranimera-t-il? On ne sait, mais près de lui ses amis chan-
tent à tue-tête : *Grégoire est mort*. Près de là un cordon-
bleu en goguette avec son troupier, porte un toast ironique
à sa bourgeoise; à côté un ébéniste fait sa déclaration à une
blanchisseuse; le chapelier proteste à la chaussonnière qu'il
la courtise pour le bon motif; à chaque table, à chaque coin
de la salle est un spectacle différent. Mais le signal est donné,
l'archet a crié en place, les danseurs courent à leurs dames;
on se parle, on se heurte, on se donne des rendez-vous, on
se fait des mines, tout se meut, tout s'agite, tout se croise
dans un véritable pêle-mêle, c'est la cohue d'un kaléidoscope;
l'ouvrier est jaloux, le sapeur est fier de sa prestance, le vol-
tigeur de sa danse légère, le lancier de son bel uniforme,
et la coquette est heureuse de captiver l'universalité des
regards. La danse est terminée, on se serre la main, on
boit, on danse encore, on s'enivre, la locomotion devient
chancelante, la tête lourde, la langue épaisse, une table est
là, on s'affaisse sur elle, on dort, ce qui prouve que les Romains avaient bien raison de se mettre au lit pour vider
leurs amphores.

Qui n'a pas vu la Courtille le *mercredi des cendres*, n'a
rien vu : au jour naissant, les joyeux qui ont passé la nuit
du *mardi-gras* à la barrière n'attendent plus pour rentrer
dans la capitale que l'arrivée des masques des différents
bals de Paris. Bientôt ils se précipitent en foule, ils s'engouffrent chez Dénoyez, et après s'être réchauffés d'un bouillon, plus ou moins succulent, ils se disposent tous à prendre leur essor; c'est à ce moment que la saturnale générale est bien près d'atteindre au *maximum* de son éche-
velé : pierrots, pierrettes, débardeurs des deux sexes, poli-
chinelles et poissardes, s'échappent et s'extravasent de tous
les côtés, parcourant la rue, les vêtements en désordre,
crottés et souillés jusqu'à l'échine, la figure couverte d'une
pâleur mortelle, à peine dissimulée par une couche de
poussière félide, les traits tirés, décomposés par une der-

nière nuit d'excès et de débauches. Là, se signalent par leurs cris, par leurs hurlements effrénés, de vraies bacchantes, excitant leurs amants ou leurs maris à s'enivrer et leur en donnant l'exemple. Tout cet ambulant *pandœmonium* est d'une égalité de licence à faire frémir : ouvriers, boutiquiers, commis et étudiants, gens de toutes conditions grouillent dans cette fange, se ruent et se confondent dans cette dépravation ; des groupes de prostituées, à pied ou en voiture découverte, lancent sur leur passage des paroles et des chants que les oreilles les moins chastes ne peuvent entendre sans en être révoltées ; des garnements de leur trempe leur donnant les plus dégoûtantes répliques ; des ivrognes trébuchant à chaque pas, se querellant, se battant, perdant et réclamant leurs femmes, jurant, tempêtant, épuisant tout le vocabulaire des mauvais lieux, pour les traiter d'infidèles ; des chiffonniers se roulant par terre sans pouvoir se relever, des buveurs vociférant aux fenêtres et inondant les passants. Oh ! quand on a sous les yeux de pareilles horreurs, comment ne pas contracter le mépris de l'humanité ! Toutefois, nous devons dire que depuis quelques années la descente de la Courtille s'est singulièrement amoindrie ; elle ne sera bientôt plus qu'une esclandre de voyous, mâles ou femelles, de l'espèce la plus immonde.

Durant la période de la Restauration, Belleville fut riche en sociétés chantantes ; celles de la Courtille furent surtout renommées ; la *Goguette* avait, en vertu de son titre, la spécialité des couplets bachiques ; les *Ecureuils*, se piquaient de gentillesse et ils n'étaient que grivois ; les *Joyeux* ne se faisaient pas scrupule de l'être jusqu'à la licence ; les *Amis des Dames* aimaient à les faire rougir ; les *Troubadours* aspiraient à les charmer ; les *Fils d'Anacréon* étaient de tous les plus prétentieux, ils visaient à l'ode, et s'adjugeaient la palme du bon goût. Les *Bergers de Syracuse* furent de tous les plus célèbres ; tous les journaux du temps firent grand bruit de leurs bergeries, de leur cos-

tume, de leur houlette, de leurs rubans, de leurs bouquets
et de leurs bergères, les seuls petits agneaux, mais petits
agneaux à croquer, dont ils fussent à la fois les loups et les
pasteurs. On citait encore à la Courtille les *Soutiens de
Momus* ; à Ménilmontant, la *Société du Belvéder*, puis aux
Trois-Couronnes les *Nourrissons de Bacchus*, les *Enfants
de Momus*, les *Soutiens de Silène*, les *Soutiens de Momus*, la *Capitainerie*, etc., etc. Aujourd'hui toutes ces sociétés sont mortes, la politique et le malheur des temps les
ont tuées.

La Courtille est le quartier de Belleville le plus mal
habité ; il y a là une population flottante, assez régulièrement composée de ces soi-disant ouvriers qui, suivant le
dicton, cherchent de l'ouvrage et prient Dieu de ne pas en
trouver. Ce sont à proprement parler des *pratiques*, que les
travailleurs traitent de *faignants* et de propres à rien ; il
s'en rencontre toujours quelques-uns dans les razzias que
fait la police, et il est fort rare que dame justice ne se trouve
pas suffisamment autorisée à les déclarer de bonne prise.

Le 30 mars 1814, les troupes qui défendaient Paris soutinrent sur les hauteurs de Belleville et de Ménilmontant
un combat acharné contre des forces dix fois plus nombreuses ; c'est à Belleville dont les rues étaient jonchées
des cadavres de nos héroïques tirailleurs, qu'Alexandre et
le roi de Prusse, après la conclusion de l'armistice, reçurent les députés du conseil municipal, lorsqu'ils vinrent
demander à capituler. C'est aussi là que fut signé, le même
jour, la convention qui livrait la capitale à l'invasion étrangère.

Au-delà de Belleville, à 6 kilomètres de la capitale, sor-
tent d'entre les fleurs et le gazon les Près-Saint-Gervais,
terre des lilas et des rondes sur l'herbe. Si Belleville attire
dans ses guinguettes, dans ses restaurants, dans ses nombreux cafés qui bordent la rue de Paris les bons vivants et
les amoureux, peu soucieux du mystère et du silence, les
Près-Saint-Gervais, placés dans un site des plus délicieuse-

ment champêtres, prêtent merveilleusement à la passion
tendre et à l'idylle. Ce sol si fleuri, si frais, si gracieux, si
varié d'accidents, si riche d'arbres et de cultures, offre à
chaque pas les aspects les plus riants et les plus inspira-
teurs. Le village, qui ne compte pas moins de 1643 habitants,
est d'un rustique des plus confortables ; ses demeures sont
élégantes et proprettes ; dans le pays, on a l'amour-propre
d'être commodément logé ; au reste, dès longtemps, ces
lieux ont exhalé certain parfum de galanterie ; Gabrielle
d'Estrées, qui avait la passion des points de vue enchanteurs,
avait là une maison sur la porte de laquelle on voit encore le buste de Henri IV. Les Prés-Saint-Gervais offrent
une collection de charmantes guinguettes, et dont quelques-unes sont abondamment pourvues de tous les jeux
qui sont les délices de la jeunesse parisienne : le tonneau,
les quilles, le siam et l'indispensable escarpolette. Que de
plaisirs réunis en cet Eden, où le tentateur a remporté
plus d'un triomphe, où plus d'une victime de la séduction
fut d'abord heureuse d'une défaite qu'il lui fallut ensuite
déplorer ! Le lilas qu'on va cueillir dans ce paradis des
âmes qui se cherchent, le lait pur qu'on y boit dans l'éta-
ble, le fruit qu'on y détache de l'arbre, tout cela est d'une
senteur pastorale qu'on se flatterait en vain de rencontrer
si près de Paris, et même si près de Belleville, dont les
Prés-Saint-Gervais sont la campagne ; malheureusement,
on est ici parfois sous l'influence des miasmes pestilentiels
apportés de Bondy sur l'aile des vents.

Les aqueducs les plus anciens de tous ceux qui fournissent de l'eau à la partie nord-est de Paris serpentent sous
les Prés-Saint-Gervais. Ils amènent les eaux de plusieurs
sources rassemblées entre Pantin et Romainville.

La fête de cette admirable localité est le 19 juin.

Le village des Prés-Saint-Gervais eut beaucoup à souffrir
en 1814. Une poignée de Français s'y battit en désespérés
contre des masses formidables ; presque tous tombèrent
sous le fer ennemi. Le village fut plusieurs fois pris et repris.

Barrières de la Chopinette, — du Combat, — de la Boyauderie, — de Pantin, — de la Villette, — des Vertus.

PANTIN. — LA VILLETTE. — LES VERTUS. — AUBERVILLERS.

La barrière de la Chopinette est une sortie qui ne mène à aucune localité importante. Les plaisirs sont à Belleville, aux Prés-Saint-Gervais, et la barrière de la Chopinette n'en a pas même le reflet; elle est morne et silencieuse; son unique cabaret recevait jadis, tous les premiers lundis de chaque mois, les *admirateurs de la valeur française*, qui se réunissaient pour chanter la *gloire* et la *victoire*; mais ces Tyrtées furent dispersés par un jugement de la correctionnelle, qui les punit pour s'être rassemblés au nombre de plus de *dix-neuf*. A partir de ce jour, ils ne reparurent plus. On arrive à la barrière de la Chopinette par la rue de ce nom, qui va aboutir à la rue Saint-Maur au point où elle touche à celle de l'Hôpital-Saint-Louis. Cet établissement, fondé par Henri IV, est spécialement affecté au traitement des maladies cutanées. Nulle part les bains médicinaux ne sont organisés sur une plus vaste échelle et donnés avec plus d'intelligence. A Saint-Louis, on ne connaît presque plus de lèpre ou d'ulcère incurables. Les salles de cet hôpital ne contiennent pas moins de mille lits.

Les barrières du Combat et de la Boyauderie sont presque des barrières jumelles, tant elles sont rapprochées l'une de l'autre; elles forment le nœud d'une fourche dont les deux branches, la rue de l'Hôpital-Saint-Louis et celle des buttes Saint-Chaumont, s'écartent en avançant dans Paris. Il n'y a pas de motif qui puisse engager un promeneur à chercher la solitude de ces parages accablés de toutes les malédictions. Les malédictions, les voici: au passé on voyait, non loin de là, l'ancien gibet de Montfaucon, où se dressaient sur une éminence les fourches patibulaires. L'histoire a conservé les noms des plus notables personnages qui furent accrochés en cet endroit; les uns y périrent en expiation de leur grande fortune, d'autres y reçurent le châtiment bien mérité de leurs dilapidations. Dans la longue énumération des suppliciés, les financiers, trésoriers, surintendants, chefs d'administration se trouvent en majorité. Henri Lapperet, prévôt de Paris, fut pendu à Montfaucon, en 1320, pour avoir livré au bourreau un pauvre innocent à la place d'un riche coupable qui avait été condamné à la mort pour ses crimes; ce mode de remplacement était cependant une innovation dont se fussent accommodés tous les Crésus corrompus du temps. Girard Guette fut un des hommes de finances dont le cadavre fit aussi un trophée à la justice; mort dans les tourments de la question que Charles-le-Bel lui fit appliquer pour savoir combien il avait volé sous le règne de Philippe-le-Long, avant d'être traîné dans les rues de Paris, avant d'être exposé. En 1322, Pierre Remi, trésorier du même roi Charles, fit réparer le gibet de Montfaucon, où, peu de mois après, il fut exécuté en réparation de ses malversations et infidélités. Des crimes semblables valurent un sort pareil à Macé de Maches en 1331 et à René de Sivan en 1333; l'un et l'autre étaient des princes de la finance. Pierre des Essarts, prévôt de Paris, grand bouteiller et grand trésorier, et Jean Montaigu, surintendant des finances, furent décapités aux halles, le premier en 1313, le second en 1409. Leur tête fut élevée au bout d'une lance sur le lieu de l'exécution et leur corps porté à Montfaucon. Sous François Ier, Jacques de Bonne, surintendant des finances, et Jean Pourcher, trésorier des guerres, furent pendus à Montfaucon. Un notable bourgeois, du nom de Laurent Garnier, avait, par arrêt du parlement, été envoyé à ce gibet pour avoir tué un collecteur des tailles; un an et demi s'était écoulé depuis son supplice, lorsque son frère obtint sa réhabilitation; en conséquence, son corps fut détaché, mis dans un cercueil et promené, avec tout l'appareil d'une pompe funèbre, par les rues de Paris. De chaque côté, douze hommes vêtus de deuil suivaient en procession, torches et cierges en main; quatre crieurs, portant sur leur dos les armoiries du défunt, précédaient le cortége et agitaient une cloche pour appeler le public à entendre ces paroles : « Bonnes gens, dites vos patenostres pour l'âme de feu Laurent Garnier, en son vivant demeurant à Provins, qu'on a nouvellement trouvé mort sous un chêne. Dites vos patenostres; que Dieu bonne merci lui fasse! » On a remarqué que tous ceux qui se sont mêlés de la construction ou de l'entretien des fourches de Montfaucon ont eu maille à partir avec elles. Avant Pierre Remi, dont il a été parlé plus haut, Enguerrand de Marigny, qui les avait fait élever, les étrenna, et Jean Monnier, lieutenant civil de Paris, qui les avait fait rétablir, y fit amende honorable. C'est surtout en fait de châtiments que se vérifie le proverbe : A qui mal veut, mal arrive.

Le gibet de Montfaucon n'a cessé d'exister qu'au commencement de la Révolution. Il fut exclusivement le lieu des exécutions avant qu'il fût permis de les faire dans la ville. Le patient allait à pied, et se reposait une demi-heure dans la cour des Filles-Dieu, où on lui serrait sur une table du pain et du vin. Le 15 février 1556, on accorda pour la première fois des confesseurs aux condamnés; les cordeliers furent payés pour les accompagner jusqu'au pied de la potence, près de laquelle était une croix érigée par les soins de Pierre de Craon ; c'était là qu'ils recevaient la confession de leurs pénitents.

Montfaucon est un foyer pestilentiel d'où les exhalaisons les plus infectes s'échappent et se répandent suivant la direction des vents jusque dans les rues Saint-Martin et Saint-Denis, dont les habitants, incommodés par les odeurs révoltantes des vidanges et des détritus de l'équarrissage, demandent depuis plusieurs années à être enfin délivrés de ces causes d'insalubrité. C'est aussi le vœu de ceux de la Villette et des deux faubourgs.

La barrière du Combat doit son nom aux combats d'animaux dont elle était déjà le théâtre à l'époque de la construction du mur d'enceinte ; on y voyait des ours, des loups et même des tigres et des lions, mais plus ordinairement des taureaux et des ânes, lutter tour à tour contre une collection de féroces boule-dogues. L'âne, autrement dit le *peccata*, n'était pas le moins rude de ces athlètes; on admirait son habileté à esquiver les atteintes et son sang-froid qui lui permettait de saisir le moment opportun de détacher, avec une dextérité sans pareille, une de ces ruades décisives qui devaient lui doner la victoire. Les dames de la cour venaient en équipage à ce cirque sanglant et y prenaient un vif plaisir. Le spectacle se terminait toujours par un feu d'artifice au milieu duquel on enlevait un boule-dogue; en 1786, une ordonnance fit fermer ce charnier, mais il ne tarda pas à se rouvrir sous la direction d'un nommé Monroy, qui, pour être toléré par la police, s'engagea à ne plus admettre dans sa troupe que des acteurs d'une férocité presque pacifique, autant dire nominale et tout à fait conventionnelle; son taureau n'avait que des moments d'humeur, ses loups étaient dressés à ne pas se fâcher trop sérieusement, ses renards menaçaient de loin, et son ours, le fameux *Carpolin*, dont le nom figurait toujours sur l'af-

fiche en lettres majuscules, n'était plus qu'une vieille fourrure édentée, une sorte de bonnet râpé de grenadier, bonnet encore vivant, mais n'ayant pour défensives que ses
griffes émoussées; tel était l'invalide encore muselé pour rendre moins dangereux ses retours de jeunesse contre qui étaient
lancés des adversaires armés de toutes pièces. Carpolin était
ainsi le plus malheureux des souffre-douleurs. La corporation des garçons bouchers ne se lassait pas de le voir en
cet état; Monroy et Carpolin avaient la certitude de les voir
tous les dimanches; c'était là que messieurs de l'étal ame-
naient leurs chiens pour les lancer dans ce champ-clos et
les aguerrir; les paris s'engageaient tantôt pour un mâtin,
tantôt pour un autre; un ramas des plus ignobles voyoux
des faubourgs, qui souhaitaient également s'aguerrir au
meurtre et à la cruauté, applaudissaient au vainqueur du
carnage et achevaient de perdre, dans l'habitude de ces hor-
ribles scènes, le peu qui restait encore de sentiments humains dans leur cœur. C'était un fatal complément d'école
pour tous ces misérables qui aiment tant à entourer l'échafaud aux jours des sanglantes exécutions, parce qu'à force
d'en être témoins, ils apprennent tout à la fois à ne pas plus
craindre de recevoir la mort que de la donner. M. Delessert,
dernier préfet de police sous Louis-Philippe, avait senti la
nécessité de supprimer cette arène où venaient se fortifier les
plus mauvais instincts; il la fit fermer définitivement. Don
Miguel, durant son séjour à Paris, était un des plus fidèles
habitués de la basse-cour du papa Monroy. Un jour il
conduisit à ce dernier deux boule-dogues pur sang, afin
qu'il les fit battre contre des chiens amenés par ses pratiques de coutume; les boule-dogues étranglaient les chiens à la
grande satisfaction du prince, quand, tout à coup, une troupe
de garçons bouchers se précipita dans la mêlée et fit une
décharge de rolins sur les pur-sang. Le prince se fâcha, les
bouchers lui ripostèrent, et comme il avait à faire à trop
forte partie, il jugea prudent de s'esquiver; il ne put rega-
gner sa voiture qu'à travers une grêle de tous les projec-

tiles dont un tas d'immondices peut être l'arsenal. Le lendemain, il se présenta aux Tuileries. «Comment trouvez-vous les Français? lui demanda Louis XVIII qui savait déjà l'aventure. — Très-impolis, répondit don Miguel. — Morbleu, je le crois bien, reprit le roi, vous n'avez vu jusqu'ici que nos garçons bouchers. »

Les nombreux mamelons nus et pelés qui s'élèvent presqu'à pic entre les barrières de la Chopinette et du Combat, à une distance de 150 mètres, sont les buttes Saint-Chaumont, devenues si célèbres par l'héroïque résistance que les élèves de l'école polytechnique opposèrent, le 30 mars 1814, aux troupes de l'empereur Alexandre. Tout l'espace compris entre la Courtille et la barrière de Pantin est triste, désert, inanimé. L'établissement du *Grand-Balcon*, encore un peu fréquenté lorsque le papa Monroy n'avait pas été exproprié de sa meurtrière industrie pour cause de moralisation publique, ne reçoit que de rares visiteurs; quelques sales cabarets, qui aspirent vainement au fâcheux privilége d'être mal famés, s'offrent de loin en loin, dans un isolement peu propre à inspirer la confiance; point d'horizon, partout de la boue et des marais d'une fange intarissable, d'ignobles masures mal assises sur un terrain en pente, de vrais chenils menaçant ruine ou déjà écroulés à demi, des taudis délaissés, voilà l'affreux tableau que présente cette zone morte. En ce sinistre quartier, condamné à l'immobilité du jour, la nuit seule a ses bruits et semble y prendre sa revanche: depuis onze heures du soir jusqu'à huit heures du matin, c'est un roulement continuel par le départ ou l'arrivée des voitures de place qui viennent remiser au siége de la compagnie générale. Malheur aux amis du repos, aux pauvres malades qui logent dans les rues qui aboutissent à ces exutoires de la grande cité! N'oublions pas que d'autres véhicules beaucoup plus lourds, dont le passage n'est pas moins affligeant pour l'odorat que pour l'ouïe, complètent par le retentissement saccadé de leurs soubresauts, un tapage nocturne auquel il ne manque ni le hennissement des

chevaux, ni les chants, ni les jurons des charretiers et ouvriers de la vidange, rudes gaillards qui demandent volontiers à de fréquentes répétitions de cognac et à la pipe en
permanence le contre-poison de ce *plomb* (gaz chydro-sul-
fureux), qui est leur mortel ennemi.

A la barrière de Pantin, à laquelle vient aboutir la rue
Lafayette, et sous laquelle passe le canal Saint-Martin, nous
retrouvons enfin la vie et le mouvement. A droite s'étend
le bassin de la Villette, encombré de bateaux qui apportent
à Paris les productions des plus riches départements. Ce
bassin était autrefois le rendez-vous des plus intrépides patineurs; à peine la glace portait-elle que les lionnes de
l'époque s'aventuraient sur de légers traîneaux que des amateurs complaisants guidaient dans leur marche rapide. Les
accidents étaient nombreux, chaque jour ils se renouve-
laient; sans que l'ardeur d'une jeunesse imprudente s'en
ralentît. La police finit par s'en émouvoir; elle mit officiel-
lement le canal en interdit, et les plus téméraires patineurs,
s'ils voulaient continuer leurs exercices, durent se résigner
à tourner comme un écureuil dans son *troad-mill* sur les
bassins des Tuileries ou du Luxembourg. En 1816, une
compagnie de soldats anglais voulut, pour abréger son chemin, franchir le canal sur la glace, mais parvenue à égale
distance des deux bords, la glace s'étant rompue, elle s'a-
bîma tout entière sans qu'on pût lui porter secours.

Les guinguettes et cabarets de la barrière de Pantin ont
en général peu d'attraits pour les Parisiens; ils sont en tous
temps plus à l'usage des ouvriers ou des bateliers et des
charretiers, assez nombreux dans ces parages. Ils sont loin
de nous les temps où les chiffonniers s'y rendaient en masse,
et ne sortaient ivres du sale enclos de la mère Radis que
pour en joncher les abords de leurs corps endormis et de
leurs mannequins. Aujourd'hui, ne vient plus à la barrière
de Pantins que celui qui y est amené par ses affaires, et si
l'on s'y arrête pour boire et pour manger, ce n'est plus que
par occasion. Le bourg qui donne son nom à la barrière

n'en est distant que de 3 kilomètres. Sa population est de 2,525 habitants ; elle est, à la fois, agricole, commerçante et industrielle. Pantin est traversé par la grande route d'Allemagne qui, en cet endroit, du moins d'un côté, est bordée d'un groupe d'auberges et de fermes qui alternent entre elles ; de l'autre côté sont de nombreuses maisons de campagne.

Pantin fut en 1814 un des lieux où se signala la bravoure des troupes françaises. Le 21 mars, l'empereur Alexandre y reçut les maires de Paris, et c'est de là qu'il partit avec le roi de Prusse pour faire son entrée triomphale. Le voisinage du canal de l'Ourcq a été plusieurs fois pour Pantin une cause de mortalité ; en 1808, sa population fut en quelque sorte décimée par une affreuse épidémie ; en 1815, elle eut à subir un autre fléau, l'occupation ruineuse des troupes anglo-écossaises. — Filles et garçons de Pantin ont eu longtemps la réputation d'exceller à la danse ; aussi, disait-on dans une vieille chanson :

Ceux de Pantin, de Saint-Ouen, de Saint-Cloud
Dansent bien mieux que ceux de la Villette ;
Ceux de Pantin, de Saint-Ouen, de Saint-Cloud
Dansent bien mieux que tous ceux de cheu nous.

Et, à propos de danse, nous ajouterons que le deuxième dimanche d'août est la fête de Pantin.

La *Rotonde-Saint-Martin*, vaste monument avec quatre péristyles uniformes, ornés chacun de huit colonnes carrées, est reliée par une double grille aux barrières de Pantin et de la Villette, distantes l'une de l'autre d'environ 100 mètres. Cet édifice leur est commun pour le service de l'octroi. La rue du Faubourg-Saint-Martin et ses aboutissants de droite et de gauche ont, en s'avançant vers cette grande entrée de Paris, absorbé le faubourg Saint-Laurent, dont on oubliera bientôt jusqu'au nom. Point de voie plus large, plus splendidement éclairée, plus régulièrement pavée que celle-ci, qui offre en même temps aux piétons de magnifiques trottoirs sur lesquels dix personnes peuvent marcher de front; une double rangée d'arbres, à partir de la barrière jusqu'aux rues de la Fidélité et des Récollets, protège déjà contre les ardeurs du soleil et des flots de poussière que soulèvent le passage des voitures les élégantes constructions, qui laisseront bientôt sans lacune la double rangée de maisons qui bordent cette magnifique entrée de Paris.

Il n'y a que peu d'années la Villette était un but de promenade et un lieu de réunion pour les ouvriers du faubourg Saint-Martin; le dimanche et le lundi ils venaient danser au *Sauvage*, et parmi eux, ceux qui se piquaient d'un certain degré d'élégance, entraient au *Grand-Saint-Martin*, où les vins et la cuisine étaient plus recherchés, et le bal mieux composé, si toutefois on admet que la mise constitue une véritable distinction démonstrative du mérite personnel. La Villette, tant grande que petite, est un gros bourg, ou plutôt une vraie ville qui n'a pas moins de 10,954 habitants voués la plupart à une incessante activité; elle est riche, possède de nombreux entrepôts et des établissements industriels de premier ordre : on voit des savonneries, une papeterie et des fabriques de tous genres; celle des allumettes allemandes y est en grande vigueur; nulle part on ne compte autant d'aubergistes transitaires et de commissionnaires. Au douzième siècle, la Villette n'était qu'une ferme, connue sous le nom de *Villetta Sancta Parisis*; peu à peu elle devint un hameau, puis un village qui fut brûlé en 1448 par les Armagnacs. En 1503, les conférences ouvertes pour la conversion de Henri IV s'y continuèrent; la même année, la trève entre les royalistes et les ligueurs y fut conclue. La Villette a été illustrée par les combats que soutinrent, en 1814, les braves défenseurs de Paris. C'est sur son territoire que fut tué, après avoir fait des prodiges de valeur, le célèbre ventriloque Fitz-James.

La Villette a dû son rapide accroissement au bassin auquel elle a donné son nom. Le gros bourg n'a point renoncé à sa fête de village.

> Des simples jeux de son enfance
> Heureux qui se souvient longtemps.

Cette fête commence le dimanche après la Madeleine, et dure trois jours consécutifs.

La barrière des Vertus est une des plus solitaires.

> Faut d'la vertu, pas trop n'en faut,
> L'excès en tout est un défaut.

Voilà sans doute pourquoi on ne s'empresse guère de venir en ce lieu, où peut-être suppose-t-on que les vertus y sont au grand complet; ce n'est pourtant ce que disent les chroniqueurs. Longtemps les femmes de Paris allèrent en pélerinage à la chapelle de Notre-Dame-des-Vertus, d'où vient le nom de la barrière. Ces promenades, dit Dulaure, avaient moins pour motifs la dévotion que le plaisir : c'étaient des rendez-vous galants où des parties de débauche, c'est ce que confirme l'official de l'église de Reims, Guillaume Coquillard, dans son *Monologue des perruques*.

> Mesdames, sans aucun vacarme,
> Vont en voyage bien matin,
> En la chambre de quelques carmes,
> Pour apprendre à parler latin.
>
> . . . .
>
> Au lieu de dire leurs matines,
> Le vin blanc, le jambon salé,
> Pour festoyer ces pélerines,
>
> . . . .

Et voilà les mœurs du bon vieux temps!

L'église de Notre-Dame-des-Vertus est située à Aubervilliers, village peuplé de 2,551 habitants; c'est lui qui donne son nom à un fort qui croise ses feux avec ceux du fort de Romainville. *Notre-Dame-des-Vertus*, appelée aussi *No-*

tre-Dame-des-Miracles, ne fit pas moins de bruit en son temps que n'en a fait, du nôtre, la vierge de Rimini.

Aubervilliers fut souvent incendié et ravagé; il le fut en 1470 par les Armagnacs; le pape donna de grandes indulgences à ceux qui contribueraient au rétablissement de l'église, où tant de prodiges s'étaient opérés; il y eut redoublement de miracles et recrudescence de pèlerines. Le pèlerinage le plus remarquable fut, en 1529, celui de toutes les paroisses de Paris allant demander à la mère de Dieu d'arrêter les progrès de l'hérésie. La procession portait un si grand nombre de flambeaux que les habitants de Montlhéry crurent à un embrasement de la capitale.

En 1814, Aubervilliers fut pris et repris plusieurs fois; des gardes nationaux y signalèrent leur courage en allant attaquer les Prussiens jusque dans le centre du village. Les habitants furent entièrement ruinés; pour les secourir, plusieurs théâtres donnèrent à leur bénéfice des représentations extraordinaires: une madone avait réparé les désastres causés par les Armagnacs. C'est maintenant de sources toutes mondaines que vient le soulagement de semblables misères.

C'est dans l'église de Notre-Dame-des-Vertus, appelée église de la *Noble-Maison*, que se tenait l'assemblée des chevaliers de l'Etoile, ordre institué en 1551 par le roi Jean.

Barrières de Saint-Denis, du Télégraphe ci-devant, — Poissonnière et Rochechouart. — Les Embarcadères.

LA CHAPELLE SAINT-DENIS ET SON ILE.

La barrière de Saint-Denis est située à l'extrémité du faubourg de ce nom ; vue du côté du jardin, elle a l'aspect d'une très-jolie maison bourgeoise. Ses entours étaient naguère quotidiennement animés par une population faubourienne qui avait plus de loisirs, mais aussi plus de pauvreté, et moins de tenue et de conduite que la génération ouvrière qui lui a succédé. Aussi, devant tous les marchands de vin de la localité, à toute heure du jour, des tables étaient dressées pour allants et venants ; les guinguettes, à l'exception de celle de la *Croix-Blanche*, y étaient peu attrayantes pour un amateur de la propreté. C'étaient le *Rendez-vous du Repos*, le *Rendez-vous des Normands*, le *Franc-Picard*, le *Franc-Bourguignon*, les *Barreaux-Verts*, etc. ; ce qu'il y avait de mieux, c'était, en prenant sur la gauche pour se diriger vers Montmartre, le restaurant du *Point-du-Jour*, dont l'élégance pouvait encore se concilier avec l'idée de ce qu'on appelle une partie fine. Tout à côté se voyait ou se voit le *Rendez-vous des Maçons*, vrais maçons, tout ce qu'il y a de plus maçons, et ce qui le prouve, c'est que le premier, le seul agrément du lieu est un jeu de quilles. Pardon, lecteur, de vous dire toutes ces choses presque au passé, mais il le faut bien; car, par le temps de transformation qui court, il s'opère tant de changements à vue qu'on ne retrouve plus aujourd'hui ce qui était hier, et que demain aura disparu tout ce qui au moment présent frappe le plus les regards. Quelle puissante baguette de magicien a fait comme sortir de terre les édifices dont, à l'heure qu'il est, est couvert cet immense clos Saint-Lazare, qui s'étend de la barrière Saint-Denis à la barrière Poissonnière? Là est situé l'embarcadère du chemin de fer du Nord; aux nécessités de son service sont dues toutes ces créations colossales, à l'influence de son voisinage les mouvements prodigieux de sa population qui ont donné naissance au quartier de *la Nouvelle-France*, dont les maisons se comptent déjà par centaines et les habitants par milliers : de toutes parts s'alignent et s'élèvent des rues, partout s'ouvrent des cafés et des restaurants; celui des *Nouvelles-Vendanges-de-Bourgogne* ne peut appartenir qu'à une civilisation très-avancée. L'embarcadère du Nord, rue de Dunkerque, 24, se déploie avec toute la majesté de l'opulence, entre ses deux voisins de droite et de gauche, l'embarcadère du chemin de Strasbourg et celui du chemin multiple dont les bras irradiant sur Versailles, Saint-Germain et Rouen, ont également fait merveille. C'est un Paris tout neuf que la spéculation a demandé à l'architecture, qui s'est empressée, pour l'embellir, de mettre en pratique tout ce qu'ont produit de bien la science et l'art modernes.

Maintenant disons un mot de la Chapelle, qui peut être à 5 kilomètres des tours Notre-Dame, mais qui ne s'en confond pas moins avec Paris. L'effectif de sa population est de 15,000 habitants. La Chapelle offre un tableau de la plus mouvante activité; c'est une ville d'industrie et d'auberges, toujours pleines le jeudi, jour du marché aux porcs, les mardi et vendredi, jours où se vendent les vaches grasses ou laitières et les veaux. C'est à la Chapelle qu'est située la gare des ateliers et des marchandises des deux chemins de fer du Nord et de Strasbourg. La villa Poissonnière, composée de 20 maisons à l'anglaise ou cottages confortables, rue de la Goutte-d'Or, 42, et des Couronnes, 29 et 51, mérite d'être visitée. La fête de cet endroit est le 1er et 2e dimanche d'août.

Nous voici tout de bon dans la plaine Saint-Denis, plaine fertile, mais monotone comme toutes les plaines, plaine habituellement silencieuse et qui ne commence à s'animer un peu qu'à partir de l'ouverture de la chasse. Ce jour-là tous les Méléagres parisiens revêtent très-scrupuleusement tout ce qui constitue le costume et l'attirail du chasseur; rien n'y manque, et ils s'en vont avec un espoir bien ingénu explorer un immense espace où, de mémoire d'homme, oncques on ne vit la queue d'un moineau; mais pour autant la carnassière ne restera vide, et, à leur retour, voulant montrer leur chasse à leurs dignes moitiés et se prémunir contre les brocards de la raillerie, ils la rempliront à la halle, dont les marchands ont toujours du gibier à leur service.

Par sa proximité de Paris, dont elle n'est distante que de 9 kilomètres, par sa position, par les trois forts qui la couvrent, celui de l'est, celui du nord ou la *Double-Couronne*, et celui de Labriche, la ville de Saint-Denis, dont les environs peuvent être facilement inondés, doit être considérée comme la sentinelle avancée de la capitale. Sa situation sur les rivières du Croult et du Rouillon, près de la rive droite de la Seine et sur un canal qui fait communiquer cette rivière au canal de l'Ourcq, permettrait, en cas d'urgente nécessité, de la rendre en quelque sorte inaccessible. Saint-Denis n'a pas plus de 6,600 habitants, parmi lesquels un assez grand nombre de militaires en retraite et quelques industriels, notamment des meuniers-fariniers, laveurs de laines, mécaniciens, fabricants de produits chimiques. Peu de villes sont moins bourgeoises et plus tristes en toutes saisons. Saint-Denis est peut-être plus ancienne que la vieille monarchie française; à son nom se rattachent un grand nombre de souvenirs historiques, guerres féodales, guerres étrangères, guerres civiles, guerres religieuses, querelles, déprédations et débauches de moines; c'est à Saint-Denis que se conservait l'oriflamme, le drapeau rouge, qui fut un temps le *palladium* de la patrie de nos ancêtres. L'abbaye de Saint-Denis, ses abbés si riches, si puissants et sa basilique, ancienne sépulture des rois, étaient célèbres. On venait de tous les pays de la chrétienté adorer les reliques des trois martyrs Denis, Rustique, Rhuthère, qui avaient leur tombeau dans cette église, dont le trésor, pendant plusieurs siècles, se grossit par l'effet des royales munificences et la piété des fidèles. Des légendes merveilleuses, conservées par la tradition, recommandaient ce lieu à la vénération, et le bruit des miracles qui s'y étaient opérés ne laissait pas se tarir la source des pieuses libéralités. Outre les corps de ces trois martyrs, la basilique possède encore trois des corps des prétendues onze mille vierges, qui, selon une fable accréditée par l'ignorance, reçurent à Cologne la palme glorieuse, mais qui en réalité n'existèrent jamais qu'en une seule personne du nom de *Undecima*. La basilique, telle qu'on la voit aujourd'hui, s'est élevée sur des ruines successives. En 638, Dagobert fit construire une église où il n'y avait auparavant qu'une chapelle; en 754, Pépin veut la remplacer par une autre d'une plus grande magnificence; il la fait commencer, et elle n'est achevée qu'en 775, sous Charlemagne; plus tard, le fameux Suger en fait démolir une grande partie, afin de la rétablir sur un plan plus majestueux. Dans le treizième siècle, elle subit encore des changements, et elle ne conserva plus de son ordonnance primitive que le portail et les deux tours. En 1793, la destruction des tombeaux de Saint-Denis fut décrétée; une commission fut nommée pour veiller à ce que tout ce qui intéressait l'art fût respecté. L'exhumation commença le 19 octobre. Le premier tombeau ouvert dans le caveau des Bourbons fut celui de Henri IV; les traits du visage n'étaient point altérés et le corps était parfaitement conservé. Dans le caveau de François Ier tous les corps étaient en pourriture, et il s'en exhalait des vapeurs infectes; à l'ouverture du cercueil de Louis XV, les ouvriers qui y procédaient faillirent être asphyxiés. Tous ces détritus informes furent jetés dans une fosse commune, sur laquelle l'herbe des champs remplaça les pompeux mausolées et les fastueuses épitaphes. En 1794, il fut question de détruire de fond en comble l'église de Saint-Denis, mais on se borna à enlever le plomb de sa couverture pour en faire des balles. Deux ans après, on recouvrit en tuile une partie du vaisseau. Les travaux ayant été suspendus, on revint, en 1797, à l'idée de faire enfin disparaître ce monument, où, pendant tant de siècles, tant d'or avait été enfoui; cependant on se contenta de le dépouiller de ses vitraux. Bonaparte, consul, décréta la restauration de cette église, empereur, il rendit le 20 février 1806, un nouveau décret d'après lequel, dans l'avenir, elle serait consacrée à la sépulture des empereurs.

Sous le règne de Napoléon, Saint-Denis reçut plusieurs établissements, dont un était l'une des trois succursales de la maison d'Ecouen, affectée à l'éducation des filles des membres de la Légion-d'Honneur. Depuis 1814, la maison d'Ecouen a été supprimée, et celle de Saint-Denis est devenue la principale; elle peut recevoir 500 pensionnaires, dont 400 élevées gratuitement. Le dépôt de mendicité et la maison de répression datent également du temps de l'empire.

La basilique, l'institution des filles de la Légion-d'Honneur, logées dans l'ancien couvent des moines, sont tout ce qu'il y a de plus remarquable à Saint-Denis. La basilique surtout est digne de l'attention des artistes et des curieux, elle est toute une histoire de l'art en France; son orgue géant est le plus grand qui ait été fait.

Saint-Denis, on devait s'y attendre, a été longtemps une ville contre-révolutionnaire : en 1795, le gouvernement eut à y réprimer une émeute de femmes, irritées de la trop longue disparition de ce qu'elles avaient habitude de voir, des princes, des religieuses et des moines; aujourd'hui on n'y pense plus, la population de Saint-Denis s'est ouvert les sources de la véritable prospérité et la petite ville possède des fabriques qui rivalisent avec les plus renommées de France.

La célèbre foire du *Lendit*, établie en 629 par le roi Dagobert, se tient encore à Saint-Denis, mais ni le clergé ni l'Université de Paris, avec son cortége d'étudiants et de filles de joie, ne viennent plus y festiner et y débattre leurs priviléges; cette foire ne dure pas moins de quinze jours; on y vient de plusieurs pays de l'Allemagne, et il s'y vend plus de 100,000 moutons et d'énormes quantités de laine. Une autre foire de neuf jours s'ouvre le 11 janvier, une de huit jours le 24 février, encore une de neuf jours le 9 octobre, et une troisième le samedi ou mercredi le plus près du 11 juin : draps, toiles, lainages, rouenneries, sont les marchandises qui se débitent dans ces foires; il s'en vend, année commune, pour plus de quatre millions de francs. Saint-Denis a une assez jolie salle de spectacle.

Nous ne rentrerons pas dans Paris sans avoir vu la charmante île de Saint-Denis, anciennement île de Chasteler ou de Chasteliers, appelée aussi quelquefois *île d'Amour*, parce qu'il fut un temps où les couples amoureux de la capitale, naïfs tourtereaux, pouvaient s'y croire isolés du monde entier. Aux beaux jours de la féodalité, cette île de la Seine fut le repaire d'un Burchard le Barbu, qui y avait fait construire une forteresse d'où il faisait de fréquentes incursions sur les terres des moines, qu'il pillait et dévastait sans obstacles. Les moines s'étant plaints de ces brigandages au dévot roi Robert, ce prince, voulant les débarrasser d'un si terrible voisin, lui donna en 998 la terre de Montmorency, sous la condition expresse que ni lui ni ses descendants n'exerceraient plus leurs déprédations sur les propriétes de l'abbaye. Mais ses descendants, qui, depuis lors, prirent le nom de Montmorency, ne tinrent compte de cette promesse, et en 1119, Mathieu de Montmorency, connétable de France sous Philippe-Auguste, dut renouveler l'engagement de ne construire aucun *recets (receptacula)* dans l'île Saint-Denis; en cas d'infraction au traité, le roi pouvait non seulement faire raser le fort, mais aussi le village entier. En 1575, Charles V fit l'acquisition de cette île et la donna à l'abbaye.

A la pointe de l'île est l'église paroissiale du village, qui n'a pas plus de 522 habitants. Leur fête est le dimanche après la Saint-Pierre; ce jour-là les deux magnifiques ponts suspendus, qui mettent l'île en communication avec le rivage, ne sont plus assez larges, et leur oscillation est peu rassurante. Une fois dans l'île, dont le sol est richement planté, on a, de tous côtés, de ravissants points de vue; aussi, dans l'été, de brillantes et joyeuses sociétés y viennent en parties de plaisir, attirées qu'elles sont par la certitude d'y trouver de bons restaurants, des cafés bien tenus et des barques commodes pour la promenade sur l'eau. Les canotiers de Paris y descendent volontiers : l'île de Saint-Denis est une si bonne relâche pour la matelotte et la friture!

Que vous dirons-nous, lecteur, des barrières Poissonnière et Rochechouart? Aux abords extérieurs de la première, tout est marchands de vin, dont le comptoir est souvent caressé de fort près par les artilleurs légers du canon volant, c'est-à-dire bu sur le pouce. Marchands de chaînes de sûreté, vendeurs de contremarques, ouvreurs de portières, romains de la claque, souteneurs d'infamie, habitués de toutes les scènes des boulevarts, depuis les Funambules jusqu'à Franconi, hantent volontiers, en compagnie de leur *largue* (femelle), ces lieux de piètre apparence. La *Maison-Rustique* leur tend les bras, *Sainte-Geneviève* ne leur déplaît pas, la *Femme-Libre* y retrouve une patrie; les *Trois-Vignerons-Connus* sont un abreuvoir devant lequel nul

ivrogne ne passe pas sans s'informer si la vendange a été
bonne. Le *Lancier-Français* a été longtemps le rendez-
vous des ouvriers du faubourg Montmartre, actuellement
ils se dispersent un peu partout. Le *Grand-Cerf* est un
établissement bien tenu. Le grand bal de la barrière Poissonnière se tient au salon de *la Gaîté*, ouvert le dimanche
et le lundi.

La *Grande-Chaumière* est l'établissement capital de la
barrière Rochechouart, Terpsichore y a l'un de ses sanc-
tuaires. Les deux sexes s'y rendent pour toute espèce de
motifs; au fond c'est toujours l'attrait du plaisir qui les
jette dans cette mêlée; mais trop souvent ils n'y rencontrent que la funeste occasion de se pervertir. Le *Pêcheur-
Napolitain* est une station pour les buveurs paisibles qui ne
font ni grand bruit, ni grande dépense, le jeu de Siam leur
offre la piquante distraction de ses volutes capricieuses. Le
Petit-Ramponneau est un cabaret *sui generis;* brocanteurs
et marchands d'habits y affluent, ils y tiennent ces grands
congrès politiques dans lesquels, les coudes sur les tables,
en face d'une chopine, ils cimentent leurs formidables coa-
litions contre tout enchérisseur bourgeois dans les ventes du
Mont-de-Piété, contre tout pauvre diable réduit pour dîner
à se défaire en hiver de son plus chaud vêtement. L'affaire
est réglée, la judaïque ou normande corporation aura la
pelure pour rien.

Par la barrière de Rochechouart, on arrive sur la chaussée
de Clignancourt, au sommet de laquelle se trouve le Château-Rouge, ainsi nommé parce qu'il était construit en
briques. Henri IV et Gabrielle y passèrent de doux moments.
La beauté et l'étendue du parc dépendant de cette habitation en faisaient une résidence délicieuse. Après la mort de
Gabrielle, le Château-Rouge resta désert pendant quelques
années et appartint dans la suite à des maîtres obscurs.
Aujourd'hui le Château-Rouge et son parc se sont tranfor-
més; quatre rangées d'arbres seulement ont échappé à la
hache, mais des fleurs, des gazons, des labyrinthes, des

boulingrins ont remplacé ces ombrages assez discrets pour les royales amours qui, dans cet enclos fermé de toutes parts, n'avaient pas besoin de chercher le mystère, trop peu discrets pour ces écarts d'un instant où, dans un lieu public, l'on saisit au vol l'occasion d'échanger le dimanche des serments d'amour éternel qui seront oubliés le lundi.

Le Château-Rouge a recueilli la succession de Baujon et de Tivoli; ses fêtes sans pareille, ses illuminations féeriques, ses feux d'artifices comme on n'en rêve pas, ses jeux, ses ascensions, ses descentes en parachute, ses scènes mimiques et de prestidigitation, son restaurant, son café, ses kiosques, magiques, mille piquantes curiosités, mille surprises, un orchestre monstre, de la plus irréprochable, de la plus électrisante exécution, toujours du nouveau, toujours du resplendissant, de l'éblouissant, de l'étonnant, de l'enivrant : voilà le Château-Rouge; il y a moins de prestiges dans les poétiques jardins d'Armide, dans les fantastiques créations des Mille et Une Nuits, et là sont aussi des houris séduisantes, de sémillantes bayadères; Pomaré y fit applaudir les poses ravissantes de ses polkas, de ses mazurkas;

Pomaré et ses émules, on venait les voir, et le maître de céans le savait bien, et il était assez galant pour offrir à leur assiduité l'appât d'une toilette ébouriffante qui ne leur coûtait rien, et une prime qu'elles ne refusaient jamais. Dieu merci ces demoiselles n'étaient pas si fières !

Le Château-Rouge, avec ses vastes jardins, son bal si animé, il n'est dame ou demoiselle de haut parage qui ne désire plus ou moins vivement faire sa connaissance, ne fût-ce qu'en passant. Il y a là de si beaux cavaliers, de si agréables viveurs, des danseurs si élégants, une élite adorable des plus aimables mauvais sujets de l'univers. Point de bourgeoise, de marchande qui ne soit heureuse qu'on lui propose de la conduire au Château-Rouge. Le Château-Rouge est la préface de plus d'un roman qui se dénoue dans le cabinet de M. de Belleyme.

Au Château-Rouge, le luxe, qui s'étale avec une égale insolence à toutes les couches de la société, nivelle toutes les conditions ; le commis et son patron le banquier n'y diffèrent pas d'un iota ; le tailleur à qui ils doivent leur habit, le bottier qui lustre leur chaussure, le coiffeur qui les historie leur sont en tout semblables. Le valet de chambre de l'opulence y singe le dandysme de son maître, la soubrette s'est parée des mêmes atours que madame, et l'on peut être sûr que Frontin et Marton ne sont pas à la recherche l'un de l'autre. Fi donc ! ils veulent mieux que cela. Au Château-Rouge, tout est grande dame, depuis la reine des salons de la Chaussée-d'Antin jusqu'au dernier rat de la coulisse, jusqu'à la couturière, jusqu'à la lingère, jusqu'à la modiste, jusqu'à la lorette des plus brillants quartiers.

Cependant les quadrilles se forment, ils s'assortissent, ils se posent ; la danse commencée, décence et réserve serait pruderie, elle s'échevèle plus ou moins. Mais, çà et là, lionnes et lions, filles de théâtre et de joyeuse vie, dansent vis-à-vis des plus dévergondés sacripans, se livrent à des excentricités qui font monter le rouge au front du gendarme et lui rappellent sa consigne. Alors tout s'est dessiné dans cette Macédoine d'existences, chacune et chacun à son écriteau ; malgré la mise, il n'y a plus d'illusion possible. Mères, emmenez vos filles, mais il est trop tard.

Le Château-Rouge.—Un provincial, un étranger ne peut quitter Paris sans y être allé au moins une fois. Quel spectacle plus varié, plus échantillonné d'intentions rarement tristes que celui de cette foule luxueuse, coquette, qui ne semble respirer que pour le plaisir; que de misères parées; que de spéculations; que de folles prodigalités de jeunes gens, que de dettes qui ne seront jamais payées; que d'extravagances; que de dissipations, que de sentiments et de passions joués, de voluptés trompeuses ou vénales; que de santés, de probités, de réputations compromises; que de préméditations perfides, que de piéges tendus, que de crimes, de ruines, de suicides partiront de là, et avec cet enchevêtrement de destinées si diverses, quel entrain ! — Un jour, pourtant, le Château-Rouge prit une physionomie plus grave, c'était avant février 1848. Il s'était fait banquet ; il s'était fait *meeting*, comme diraient nos voisins d'outre-Manche, c'est-à-dire réunion politique, tout ce qu'il y a de plus triste sous l'immense calotte du ciel, surtout quand, suivant la locution consacrée, l'horizon se rembrunit. Souhaitons, au contraire, qu'il s'éclaircisse.

Barrières des Martyrs, — de Montmartre et barrière Blanche.

MONTMARTRE. — CLIGNANCOURT.

La barrière des Martyrs, à laquelle on arrive en partant du boulevart des Italiens par la rue Laffitte et celle des Martyrs, n'offre rien de remarquable. Mais en longeant le boulevart à gauche, nous trouverons le bal de l'*Elysée Mont-Martre*. L'entrée en est *gratuite*; et, trois fois la semaine, les dimanche, lundi et jeudi, on peut y jouir du plaisir de la danse, avec accompagnement d'une multitude d'autres plaisirs, tels que doivent les rêver les *Arthur* de la nouveauté, les *Narcisse* de la bandoline, les *Alfred* de la thériaque, les *Dodofé* et les *Gugus*, enfants chéris et craints du Lupanar, tous certains de trouver en ce lieu une foule de piqueuses de bottines, de bordeuses de souliers, de chamarreuses, de passementières et de fleuristes; un choix délicieux de modestes lingères, une pléiade de modistes ravissantes, quoiqu'un peu panées, attraits et costumes; enfin, un essaim de beautés, toujours plus ou moins panaché de quelques femmes galantes, ne faisant pas trop disparate avec l'ensemble de la société. A l'Elysée, une collection suffisante de cabinets intimes est toujours prête à recevoir les appétits qui ne peuvent se satisfaire que dans un discret tête-à-tête.

C'est par un double perron de 25 marches qu'on arrive à l'Elysée, qui se compose de trois corps de bâtiments et d'un vaste jardin bien planté. De nombreux sentiers serpentent à l'entour du carré de la danse et aboutissent à des bosquets au milieu desquels des tables sont dressées. Les chevaux de bois, l'escarpolette, le billard, le tir à l'oiseau et au pistolet sont les principaux jeux offerts aux amateurs. Deux grands salons couverts offrent un abri contre l'intempérie des saisons. Danseurs et danseuses y risquent des pas si exceptionnels, que les gardiens municipaux de la décence publique ont souvent fort à faire pour les ramener à une plus morale régularité. Non loin de l'Elysée existent quelques guinguettes moins ambitieuses et plusieurs cabarets où vient parfois se désaltérer le sanglant personnel de cet abattoir Montmartre qu'il a été si difficile de débarrasser de l'innombrable colonie de rats indiens qui le minaient dans ses fondements; leur entière suppression a été due au savant toxicologue Orfila.

Rien de plus animé le dimanche et le lundi que les abords de la barrière Montmartre; au dedans et au dehors ce sont des flots de toute espèce de gens; des marchands et des ouvriers ornés de leurs légitimes épouses et de leurs moutards des deux sexes, des jeunes gens à la mode brillante, de leurs compagnes éphémères, des charpentiers, des maçons, des forgerons (du blanc et du noir), des balayeurs et des égouttiers (lanciers et grosses bottes). De tout ce monde, partie entrera au *Grand-Vainqueur*, ou bien dans tout autre lieu où une mise un peu soignée serait considérée comme un événement.

C'est l'*Ermitage* qui recevra la fleur des plus requinqués. L'Ermitage possède les mêmes agréments que son voisin l'Elysée, et il a, de plus, l'attrait d'un établissement de bains, au milieu d'un massif de verdure et d'une bonne cuisine; de superbes marronniers s'élèvent çà et là du sein de ses bosquets, et répandent sur tout le jardin la douce fraîcheur de leur ombre.

La chaussée des Martyrs étale avec orgueil le beau pavillon à triple étage, qui s'est baptisé le *Rendez-vous des Princes*. Ce restaurant, tenu par un de ces Lointiers qui ont rendu leur nom célèbre dans les fastes culinaires, est un de ceux où il se fait le plus de repas de noces. Il n'est pas rare de voir les trois étages envahis par trois sociétés différentes pendant le jour, et, ce qui est moins gai pour les voisins, durant toute la nuit.

A partir du Château-Rouge, le sol que nous avons foulé fait partie de la commune de Montmartre. Le Château-Rouge lui-même est compris dans ses limites. Montmartre, jadis petit village, se bornait à deux monastères, à une église et à quelques rustiques demeures, groupées sur une montagne conique, dont les escarpements aplanis ont fini par se résoudre en des pentes douces qui la rendent aujourd'hui facilement accessible de toute part. Aujourd'hui, Montmartre est un gros bourg dont la population est de 20,710 habitants. C'est en quelque sorte une ville qui jouit de tous les avantages de la cité; elle a son théâtre, où les acteurs de Seveste donnent des représentations tous les jours; et l'eau, qui anciennement n'y était recueillie que dans des citernes, lui est abondamment fournie à toutes les hauteurs par des fontaines publiques. Aucun des environs de Paris n'a été plus fouillé pour l'extraction de la pierre ou du plâtre que la gigantesque butte de Montmartre; aussi y voyait-on naguère de fréquents éboulements, des maisons tout entières disparaissaient dans de profondes excavations; on s'en épouvantait; mais, depuis, de grands travaux de consolidation ont dissipé toutes les craintes à cet égard, et les constructeurs n'ont plus hésité à bâtir sur des carrières dans lesquelles on avait la perspective d'être englouti un jour ou l'autre.

En 1155, la reine Adélaïde, veuve de Louis-le-Gros et de Mathieu de Montmorency, mourut à Montmartre dans l'abbaye de Bénédictines dont elle avait été la fondatrice. C'est dans ce couvent, dont les nonnains étaient fort dissolues, tant la nature est quelquefois plus forte que la dévotion, que Henri IV, faisant le siége de Paris, connut Marie de Beauvilliers, à peine âgée de dix-sept ans, et dont la figure était aussi belle que son âge était tendre. Le roi l'aima : en être aimé pour lui c'était tout un,

> Princes et rois vont fort vite en amour;

mais bientôt elle fut oubliée pour Gabrielle.

C'est dans la Chapelle des Saints-Martyrs, bâtie à mi-côte de la montagne, qu'en 1534, Ignace de Loyola et neuf de ses compagnons firent leurs premiers vœux. Ainsi, c'est de Montmartre que le jésuitisme se répandit sur la terre, où il vint l'envelopper, comme dans un vaste épervier. Ancien-nement, dit Sauval, les pauvres maris, *martyrs* de la mé-chanceté de leurs femmes, venaient faire une neuvaine à la chapelle de Montmartre. De leur côté, les femmes qui avaient à se plaindre de la brutalité de leurs époux venaient dans l'église de l'abbaye invoquer saint *Raboni*, à qui le peu-ple attribuait la vertu miraculeuse de rabonnir les plus fé-roces. Saint Raboni est, assure-t-on, le même que saint Crysogome, qui, à la prière de sainte Anastasie, obtint de Dieu qu'il appelât à lui son mari, dont elle avait à se plain-dre. Voici ce qu'on lit à ce sujet dans le *Menagiana* : Une femme fit une neuvaine à saint Raboni pour demander la conversion de son mari; quatre jours après le mari étant mort, elle s'écria : *Que la bonté du saint est grande, puis-qu'il donne plus qu'on ne lui demande!*

Au temps du vieux paganisme, le sommet de la monta-gne était couronné par un temple de Mercure, dont on voyait encore des vestiges au commencement du dix-sep-tième siècle. C'est dans ce temple que saint Denis refusa sa génuflexion et l'offrande de l'encens à l'idole que l'on vou-lait qu'il adorât. Les bourreaux l'entraînèrent alors au bas de la montagne et lui tranchèrent la tête dans le lieu où se trouvait le temple de Mars. Plus tard, les chrétiens élevèrent une église à la place du temple de Mercure, et une chapelle dans le lieu témoin de la mort du martyr. Les Normands dé truisirent ces pieux édifices, qui furent relevés dans le douzième siècle. L'église paroissiale, ancienne église de l'abbaye, est dédiée à saint Pierre; c'est un monument des plus remarquables; il offre dans son ensemble, comme dans ses détails, des restaurations de plusieurs époques bien distinctes.

Montmartre, par sa position, a joué un rôle important à toutes les époques où la capitale a été attaquée. Les Normands, les Anglais, les Armagnacs, Henri IV et les ligueurs l'ont pris pour siége de leurs opérations. Le 30 mars 1814, Blücher fut réellement maître de Paris même avant la capitulation dès qu'il se fut rendu maître de cette hauteur, dont on avait négligé d'assurer la défense; il lui eût suffi, pour dicter ses conditions, de tourner contre Paris les quelques bouches à feu dont les redoutes étaient armées. En 1815, la butte fut mieux fortifiée; mais la trahison, qui facilita à l'ennemi le passage de la Seine en lui livrant le pont du Pecq, rendit toute résistance impossible.

Depuis que les fortifications ont envahi le mont Valérien, Montmartre est redevenu un lieu de pélerinage; son calvaire et le souvenir des saints martyrs attirent un grand nombre de fidèles.

Les guinguettes de Montmartre sont très-renommées. Autrefois, pas un de ses nombreux moulins à vent qui ne fût un cabaret où l'on buvait le petit vin en mangeant des crèpes. La meunière était avenante, le meunier complaisant; on gambadait, on se balançait, on montait à âne. La meunière et sa poêle étaient en permanence. Tout est bien changé aujourd'hui; il n'y a plus de meunier complaisant, plus de meunière avenante, plus de poêle, plus de crêpe, plus de farine, plus d'âne même au service des écuyers à la Sancho-Pança; il n'y a plus de moulin à blé, il n'y a plus qu'une machine à broyer des os brûlés pour en faire du noir animal; tout près est encore quelquefois un taudis où l'on exploite la pastorale tradition : gardez-vous d'y entrer, c'est un mauvais lieu. Des meuniers et des ânes, il n'y en a plus et l'académie de Montmartre est passée à l'état de mythe. L'ânesse seule a persisté, au bénéfice des pauvres poitrinaires qui attendent leur soulagement des produits consciencieux de la laiterie Damoiseau. A Montmartre, le promeneur trouve très-facilement du lait pur sortant du pis de la vache et des œufs frais. L'attrait d'un air salubre y a multiplié les maisons d'éducation : on y compte deux pensionnats de garçon et six de demoiselles.

Montmartre possède un grand nombre d'établissements industriels ; les étrangers ne manquent jamais de visiter la fabrique de statues en pierre artificielle, rue Saint-Jean, 10, et celle de mosaïque, rue de l'Empereur, 68.

Montmartre est le véritable belvéder des Parisiens : de tous côtés se présentent d'admirables points de vue ; de nulle part on ne peut saisir aussi bien l'ensemble de la grande ville et de ses contours. Sauval raconte que Henri IV étant un jour à Montmartre ; il baissa et se prit à regarder Paris entre ses jambes : Que je vois de nids de c...! s'écria-t-il ; un bouffon, nommé Gallet, se mit dans la même posture et cria : Sire, je vois le Louvre. Cette saillie fit beaucoup rire le roi.

Le hameau de Clignancourt, situé sur le côté de la montagne qui fait face à Saint-Denis, fait partie de la commune de Montmartre ; il se compose de quelques maisons de campagnes et de quelques établissements industriels. La chaussée qui y conduit est bordée de guinguettes, parmi lesquelles figure celle qui est tenue par les cuisiniers associés.

Si nous avions parlé du télégraphe et de l'obélisque qui est placé sur un des points culminants de la hauteur pour servir de but à la ligne de mire de l'Observatoire, il nous resterait peu de choses à dire de Montmartre ; nous nous bornerons à les mentionner, de même que l'Asile de de la Providence, où 50 à 60 vieillards des deux sexes et de pauvres orphelins sont entretenus aux frais d'une association philantropique.

De la caducité à la tombe il n'y a pas loin, et souvent le cercueil est tout près du berceau; c'est la réflexion que suggère toujours l'aspect du *champ des morts*; nous avons dû la faire en parcourant le cimetière de Montmartre. Que de générations, que de vieillards, que d'enfants ont été enfouis dans ce sol gypseux! Le cimetière de Montmartre est le plus ancien de la capitale, et c'est bien dans sa vaste enceinte que l'on peut dire : Paris sous terre est mille fois plus peuplé que dessus. Voilà des siècles que des ruines humaines vont s'y entasser chaque jour, et pourtant en cet endroit il ne s'est pas formé une seconde montagne, rien ne s'est exhaussé d'une manière sensible; tout est consommé, tout a disparu. C'est que l'humanité est si peu de chose comparée à la masse qui la réclame et l'absorbe! Le cimetière de Montmartre, appelé autrefois plus philosophiquement *Champ du Repos*, occupe une vallée entourée et terminée par trois collines; il renferme quelques remarquables monuments, les restes mortels d'un grand nombre de personnages illustres.

C'est à Montmartre que, sous une pierre souvent visitée, dort, en attendant la réalisation de son phalanstère, Charles Fourier, mort dans son illusion. Dieu et la raison lui fassent paix! Non loin de là est la dépouille du dernier descendant de Michel-Ange, Philippe Buonaroti. Le niveau gravé sur son cyppe funéraire indique qu'il fut un des rêveurs de l'égalité absolue. Godefroid Cavaignac a aussi là sa sépulture et sa noble image, si énergiquement rendue par Rude, l'un des plus grands sculpteurs de la pensée.

Les marbriers, les jardiniers fleuristes, grillageurs, décorateurs de tombes et autres parasites de la sépulture sont nombreux aux abords du cimetière, où l'on n'arrive qu'à travers ce bazar mortuaire tout bordé de leurs étalages de funèbres colifichets.

Il n'y a que peu d'années, le champ du repos avait un bien bruyant et folâtre voisin, le nouveau Tivoli, dont l'orchestre et les danses n'étaient pas à cent pas de ses silencieuses demeures. Aujourd'hui Tivoli a cédé sa place aux rues inachevées d'un quartier tout neuf inventé par la spéculation.

La barrière Blanche, à l'extrémité de la rue de ce nom, touche aux premières maisons de Montmartre; elle n'est pas un rendez-vous de plaisir, elle est à peine un passage; cependant en face de cette barrière existent deux restaurants, le *Grand-Salon* et la *Dame-Blanche*, qui ont un attrait tout particulier pour les nombreux visiteurs du cimetière. Le *Grand-Jardin-des-Acacias* et les *Deux-Berceaux* sont des lieux de douce consolation pour des parents et des amis qui, après avoir suivi un convoi, désirent faire, le verre en main, le panégyrique du défunt.

De Montmartre à Saint-Ouen la route est si droite et le trajet si court que nous devons pousser jusque-là. Saint-Ouen, joli village de 1,300 habitants, est situé sur une éminence à 8 kilomètres de Paris. Le territoire de cette commune possédait autrefois plusieurs maisons royales et seigneuriales. C'est dans un de ces manoirs que mourut, en 683 (*Odœnus*), saint Ouen, évêque de Rouen. Philippe de Valois et le roi Jean, son fils, eurent à Saint-Ouen une habitation qui reçut de ce dernier le nom de *la Noble-Maison*. C'est là qu'en 1351 il institua l'ordre des chevaliers de l'Étoile ou de la Noble-Maison. Ils étaient au nombre de 500, qui, le jour de la Notre-Dame de la mi-août, devaient tous se rendre au lieu de l'institution à l'heure de prime et demeurer tout le jour et le lendemain jusqu'après vêpres rassemblés dans une salle immense autour de la table d'honneur.

Au commencement du dix-huitième siècle, il ne restait pas vestige à Saint-Ouen des anciennes demeures royales; mais de magnifiques maisons princières les avaient remplacées; on y remarquait surtout celle du duc de Nivernais et celle du prince de Rohan, qui appartint plus tard au fameux ministre Necker et en dernier lieu à M. Ternaux, l'un des plus riches industriels de France. C'est à Saint-Ouen, où il passait une partie de l'année, qu'il fit les premiers essais de *silos* pour la conservation des grains, et éleva le célèbre troupeau de mérinos dont il employait les toisons à la fabrication des tissus qui se sont appelés de son nom *châles Ternaux.*

Le château seigneurial dans lequel s'étaient données les fêtes les plus brillantes, et dont la Pompadour, comblée de l'or de la France par le sultan du Parc-aux-Cerfs, avait fait un séjour délicieux, a été démoli en 1817, et rebâti bientôt après avec une magnificence toute royale. C'est dans le vieux château de Saint-Ouen que s'arrêta Louis XVIII, le 2 mai 1814, lors de sa rentrée en France; les sénateurs vinrent lui présenter une constitution, où se lisait : « Louis-Stanislas-Xavier sera proclamé *roi des Français.* » Sa réponse fut une déclaration avec cette formule : « Louis, par la grâce de Dieu, *roi de France et de Navarre.* » La Charte fut publiée le 4 juin suivant, et datée de la dix-neuvième année d'un règne dont la nation n'avait pas la moindre connaissance.

C'est pour la comtesse du Cayla que fut réédifié le château de Saint-Ouen; Louis XVIII ne voulut pas que sa Zoé n'eût que les restes de la marquise de Pompadour. Le 2 mai 1823, elle inaugura ce palais par une fête monstre dont le roi podagre fit les honneurs. Le touriste comme le promeneur ne peut se dispenser de visiter cet *eldorado* de la Circé qui avait eu le don d'enchanter le vieux monarque.

L'église de Saint-Ouen est peu remarquable, mais elle fut longtemps un lieu de pèlerinage; entre autres reliques qu'on allait y adorer, était un doigt de saint Ouen, l'auriculaire sans doute, qu'on faisait passer dans sa châsse près de l'oreille des personnes sourdes, dont grand nombre furent de la sorte guéries de leur infirmité. Il eût été en effet bien absurde qu'en raison de son nom *Odœnus, Ouen*, qui se rapproche des mots *audire*, *ouïr*, la spécialité du saint évêque, en fait de miracles, ne fût pas la cure radicale des affections du tympan.

Saint-Ouen est encore, dans la banlieue de Paris, un des rares villages où la campagne n'a pas perdu une grande partie de ses agréments. Sa fête est le 25 août.

Barrières de Clichy, — de Monceaux, — de Courcelles, — du Roule.

BATIGNOLLES-LES-MONCEAUX. — CLICHY-LA-GARENNE. — LES TERNES.

La barrière de Clichy est un monument commun à Paris et aux Batignolles, qui tendent de plus en plus à lui dérober le village dont elle porte le nom.

Au point où les deux villes sont presque en contact, se sont élevées de superbes maisons, et l'on voit, à droite et à gauche, un grand nombre de cafés, de cabarets et de guinguettes dont les plus obscurs sont les buvettes de prédilection des ouvriers du quartier du Roule, les jours où la toilette n'est pas de rigueur, des cochers momentanément expatriés par la longue course et de quelques charbonniers dont le poussier a desséché la gorge.

Ce lieu a été, en 1815, le théâtre d'une glorieuse résistance de la part d'une partie de la garde nationale parisienne, commandée par le brave Moncey. Le maréchal était posté dans la grande avenue, à l'endroit où se trouve le restaurant du père Lathuille, qui n'était alors qu'un cabaret, auquel le souvenir des exploits de cette journée et le beau tableau d'Horace Vernet donnèrent une célébrité très-fructueuse pour le propriétaire de l'établissement et pour ses successeurs. Après la capitulation de Paris, et au mépris de cette convention, les Prussiens, et notamment les Anglais, se vengèrent par la dévastation et le pillage du courage qu'avaient déployé dans cette circonstance les habitants de cette portion de la banlieue.

Quittons pour un instant les Batignolles, où nous reviendrons, et poursuivons notre chemin jusqu'à Clichy-la-Garenue. Clichy a une origine fort ancienne. Les rois de la première race y avaient un palais; Dagobert y fit son séjour habituel. Cette résidence, qu'il avait en singulière affection, fut aussi celle de ses successeurs Clovis II et Thierry III. Plusieurs conciles se tinrent à Clichy pendant le septième siècle. En 741, ce domaine fut donné par Charles-Martel à l'abbaye de Saint-Denis. Saint-Médard, mort en 545, a été de temps immémorial le patron de la paroisse de Clichy, qui conservait de ses reliques, c'est-à-dire un morceau de son chef, dont lui avait fait présent l'évêque abbé de Saint-Etienne de Dijon.

Saint Vincent de Paul, le père des orphelins, a été curé de Clichy. L'église qu'on y voit date de cette époque; c'est à sa sollicitation qu'elle fut construite.

Un club royaliste, qui avait pour président l'ex-conventionnel Henri-Larivière, tint ses séances à Clichy pendant la période directoriale. Ses membres, auxquels l'histoire a conservé la désignation de *clichiens*, se dispersèrent après le coup d'état du 18 fructidor. Les uns furent déportés à Cayenne, les autres se dérobèrent par la fuite.

En 1831, Clichy fut le théâtre d'une révolution de sacristie : deux partis étaient en présence, les uns tenaient avec l'autorité pour le curé nommé par l'archevêque, les autres voulaient de l'abbé Auzou, prêtre de l'église française; la querelle s'échauffa, il y eut une émeute, on arrêta des séditieux, et la paix fut cimentée sur les bancs de la police correctionnelle, qui sévit contre les plus ardents.—Clichy n'a guère que 4,489 habitants. Sa population se compose en grande partie de blanchisseuses; aussi le village possède-t-il un lavoir banal où tout a été admirablement calculé pour la commodité. L'établissement de teinturerie de Rouquèse est un des plus renommés. Près de là se fabrique la céruse la plus belle et la plus pure du commerce. On fait également à Clichy du sel ammoniac, de la colle forte, des cordes d'instruments, du carton, du papier pour impression, du plomb de chasse et du plomb laminé. Toutes ces industries y sont exercées sur une grande échelle. Clichy, jadis demeure royale, ne serait aujourd'hui qu'une bien triste demeure bourgeoise. Son bal, même le jour de la fête, qui a lieu le dimanche après le 8 juin, est fort peu attrayant, et l'on se sent peu disposé à se mêler aux danses déginguandées et brutales de garçons avinés, et de gaillardes allurées, capables de donner la réplique à tous gestes et propos.

Nous voici de retour aux Batignolles, 19,000 habitants, un théâtre, une église, deux églises de plusieurs cultes, une mairie superbe, un vaste abattoir. Peu de villes sont plus peuplées ou plus riches : aussi les Batignolles sont-ils une ville; ils jouissent d'un octroi proportionné au chiffre de leur population. Des rues larges, bien pavées, ornées d'amples trottoirs, et splendidement éclairées au gaz; de hautes et élégantes maisons, toutes construites en pierres de taille, dont plusieurs sont illustrées de balcons dorés et de riches sculptures; de brillants magasins de nouveautés qui rivalisent de luxe et presque d'étendue avec les plus opulents étalages des quartiers les plus marchands de Paris; des cafés somptueux, de vastes billards; ici tout recèle, tout annonce un de ces grands centres de civilisation où fleurissent les arts et le commerce, où rien ne manque pour la satisfaction des besoins de la vie, et pourtant là, point d'activité, point de bruit, point de mouvement avant dix heures du soir; jusque-là, la ville est morte et silencieuse, car la population virile, presque tout entière, a émigré le matin pour ne revenir qu'au moment du dîner. On ne demeure pas aux Batignolles, on y gîte. Les employés des ministères, les commis des maisons de banque et de commerce, les expéditionnaires, les caissiers et les teneurs de livres ont presque tous fait élection de domicile dans cette localité. La modicité du prix des loyers, l'appât d'une économie à réaliser sur les objets de consommation qui paient un si lourd tribut à l'octroi de Paris, et puis, pour quelques-uns, cet acacia auprès du puits, seul échantillon de végétation qui permette au propriétaire d'afficher la location d'un appartement avec jardin, tant d'avantages réunis ont été, pour une masse d'existences réduites à se mouvoir dans un cercle d'argent trop restreint, un motif suffisant de transplanter leurs pénates aux Batignolles. Certes, c'est un énorme désagrément pour toute cette colonie de plumitifs d'avoir à subir, deux fois le jour, durant un long trajet, les intempéries des saisons; de cheminer à heure fixe, et bon gré mal gré, par une pluie battante, par un vent glacé ou sous les flèches brûlantes d'un soleil de feu, au milieu des tourbillons et des rafales d'une fétide poussière. Aussi, le parapluie ne fut-il jamais mieux porté que par le citoyen des Batignolles. Le roi Louis-Philippe, au temps de son chapeau gris et de ses pédestres pérégrinations, ne fut pas plus fidèle à son riflard que ne l'est le scribe qui quitte son foyer pour son bureau; pas de baromètre au beau temps qui puisse l'obliger à se séparer de ce meuble d'extérieur, qu'il s'est en quelque sorte incarné pour n'avoir pas la chance de l'oublier quelque part. — Le parapluie est l'indispensable providence des vêtements et du chapeau dont l'employé, conservateur par caractère et par nécessité, tient essentiellement à préserver le lustre et la durée. Avec un parapluie de respectable dimension, il a de l'hygiène par-dessus la tête, hygiène de corps, hygiène de la toilette; pour défier les rhumes, les rages de dents et les avaries du pantalon, il ne lui manque que le complément de l'ingénieux paracrotte, et des socques articulés. Sans la crainte d'arriver trop tard, il ne se les refuserait pas; il braverait la fatigue de cette addition à son véhicule ordinaire, car le plumitif est toujours un peu femelette et délicat, méticuleux à l'endroit des soins qu'exige sa petite santé.

De huit à neuf heures du matin jusqu'au moment où l'estomac ne se souvient plus du déjeuner, c'est du beau sexe que se compose l'immense majorité de la population des Batignolles; il y a bien par-ci par-là quelques ménages de petits rentiers, quelques couples de pensionnaires de l'Etat, des Philémon et Beaucis, des monsieur et madame Denis, qui ne se perdent pas de vue une seule minute de la journée; il y a aussi de grands établissements industriels, de grands ateliers tout pleins d'hommes vigoureux, et tout un essaim de Polonais, fervents adeptes de la religion du thaumaturge Tobianski; tout le reste n'est qu'un personnel assez triste d'Arianes délaissées, avec la triple et monotone distraction du pot-au-feu à soigner, du bas à *ramailler*, du moutard à raccommoder. Toutes néanmoins ne sont pas des Pénélopes à l'épreuve des quotidiennes absences, et la chronique des Batignolles parle de certaines visites bien faites pour donner de l'ombrage à un mari jaloux, et le mettre, comme on dit, sur les tisons. Oh! que le monde est méchant et cancanier!

Les Batignolles ont, comme l'Océan, leur flux et leur reflux; tout ce qui en est descendu le matin y remonte le soir; mais la marée rapporte plus qu'elle n'a emporté. Un grand nombre de jeunes gens, de vieux célibataires parisiens, d'officiers retraités ou en demi-solde, d'artistes nomades plus riches d'espérances que d'argent, viennent chercher dans les tables d'hôte à 25 et à 30 sous par tête l'abondance et la variété des mets avec accompagnement de la bouteille d'Argenteuil, véritable prime de l'attrait le plus puissant. Mais ne croyez pas qu'ici tout se borne au bonheur de manger et de boire à satiété: si ce n'était la maturité de l'âge, l'évanouissement mal déguisé de charmes jadis irrésistibles, et l'intention trop évidente de se raccrocher à toutes les branches où la chèvre peut avoir l'espoir de tondre sur le vert, il y aurait ici de délicieuses

connaissances à faire. Ces dames sont à la recherche de qui
les aime et les défraie; elles font parfois à cette intention
une horrible dépense d'esprit, d'intrigue et de crinoline.
Hélas! elles ont beau prodiguer tous ces moyens de séduction, la plupart du temps ils n'aboutissent qu'à mettre en
fuite une intimité en perspective qui se soucie peu de
payer deux dîners pour un. En général, ces hirondelles des
tables d'hôte eurent une vie des plus orageuses; après tant
d'aventures et de vicissitudes, les invalides leur revien-
draient de droit; mais qui les leur donnera? Certes, ce
n'est pas le vieux roué à qui elles s'adressent de préférence; croient-elles le tenir dans leurs filets, c'est lui qui
les trompe.

En hiver, les tables d'hôte des Batignolles sont privées
du surcroît de convives qu'amènent les beaux jours. Quand
la nature a déployé sa plus luxuriante verdure, les Parisiens, grands amateurs de la campagne, se font cette singulière illusion, qu'ils l'ont rencontrée du moment qu'ils ont
franchi la barrière. Pour eux la campagne, c'est l'acacia,
si frauduleusement baptisé du nom de jardin; la campagne,
c'est un pied de vigne vierge façonnée en tonnelle; ce sont
deux tuyas, trois capucines, quatre haricots d'Espagne et
une tapisserie de cobéa sur un vieux mur; ce sont de vieilles planches de bateaux mal assemblées, mal clouées en
guise de tables sur des piquets plantés en terre; ce sont
des bancs improvisés à l'aide d'un procédé semblable; c'est,
enfin, une cuisine détestable, du vin à laver les pieds des
chevaux, un service sans ordre, sans complaisance, sans
affabilité, sans conscience d'aucune sorte. Le dimanche,
quand il y a foule aux Batignolles, vous trouverez de tout
cela dans la plupart des tables d'hôtes où elle vient s'asseoir pour se procurer les jouissances du banquet champêtre, lesquelles, soit dit entre nous, consistent principalement dans toute espèce de désappointements, de dégoûts
et d'accidents de sauce, après lesquels il ne reste plus qu'à
recourir à la science du dégraisseur. Ces dîneurs de passage

sont la terreur des habitués, dont le dimanche est le jour néfaste. Aussi, ceux d'entre ces pensionnaires qui sont dans l'usage de payer rubis sur l'ongle murmurent-ils tout haut contre les abus du bouillon indéfiniment trop allongé, des comestibles indéfiniment trop divisés et des convives indéfiniment trop multipliés. Mais les optimistes qui ne paient jamais se gardent bien de s'associer aux récriminations. Tout est détestable et insuffisant, ils n'ont pas l'air de s'en apercevoir, ils rayonnent de contentement comme toujours : ils craindraient de donner le coup de la mort à *M. Crédit*, ce qui pour eux équivaudrait à un suicide.

Pour l'hôtelier, le dimanche est le grand jour ; alors, grâce aux fantaisies dispendieuses de *l'extra*, à la recette du prix fixe vient s'ajouter le chiffre assez rondelet d'un bénéfice quelque peu arbitraire. En ce pays de Cocagne l'instinct de galanterie pousse à la consommation ; il y a là des créatures charmantes, des quarts de bas-bleu, des beautés incomprises, des avenirs perdus, des carrières manquées ; en présence de telles syrènes venues là comme par hasard, mais conviées en réalité pour l'achalandage de la maison, qui voudrait s'exposer à passer pour un pingre ? Les bouchons sautent avec fracas, l'eau de seltz pétillante jaillit dans les verres et sur la nappe, le cachet vert de Bourgogne et le cachet rouge de Bordeaux ouvrent une marche joyeuse qu'au dessert la mousse du champagne changera bientôt en une marche triomphale. A ce moment du plus délirant enthousiasme, les flacons ne font que paraître et disparaître, la confusion du vide et du plein s'opère, les comptes s'embrouillent, et, quand tout est fini, il se trouve que les accessoires ont furieusement éclipsé le principal, et que l'ordinaire est décuplé par les suppléments : le quart d'heure de Rabelais est alors un vilain quart d'heure à passer.

Mais déjà les tables sont débarrassées, des tapis les recouvrent, et des jeux de cartes, des damiers, des boîtes de dominos sollicitent les amateurs. Il est expressément interdit, dans l'intérêt de la morale publique, mais plus encore dans l'intérêt du chef de l'établissement, de jouer de l'argent. On joue donc du café, du punch, de la bière et de la limonade gazeuse, et des flottes de petits verres ; de cette manière, les perdants rentrent dans une partie de leurs pertes ; mais l'hôte gagnera à tout coup sans mettre la main aux cartes, à moins qu'il n'ait besoin de stimuler l'ardeur des joueurs par ses témérités aventureuses ou par le jovial entrain de ses libations réitérées les soifs qui se ralentissent. Dieu, le bon vivant ! Ailleurs, la table d'hôte n'est qu'un prétexte : une noble maîtresse de maison en fait les honneurs ; elle a d'adorables amies, et ne reçoit que des personnes distinguées. Pour être admis dans cette société, il faut avoir été présenté, disons mieux, il faut avoir de l'or ou être un *Grec :* malheur à qui se fourvoie en ce repaire !

Les chemins de fer de Saint-Germain, Versailles (rive droite) et de Rouen, traversent la nouvelle ville dans toute sa longueur, sous un vaste tunel qui se termine à la hauteur de la place de l'église.

En suivant le boulevart extérieur, à gauche de la barrière de Clichy, on rencontre une petite église protestante, modestement située entre cour et jardin, et un peu plus loin dans l'isolement, un joli théâtre placé à une égale distance des Batignolles et du village de Mouceaux (ou Monceaux), qui est un des enclaves de cette vaste commune. Cette position intermédiaire avait été choisie pour la commodité des habitants des deux localités, mais les uns et les autres ne l'ont pas trouvé assez rapproché, et la difficulté d'avoir des spectateurs n'a pas permis au directeur, Jules Séveste, de donner plus de trois représentations par semaine. Placé entre deux barrières, distantes l'une de l'autre de 800 mètres, et aboutissant, celle-ci à un quartier presque désert, celle-là à des terrains nus, ce théâtre n'a pas la chance d'arrondir ses recettes par l'influence de ses voisins de Paris.

La barrière de Monceaux pourrait aussi se nommer la

barrière des Montagnards; nulle part on ne peut voir plus grande affluence d'Auvergnats : charbonniers ou fruitiers affectionnent particulièrement ces ébauches de guinguettes, qui n'offrent aux regards que des murs noircis, des tables plus ou moins boiteuses, des tabourets et des bancs sur lesquels on ne doit s'asseoir qu'avec une extrême précaution. Voilà ce que vous trouverez au *Rendez-vous-des-Cochers*, aux *Barreaux-Rouges*, aux *Deux-Charbonniers*, au *Hussard-de-la-Garde*, au *Soldat-Laboureur*, souvenir de l'Empire et de la Restauration, lesquels, sur une enseigne, ne tirent nullement à conséquence, aujourd'hui que le chauvinisme n'est plus de mode.

Barrière de Courcelles. — Cette barrière doit son nom au village qui est à sa proximité. La rue de Courcelles, qui vient y aboutir, possède plusieurs hôtels somptueux. L'un d'eux a été habité par le reine régente d'Espagne, Marie Christine, durant son séjour à Paris. La barrière de Courcelles est du bien petit nombre de celles qui s'ouvrent encore directement sur la campagne; elle est solitaire quant aux cabarets et aux guinguettes, et ses environs ne sont pas sans charmes pour les promeneurs heureux d'éviter le bruit et la foule.

Barrière du Roule. — Au point de vue monumental, cette barrière est une des plus remarquables de l'enceinte. Elle a devant elle le village des Thernes et au-dessous d'elle le faubourg, autrefois village du Roule, qui continue le faubourg Saint-Honoré. C'est dans ce faubourg qu'est la grande fonderie de la ville de Paris, l'établissement le plus considérable que l'on connaisse dans ce genre. On y conserve la plus colossale statue de bronze qui ait été coulée d'un seul jet dans les temps modernes, celle de Louis XVI, qui était destinée à la ville de Bordeaux. Elle n'a pas moins de 8 mètres d'élévation. Au moment où on voulut la retirer du moule, on s'aperçut d'un singulier accident, la tête était séparée du corps, et la statue sortit décapitée. C'était l'effet d'un bouillon produit par le refroidissement de la matière. L'explication put être donnée sur-le-champ, mais les témoins du fait n'y virent pas moins un funeste présage pour la royauté ou un jeu bizarre de la destinée.

A la barrière du Roule il n'y a pas absence de guinguettes, il y en a même pour tous les goûts, pour toutes les toilettes, toutes les conditions; au *Grand-Saint-Fiacre* vous trouverez aisément de la place dans le salon de 400 couverts; aux *Deux-Frères-Vignerons*, au *Rendez-vous-des-Amis*, aux *Vendanges-d'Argenteuil*, le veau, l'omelette au lard et les gros petits pois, sont, lorsqu'on veut peu dépenser pour son dîner, l'accompagnement obligé du litre à bon marché. La barrière du Roule a son bal célèbre, où femmes de chambre, baigneuses, filles soumises et autres, sont charmées de prouver que les moustaches ne leur font pas peur. C'est là que les permissions de dix heures qui se proposent d'oublier de rentrer sont terriblement querelleuses; aussi les valets de bonne maison ne viennent-ils point en ce lieu, où leur courage pourrait être mis à de trop rudes épreuves; ils préfèrent renoncer à leurs droits. La livrée est prudente, elle ne va pas chez Dourlan.

Le village des Ternes, avec ses 6,000 habitants, est presque dans Paris. Sa population se compose d'industriels laborieux, de cultivateurs et de rentiers, qui, dans les économies, cherchent l'équivalent d'un voyage en Californie : cela n'est peut-être pas très-productif, mais à coup sûr c'est moins périlleux.

BARRIÈRE DE NEUILLY.

Cette barrière s'élève à l'extrémité des Champs-Elysées; elle s'appelle aussi barrière de l'Etoile, parce que plusieurs routes viennent aboutir au rond-point sur lequel s'élève l'arc-de-triomphe. L'histoire de ce géant des monuments de Paris peut se dire en peu de mots : d'abord ce dut être une colonne érigée à la gloire de la grande armée; tel fut le premier projet de Napoléon au retour de la campagne d'Austerlitz. Mais il ne tarda pas à l'abandonner et à donner la préférence à un arc-de-triomphe grandiose. Les premiers travaux de constructions furent commencés sur les plans de l'architecte Chalgrin, le 15 août 1806. Pour obtenir des fondations solides, il y eut de grandes difficultés à vaincre; le monument à peine sorti de terre, Napoléon voulut en faire les honneurs à sa nouvelle épouse; on le compléta par un décor qui le représentait comme achevé. C'est par cette porte que l'Autrichienne fit son entrée.

A partir de la guerre d'Espagne, la construction fit peu de progrès, et les travaux ne reprirent une certaine activité qu'après la campagne de Russie. Les Bourbons laissèrent dépérir ce qui existait du monument; mais, en 1825, Louis XVIII, émerveillé des succès de son neveu, le duc d'Angoulême, résolut de le consacrer à ce vainqueur du Trocadero. On se remit donc à l'œuvre, malgré le ridicule qui atteignit le dauphin à travers des comparaisons qu'on pouvait se permettre même sans esprit de parti. L'édifice grandit peu sous les deux règnes de la branche aînée; mais il était réservé au gouvernement de Louis-Philippe de l'achever; ce ne fut plus alors un monument en l'honneur d'un homme, mais une consécration aux gloires nationales de la République et de l'Empire; son inauguration eût lieu en 1836 pendant les fêtes commémoratives de la révolution de Juillet.

L'arc-de-triomphe de l'Etoile est d'une dimension qui n'a jamais été égalée. Sa hauteur est de 49 mètres 485 millimètres, sa largeur de 44 mètres 850 millimètres, son épaisseur de 22 mètres 210 millimètres, le principal arceau a 20 mètres 429 millimètres de hauteur, son ouverture est de 14 mètres 620 millimètres, les arceaux de côté n'ont que 18 mètres 680 millimètres de hauteur, leur ouverture est de 8 mètres 420. Les fondations forment un massif quadrangulaire de 54 mètres 566 millimètres sur 27 mètres 280 millimètres, leur profondeur au-dessous du sol est de 8 mètres 375 millimètres.

Chalgrin étant mort en 1811, les travaux furent continués jusqu'en 1814 par Goust, son élève, qui opéra d'abord seul, et plus tard, sous la surveillance de MM. Fontaine, Débret, Gisors et Labarre. En 1828, M. Huyot lui succéda comme architecte principal; il fut à son tour remplacé, en 1832, par M. Blouet, qui mit à fin cette immense tâche. Chacune des deux grandes faces, dont l'une regarde les Tuileries et l'autre le pont de Neuilly, présente, dans sa partie inférieure, deux groupes de sculpture de 11 mètres 70 centimètres de haut avec des figures de 5 mètres 85 centimètres. Sur la face du côté des Tuileries, le groupe de droite est l'œuvre de Rude, l'un de nos plus vigoureux sculpteurs; c'est le départ en 1792, une vraie *Marseillaise* en pierre. Le groupe de gauche a été exécuté par Cortot; c'est le triomphe de Napoléon en 1810. Sur la façade opposée, le groupe de droite par Etex représente la résistance en 1814; celui de gauche, du même auteur, est une allégorie de la *Paix*; entre l'imposte du grand arceau et l'entablement, sur chacune des grandes faces sont deux bas-reliefs; sur la face tournée vers les Tuileries, le bas-relief de droite est de Lemaire; c'est un fait historique, les funérailles du brave général Marceau, tué à Hoschsteinbald, le 19 septembre 1796. Le bas-relief de gauche, par Seurre aîné, représente la bataille d'Aboukir, 24 juillet 1799. Du côté du pont de Neuilly, l'un des bas-reliefs est de Feuchère; c'est le passage du pont d'Arcole, 5 novembre 1796; l'autre est de Chaponnière, c'est la prise d'Alexandrie, 2 juillet 1798. Le sujet du bas-relief de la face latérale de droite est la bataille d'Austerlitz, 4 décembre 1805; il est de Gecther; celui de la façade opposée est la bataille de Jemmapes (6 novembre 1792), par Marochetti. Les renommées des quatre tympans des deux arcs sont de Pradier; dans la frise du grand entablement, et tout autour du monument, règne un bas-relief où deux sujets se partagent l'espace du côté de Paris, c'est le départ des armées; et, à l'opposite, c'est leur retour. Cette frise est des artistes Brun, Laitié, Jacquot, Caillouette, Rude et Seurre aîné. Sur trente boucliers placés autour de l'attique, sont inscrits trente noms de batailles : Valmy, Jemmapes, Fleurus, Montenotte, Lodi, Castiglione, Arcole, Rivoli, Pyramides, Aboukir, Alkmaer, Zurich, Héliopolis, Marengo, Hohenlinden, Ulm, Austerlitz, Iéna, Friedland, Somo-Sierra, Wagram, la Moscowa, Lutzen, Bautzen, Dresde, Hanau, Montmirail, Montereau, Ligny.

Des trophées forment la décoration de l'intérieur, des inscriptions destinées à perpétuer le souvenir des exploits de nos armées sont gravées dans les espaces laissés libres par la sculpture. C'est la géographie de nos victoires groupées chronologiquement sous quatre séries : celles du nord, de l'est, du sud et de l'ouest ; quatre listes, chacune de six colonnes, signalent à la reconnaissance de la patrie ses plus illustres défenseurs; elles contiennent 384 noms, auxquels ceux de Jérome Bonaparte et de deux généraux inconnus ont été récemment ajoutés. Les astérisques et la différence des caractères désignent les guerriers morts au champ d'honneur.

Oublions un instant la grande histoire et poursuivons le cours de notre pérégrination autour de Paris. Nous étant proposé de ne pas quitter la rive droite de la Seine, nous ne nous laisserons pas tenter par la beauté et la brièveté de la route d'aller jusqu'à Neuilly, que nous verrons une autre fois. Si, placé au rond-point auquel appartient la barrière de l'Etoile, vous portez vos regards en deçà et au-delà du mur d'octroi, derrière, devant, à droite, à gauche, enfin de tous côtés vous apercevez comme un panorama animé où la spéculation a préparé des halles pour les promeneurs; tout est à leur usage, depuis le modeste débit de consolation logé entre quatre planches, jusqu'aux imposantes brasseries anglaise, lyonnaise, strasbourgeoise, flamande, débordant sur la contre-allée de toute la largeur de ses tables équivoques et de ses tabourets vacillants, depuis l'humble marchande de tisane tiède quoiqu'à la glace, de petits gâteaux à l'œuf pourri et de sucres d'orge lustrés de sa salive, jusqu'à l'estaminet si vain de ses billards et de ses queues à procédé; depuis la gargotte du prolétaire, où la soupe se trempe à heure fixe, jusqu'au grand café, au grand restaurant, tout ici conspire en faveur de votre appétit, de votre soif, de votre gourmandise, de votre luxure même.

Barrière des Bassins ou des Réservoirs, barrière de Longchamp et de Sainte-Marie.

CHAILLOT.

La barrière des Bassins et celle de Longchamp n'offrent rien de remarquable en elles-mêmes, ni dans leur entourage. Sur la ligne qui s'étend de l'une à l'autre, se développe le long village de Chaillot, dont les maisons élégantes sont groupées en amphithéâtre sur le penchant d'une colline. Chaillot, c'est Paris, ou, plutôt, un des grands faubourgs de cette capitale. Nulle part il n'y eut autant de couvents qu'en ce lieu, auquel se rattachent plusieurs souvenirs historiques. C'est à Chaillot que fut établie, dans une maison de plaisance des ducs de Bretagne, l'un des premiers couvents de l'ordre des Minimes, longtemps connu sous le nom des *Bons-Hommes*, parce qu'à la cour de Louis XI, on avait coutume d'appeler *François-de-Paule*, leur fondateur, le *bon homme*. Chaillot posséda en outre des Augustines, des Bénédictines, et, enfin, des religieuses de la Visitation, qui y furent attirées par Henriette de France, fille de Henri IV, veuve de Charles Ier. L'asile qui leur fut ouvert était une sorte de palais que Catherine de Médicis avait fait bâtir. La reine Henriette, Jacques II, sa femme et sa fille Marie, furent tous inhumés dans cette maison de la Visitation, qui eut plus tard un autre genre de célébrité; car c'est là que la belle Lavallière voulut, une première fois, ensevelir son amour et le souvenir de ses faiblesses, vaine résolution à laquelle Colbert vint l'arracher de la part de son maître; toutefois, Lavallière ne reparut à la cour que pour y renoncer quelque temps après. La *Sœur-Louise-de-la-Miséricorde* mourut au couvent des Carmélites, à Paris. L'illustre président Jeannin et l'historien Mézerai habitèrent Chaillot. C'est dans l'église de ce village que se lisait, sur le tombeau du maréchal de Rantzau, cette célèbre épitaphe :

Du corps du grand Rantzau tu n'as qu'une des parts,
L'autre moitié resta dans les plaines de Mars;
Il dispersa partout ses membres et sa gloire.
Tout abattu qu'il fut, il demeura vainqueur,
Son sang fut en cent lieux le prix de sa victoire,
Et Mars ne lui laissa rien d'entier que le cœur.

Au-dessus de Chaillot sont les réservoirs qui fournissent de l'eau de Seine à un grand nombre de fontaines de Paris; il sont alimentés par une pompe à feu du mécanisme le plus ingénieux.

On trouve à Chaillot une fabrique d'armes, un assez grand nombre de maisons de santé, des usines et une maison de refuge pour les vieillards des deux sexes, placée sous l'invocation de sainte Périne.

La barrière de Longchamp doit son nom à l'ancienne abbaye de Longchamp, dont elle était cependant assez éloignée, puisque cette abbaye, située au bord de la Seine, à peu de distance de Boulogne, était dans l'enceinte de la forêt.

La fondatrice de ce monastère, Isabelle de France, sœur de saint Louis, y avait amené des sœurs Minimes; ces religieuses furent un temps en si grand renom de piété, que de hauts personnages voulurent être enterrés dans l'église de leur couvent. Plusieurs rois vinrent y faire leurs dévotions; Philippe-le-Long y tomba dangereusement malade; mais l'abbé de Saint-Denis et ses religieux étant venus pieds nus et en procession, firent toucher au prince du bois de la vraie croix, une ferraille qu'ils nommaient le saint clou et un bras de saint Simon, la guérison suivit ces momeries, qui furent impuissantes pour empêcher une rechute mortelle.

Plusieurs princesses de France furent religieuses à Longchamp, qui, du moment où il reçut ces pénitentes de cour, marcha rapidement vers la ruine totale de la discipline et la dépravation des mœurs. Henri IV, pendant un séjour qu'il fit dans ce couvent, y devint amoureux d'une jeune religieuse nommée Catherine de Verdun, qu'il récompensa de ses faveurs par le don d'une riche abbaye: l'histoire rapporte que la chère sœur lui laissa un *souvenez-vous de moi*. Saint Vincent-de-Paule a tracé le tableau le plus naïf des désordres et des écarts scandaleux de ces pieuses vestales si mondaines. Plus tard, elles se donnèrent en spectacle, et il devint de mode dans la haute société parisienne d'aller les entendre les mercredi, jeudi et vendredi de la semaine sainte dans une sorte de concert spirituel, où, pendant les *ténèbres*, elles ravissaient par l'éclat et la pureté de leurs voix mélodieuses. L'archevêque interdit ces chants, alors l'église devint déserte, et les pélerinages à Longchamp ne furent plus que des promenades où, trois jours durant, s'étalaient toutes les élégances fastueuses de la ville et de la cour. A Longchamp s'affichaient les maîtresses des princes et des grands seigneurs; les nobles courtisanes s'y montraient dans toute la splendeur de leurs atours; les comédiennes entretenues et les princesses venaient y donner le ton pour la magnificence des toilettes, la richesse et la nouveauté des carrosses, le choix et la beauté des attelages. La promenade de Longchamp était, sous la monarchie, la grande revue des modes et des impures d'un temps de corruption. Après la chute du trône, on eut à Paris de moins frivoles préoccupations; mais, sous le Consulat, se réveillèrent toutes les stupides vanités; de riches et jolies parvenues, les femmes et les maîtresses des banquiers et des fournisseurs, les Laïs des chancelleries se prirent à singer les orgueilleuses folies de l'ancien régime. Sous l'Empire, Longchamp eut encore ses beaux jours, qui furent les derniers, car sous la Restauration, et, depuis, l'usage de s'enchevêtrer bêtement dans une interminable file de voitures pour faire parade de son opulence et non de ses charmes est presque entièrement tombé en désuétude.

La barrière de Sainte-Marie ne mérite pas notre attention. Inaccessible aux voitures du côté de la ville à cause de l'escarpement du terrain, elle s'ouvre sur le plateau où Napoléon avait projeté de construire le palais du roi de Rome. A Chaillot, pas plus qu'ailleurs, il n'y a disette de marchands de vin; la barrière de Longchamp a l'avantage d'en posséder deux ou trois assez connus des buveurs qui se proposent de lever le coude à tête reposée. C'est à la barrière de Longchamps qu'était établi le père Sylvain, admirable cabaretier qui s'était fait un parti considérable parmi les ivrognes; la nuit venue, il allumait sa lanterne, et partait à la recherche des endormis dans un fossé, sur une berge, sur la chaussée, dans une cuvette; il fouillait dans tous les coins et recoins pour trouver quelques-uns de ces corps chavirés qui ont momentanément perdu leur âme. Ce Diogène, plus vrai que l'ancien, avait-il trouvé son homme, il le relevait, l'emportait auprès de son feu, si c'était en hiver, le couchait dans un bon lit, et lui ingurgitait quelques tasses de thé; le lendemain, Sylvain arrivait au réveil de son malade : — Eh bien, l'ami, sur pied, il faut tuer le ver; nous allons boire le vin blanc, c'est souverain; quand on a mal dans les cheveux, ce qu'il y a de mieux, c'est de reprendre du poil de la bête. Quelle attention !

Papa Sylvain était non seulement un chien du Saint-Bernard pur sang, mais encore une délicieuse sœur de charité. On n'en fait plus comme cela.

Chaillot eut jadis ses matelottes et ses fritures; on voit encore à la porte de quelques cabarets, les plus rapprochés de la pompe à feu, sécher des troubles et des éperviers; sur d'autres, l'anguille et le barbillon en peinture figurent à côté des couronnes de pampres; mais tout cela, trompeuses apparences, images désolantes d'un passé qui ne reviendra plus.

Chaillot, autrefois lieu de plaisir et de dévotion, Chaillot, rival de la Râpée en fait de vineuses bombances, et du Mont-Valérien en fait d'attractions religieuses, est presque exclusivement aujourd'hui un centre de travail et d'industrie. C'est dans Chaillot qu'est le célèbre établissement de Derosne et Caille, où se fabriquent la plupart des locomotives qui font le service de nos chemins de fer. De là sont sorties les plus puissantes machines à vapeur pour la navigation et pour tous les autres usages. Il n'y a plus à Chaillot ni guinguettes, ni Minimes, ni Visitandines, il n'y a plus de couvent où un grand ministre, s'abaissant au rôle de proxénète, puisse venir, au nom de son grand roi, revendiquer une odalisque monarchique; mais il y a de magnifiques, d'immenses ateliers, il y a toute une colonie d'ouvriers sans pareils pour le labeur, pour l'intelligence, pour la moralité; ce sont ces ouvriers que les étrangers aiment à consulter, et s'ils sont curieux de voir quelque chose dans Chaillot, ce sont leurs œuvres destinées à changer la face du monde.

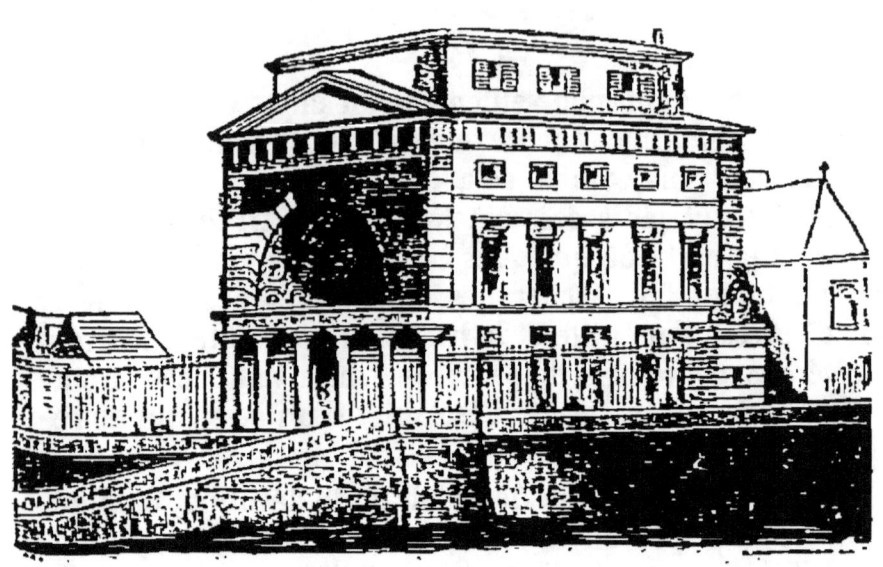

BARRIÈRES DE FRANKLIN ET DE PASSY.

PASSY. — AUTEUIL. — BOULOGNE.

En 1780, le célèbre Franklin, ambassadeur de la république naissante des Etats-Unis d'Amérique, habita Passy. Quand les barrières furent construites, celle qui conduit à ce village reçut le nom de ce grand homme pour perpétuer le souvenir du séjour qu'il y avait fait au milieu d'une colonie de beaux esprits de l'époque : madame Helvétius, l'abbé Morellet, Condorcet, étaient de sa société intime.

La barrière de Passy, qui termine la chaîne de barrières de la rive droite de la Seine, est située à l'extrémité du quai de Billy, un peu au-delà du pont d'Iéna. Cette barrière, l'une des plus fréquentées, est ornée de douze colonnes, de deux arcs, de quatre frontons et de deux statues gigantesques représentant la Bretagne et la Normandie. Les guinguettes, les cabarets, les restaurants sont dans le voisinage du quai, à proximité de la descente des voitures ; là se fait tout le mouvement, les dimanches et les lundis. Le gros bourg de Passy touche presque à la rivière par l'une de ses extrémités, tandis que, par l'autre, sa grande et belle rue conduit à l'entrée du bois de Boulogne. Passy est tout à la fois ville et campagne ; on y voit de magnifiques hôtels splendidement meublés et dont la plupart sont habi-

tés, hiver comme été, par leurs opulents propriétaires ; la
population flottante de ce lieu est nombreuse, celle des
résidents est de 6,704 individus, qui se regardent comme
habitants de Paris, dont le centre n'est pas à plus de 6 kilomètres de leurs pénates.

En 1250, Passy, nommé *Paciacum*, n'était qu'un groupe
de cabanes habitées par des paysans dont les successeurs
obtinrent plus tard de Charles V la permission de clore
leurs héritages de murs faits à chaux et à sable, et d'étran-
gler les lapins (*conils*) qui y feraient des dégâts. A partir
de cette époque, le hameau devint un grand et superbe
village qui eut d'abord sa chapelle, dédiée à Notre-Dame-de-
Grâce, et, enfin, son église paroissiale bâtie et bénite en
1667. Déjà, neuf ans auparavant, on avait fait, à Passy, la
découverte d'eaux thermales dont les propriétés, singulièrement exagérées, y attirèrent une foule d'étrangers ; les
riches Parisiens accoururent aussi à ces prétendues sources
de la santé. Passy avait déjà une église, il eut de charmantes demeures, d'agréables jardins, et, pour comble de
distinction, un château placé en amphithéâtre sur le penchant de la colline qui domine la route de Versailles. La
révolution respecta ce manoir ; mais, en 1815, il n'échappa
pas à la dévastation de nos bons amis les ennemis, Prussiens et Anglais, qui, par deux fois, pillèrent et ravagèrent
les maisons de ce malheureux village.

Les eaux minérales, aujourd'hui presque délaissées, cou-
lent dans un vaste jardin dont les bosquets et les allées om-
breuses offrent, en été, un refuge et de ravissantes promenades aux buveurs qui redoutent les ardeurs du soleil ; des
terrasses, sous lesquelles sont pratiquées des galeries élégantes, leur offrent, en hiver, un abri contre les frimas. Ce
séjour enchanté de l'hygiéniste naïade est la propriété de
madame Delessert.

Passy tend à s'agrandir de jour en jour. L'air pur qu'on
y respire et le voisinage du bois de Boulogne y attirent,
durant la belle saison, une foule de citadins que leurs oc-

cupations empêchent de s'éloigner trop de Paris. Les littérateurs et les artistes eurent de tout temps un faible pour ce séjour. C'est à Passy que le vaudevilliste Brazier est mort en murmurant sa dernière chanson. Jules Janin y possède une maison de campagne. C'est le prince du feuilleton ; tel est son rang, ou, du moins, le titre qu'il s'est donné ; mais il n'est pas la seule altesse de céans, et il nous souvient qu'en un procès célèbre le toxicologue Orfila, l'un des plus anciens habitants de cette Chaussée-d'Antin de la banlieue, fut proclamé par le réquisitoire prince de la science, en dépit des topiques démonstrations du citoyen Raspail. Mais passons sur ces dignités de fantaisies, et hâtons-nous de dire que le docteur Orfila et sa Philomèle, la compagne de ce ci-devant doyen de Saint-Côme, ont longtemps fait les délices des oreilles les plus délicates. Il y a bien peu d'années la souplesse et l'éclat de leurs larynx étaient encore admirés dans des soirées musicales, où ils recevaient tout le monde dilettante de Paris. Le docteur Bourgery, l'un des plus célèbres anatomistes de l'Europe, habitait Passy. C'est là qu'en 1849 le choléra l'a foudroyé au milieu des immenses travaux qu'il avait entrepris. Une autre illustration entre les hôtes de Passy, c'est Béranger, le philosophe, le grand poète, le grand citoyen, le sage qui s'offre à la postérité avec une triple auréole de gloire. Ah ! pourquoi sa muse, dont les chants consolèrent la France, est-elle aujourd'hui silencieuse ? Aurait-elle aussi perdu tout espoir ?

On compte à Passy plusieurs maisons de santé ; celle du docteur Blanche est spécialement destinée aux maladies mentales ; dans une autre, l'institution orthopédique du docteur Tavernier, la science s'applique à corriger les difformités corporelles. L'un des établissements industriels les plus remarquables de cette localité est la raffinerie Delessert, dont les sucres sont particulièrement estimés pour leur pureté, leur blancheur et leur cristallisation. Placé entre les Champs-Élysées et le bois de Boulogne, Passy se trouve au centre de tous les plaisirs ; de tous côtés des bals, des

cafés, des restaurants généralement bien tenus; car, aux
jours de fêtes, ce n'est pas la population la moins heureuse,
la moins vivante, la moins florissante de Paris qui se di-
rige de ce côté; les visiteurs sont difficiles, et, dans la semaine, les résidents doivent à l'habitude de l'aisance de
l'être encore davantage.

Nous ne quitterons pas Passy sans dire un mot d'un de
ses plus près voisins, le ci-devant château de La Muette. Que
reste-t-il aujourd'hui de cette habitation princière? Deux
gros pavillons et quelques parcelles de l'immense jardin qui s'était accru aux dépens du bois de Boulogne.
Charles IX, Marguerite de Valois et Louis XIII, dauphin,
furent successivement les propriétaires de cette espèce de
rendez-vous de chasse, qui devint tout autre chose lorsqu'en 1716, la duchesse de Berry, fille du régent, en eut
fait l'acquisition : on sait quelles étaient les mœurs de cette
princesse. A sa mort, le château de La Muette, définitivement réuni au domaine royal, fut rehaussé d'un étage et
considérablement agrandi. C'est à La Muette, que Marie-
Antoinette attendit que le sacrement de l'église l'autorisât
à partager la couche de son futur époux. Louis XVI y passa
les premiers mois qui suivirent son avénement au trône.
C'est dans les jardins de La Muette que, le 14 juillet 1790,
25,000 citoyens venus de toutes les villes de France ache-
vèrent de célébrer la fête de la Fédération dans un banquet
offert par la commune de Paris. Il y a quelques années, La
Muette appartenait au célèbre facteur de pianos Erard;
plus tard, le docteur Guérin y fonda une institution orthopédique que la nouveauté et la hardiesse de ses procédés
opératoires n'ont pu préserver d'un notable insuccès. L'enseigne elle-même a disparu. Sur le prolongement de la colline dont Passy couvre une partie, et toujours au bord de
la Seine, existe Auteuil, joli village dont le nom rappelle
à l'esprit la plupart des illustrations littéraires du grand
siècle. Dès 1160, Auteuil était connu sous le nom d'*Alta-
lium*, d'*Altolium* ou d'*Autolium*. Ses vignes étaient alors

si renommées, que les chanoines de Sainte-Geneviève, qui en possédaient plusieurs arpents, vendaient à des évêques le vin de ce vignoble. Sur le même coteau, les chanoines de Notre-Dame de Paris avaient également des vignes dont ils abandonnaient le revenu à leur église, pour qu'après leur mort, au jour anniversaire de la naissance de chacun d'eux, il fût fait par les survivants un repas à quatre services *ad stationem quatuor ferculorum*.

En ce temps le cru d'Auteuil, comme celui de Bagneux, comme celui de Suresne, de nos jours si horriblement décrié, jouissait de toute la célébrité qui est échue dans le monde gourmet aux exquises provenances des clos Vougeos, Romanet, Chambertin, etc. Nous ne comprenons plus ni les goûts, ni les croyances, ni les prédilections, ni les vénérations de nos pères, et moins encore celles de nos aïeux : ce qui les charmait, nous le méprisons ; nous ne sentons plus comme eux, et ce qui leur était doux, nous est âpre et amer, parce que nous vivons à une époque de sucre, où toutes les délicatesses sont en progrès. Ceci est l'explication philosophique. Quelque vieux vigneron d'Auteuil, si par cas fortuit il s'y trouve encore des vignerons, vous dirait : Si nous ne remplissons plus nos fûts que d'une boisson à faire danser les chèvres, la faute en est aux amateurs de la quantité. Ce bon petit pinaut, si juteux, si coloré, si rond, si fleuri, que Bacchus, en reine de générosité, détacha de sa couronne de pampre pour en doter la Bourgogne, pourquoi l'avoir frappé d'ostracisme ? pourquoi lui avoir substitué l'aquatique gros plant dont les rameaux portent un fruit qui ne mûrit jamais, une forme de raisin géant, une grappe hydropique et infiltrée des sucs infects de la gadoue parisienne ? Et voilà comme quoi l'alcool s'est évaporé de ce liquide jadis si chaleureux.

Auteuil est un charmant village, blanc, rose, vert, nankin, proprement et fraîchement habillé ; ses maisons sont régulières, élégantes, parées en tout temps ; mais à peine le printemps s'annonce-t-il, qu'elles font plus que jamais éla-

lage de tous leurs agréments. Les persiennes, les portes à
claire-voie, les bancs de gazon, les berceaux de chèvrefeuille, tout prend un air de jeunesse ou plutôt de renaissance, tout s'apprête dans un but de séduction. La plupart
de ces habitations si coquettes sont de vraies syrènes, qui,
l'écriteau pendant, demandent des locataires pour le maître si soigneux de leur toilette. On vous dira qu'Auteuil a
3.667 habitants ; telle est sa population dès qu'a lui le soleil des beaux jours ; mais l'hiver elle ne se compose que des
loueurs de tous ces logis qu'on a faits si proprets, si neufs
de tentures et de toute espèce de décors. Ces vendeurs
d'hospitalité dans un beau site à sept kilomètres de la capitale, n'ont pas d'autre revenu ; aussi, pour ne pas trop le res-
treindre, se confinent-ils dans le coin le plus étroit, le
moins voyant et souvent le plus obscur et le plus humide
de la bonbonnière qu'ils mettent à la disposition des émi-
grants parisiens.

Auteuil devient une vraie solitude du moment que la première gelée d'automne a courbé les dahlias sur leurs tiges ;
on se soucie peu d'assister à la floraison des crysanthèmes
et moins encore à celle de la rose de Noël (ellébore), mais
viennent à se montrer les bouquets si variés de la prime-
vère, les papillons si odorants de la giroflée, les gentilles
paquerettes et les jets si parfumés et si tendres de la ja-
cinthe hollandaise, le village sort tout à coup de sa léthar-
gie, de toutes parts accourent pour le peupler une élite de
fashion et de loisir, des existences fortunées ou en réalité,
ou seulement en apparence. Ce sont des familles anglaises,
des notaires émérites, d'anciens avoués, des banquiers, des
agents de change qui ont répudié le souci des affaires ; tout
ce monde doré revient avec son cortége obligé de cuisiniers, de palefreniers, de cochers, de valets et de femmes de
chambre. Le flafla, le mouvement, l'embarras est le par-
tage des demeures qui ont écurie et remise. Mais à côté il
y a les plus modestes appartements, tout, quasi tout dans une
chambrette unique, l'alcove, le boudoir, le fourneau pour

le pot-au-feu. C'est ici la villa de la modiste, de la grisette ou de la lorette, qui a pris ses vacances et désire les passer à proximité du bal d'Auteuil; le commis, son amant (ce doit être un commis), viendra la voir tous les dimanches; souvent elle est là aux frais de quelque déserteur de l'hyménée à qui pèse le lien conjugal, et la chance d'être à son tour fructueusement infidèle pendant six jours de la semaine avec quelque milord de n'importe quelle contrée de l'Europe, lui fait prendre en patience tout le temps qu'elle peut consacrer à la promenade. On a vu des rois épouser des bergères : dans trois mois de séjour à Auteuil, que d'heures durant lesquelles, à chaque minute, peut se présenter pour la beauté qui se jette à l'aventure l'occasion de passer princesse, duchesse, comtesse ou marquise !

La maison de Boileau existe encore à Auteuil ; vous la trouverez dans la grande rue à gauche, après l'église, sur la route de Saint-Cloud. Au temps de Louis XIV, elle fut le rendez-vous de tous les beaux esprits dont les œuvres furent la véritable gloire de ce siècle. Molière, Racine, Lafontaine, Chapelle, Baron et le chancelier d'Aguesseau aimaient à s'égarer sous les ombrages de ce lieu aujourd'hui si riche en souvenirs.

Là vécut aussi la célèbre madame Helvétius, qui, pour rester fidèle à la mémoire de son mari, refusa la main de Turgot et de Franklin, l'un des plus assidus et des plus fervents parmi cette élite d'hommes distingués par l'éminence du talent et du caractère qu'elle avait groupés autour de sa vieillesse. Franklin avait une grande dévotion à *Notre-Dame-d'Auteuil* : c'était le titre qu'il donnait à cette femme d'une candeur charmante, d'une bienfaisance incomparable.

Auteuil, dès que les bois ont repris leur feuillage, est un endroit des plus vivants : le soir, sur cent pianos dispersés dans tous les salons de l'opulence s'exécutent les quadrilles les plus nouveaux et les plus bruyants ; ici l'on chante un ravissant duo ; ailleurs un orchestre venu de Paris, précipite danseurs et danseuses dans les vitesses du galop le plus entraînant, et déjà s'échappent des chandelles romaines, ces étoiles de couleur émeraudes et rubis qui vont dire au ciel qu'ici la terre est en fête. Et puis là ou ailleurs, retentissent les bouchons qui sautent, électrisant feu de file des nocturnes allégresses, et tout à côté, sur un tapis vert splendidement illuminé, les chocs secs et réitérés de globes d'ivoire qui se rencontrent. La kermesse d'Auteuil a lieu le 15 août et le dimanche suivant. Ce sont deux jours de perdus pour les dédaigneux que troublent les plaisirs de la foule endimanchée. Alors ils s'éclipsent dans leurs équipages, ou ils se calfeutrent dans les profondeurs de leurs jardins à l'abri de la poussière et du bruit.

Auteuil a plusieurs maisons de santé, un établissement hydrothérapique, de nombreux pensionnats de demoiselles et de garçons. La maison Saint-Daniel et le pensionnat de Vervorst, où chaque élève ne paie pas moins de 2,000 fr. pour recevoir une éducation religieuse, sont des institutions hypercatholiques. Voilà pour ce qui concerne l'instruction; mais parlons un peu de la vie des saints : vous trouverez à Auteuil d'excellents restaurateurs; nous en citerons un, Contesenne, à qui, si vous n'êtes pas son frère, vous pourrez dire *raca* sans qu'il s'en offusque.

Billancourt et le *Point-du-Jour*, deux lieux de ressources pour des promeneurs à jeun, sont des dépendances d'Auteuil.

Nous voici à Boulogne, la patrie des blanchisseuses et blanchisseurs de linge pour les petites et grandes maisons; sur les 6,906 habitants dont se compose sa population, on ne compte pas moins de 400 propriétaires de buanderie, ayant chacun leurs étendages, leurs lavandiers et lavandières, repasseurs et repasseuses et souvent leur charretier en titre. Que de *chiens* doivent s'user là à user ce qui s'use toujours trop vite! que de savon, que de potasse, que de combustibles il doit s'employer, que d'eau de javelle doit se consommer. Aussi le Boulonais a-t-il sous sa main tout ce qui est à l'usage de son industrie : la fabrique des produits chimiques de Carelle n'est pas là moins bien placée que la Seine qui coule si près du village comme un immense lavoir sans cesse épuré. Nous ne disons rien de la *mer de Boulogne*, cette immense marre jadis grosse en tout temps de miasmes épidémiques, et dont le voisinage a peut-être valu à la localité le nom de *Boulogne-la-Petite*, par hyperbolique comparaison avec cette autre Boulogne qui est située au bord de la Manche.

Suivant une tradition, dépourvue de toute vraisemblance, ce village, appelé *Menus-les-Saint-Cloud* aurait été débaptisé en 1319; or voici quelle aurait été l'occasion de ce changement : Quelques habitants de Paris ou des environs étant allés en pélerinage à Boulogne-sur-Mer, obtinrent à leur retour de Philippe-le-Long la permission de construire une église dans le village des Menus et d'y établir une confrérie. Cette église, bâtie sur le modèle de Boulogne-sur-Mer, aurait pris le nom de Notre-Dame-de-Boulogne-sur-Seine, ou Boulogne-la-Petite, nom qui fit oublier peu à peu celui des Menus. Pour que cette version fût vraie, il aurait fallu d'abord que Boulogne fût un lieu de pélerinage, ce qui n'était pas et n'a jamais été ; ensuite que les deux églises eussent entre elles quelque ressemblance, et elles n'en ont aucune.

Boulogne est agréablement situé entre le bois qui porte son nom et la Seine qui le sépare de Saint-Cloud. Ses habitants jouissent en général d'une grande aisance ; il y a parmi eux peu de gens de loisir, et le bourgeois inoccupé ne s'y croirait pas dans un lieu de plaisance. Aussi Boulogne a-t-il peu de visiteurs et moins encore de localaires venus là pour se procurer le bonheur d'un séjour à la campagne. Les Boulonais s'amusent entre eux et sont assez exclusifs; au reste, ils ont des mœurs à part, et des citadins seraient peu disposés à s'accommoder de leurs façons d'être ou de faire, toujours un peu rustiques, mais de ce rustique qui s'est gâté au contact des énormités de la grande ville. La fête

patronale de Boulogne est le premier et deuxième dimanche de juillet. Tous les autres dimanches, hiver comme
été, on y danse, et le bal de Boulogne est un de ceux auxquels les plus crânes d'entre les beaux fils de la banlieue
donnent la préférence : il y a là des demoiselles si décou-
plées ! Qui n'a pas vu Boulogne à la mi-carême n'a rien vu;
à ce jour se solennise la fête des blanchisseuses, dont la
reine, au milieu d'un nombreux cortége tout resplendissant d'atours, affiquels et joyaux, trône autant qu'il soit
possible de trôner. Aujourd'hui peut-être la princesse n'est-
elle plus qu'une présidente, que personne encore n'a proposé de remplacer par un comité de savonnage public.

Sous les rois de la première race, l'espace entre Paris et
Saint-Cloud était occupé par une forêt connue sous le nom
de *Roveritum*, dont on fit plus tard Rouvre ou Rouvrai;
c'était dans ces futaies giboyeuses et presque primitives
que retentissait le cor des chasses royales. Louis XI y avait
une garenne, confiée à la garde d'Olivier-le-Daim, son bar-
bier et favori.

A cette époque, la forêt de Rouvrai était trop souvent un
refuge de brigands et d'assassins, et plusieurs siècles s'écou-
lèrent encore avant qu'on pût la traverser en pleine sécurité, même de jour. Il n'y a que bien peu d'années, *les papillons*, grandes voitures couvertes de toiles qui apportaient
le linge à Boulogne ou le rapportaient à Paris, étaient fréquemment attaquées en hiver, et notamment en temps de
brume : la route n'était pas sûre. Ce trajet de deux petites
lieues (9 kilomètres) était toujours plus ou moins périlleux,
et l'on n'était sauvé ni en rentrant dans Boulogne, ni en
abordant les Champs-Elysées, où le coucher du soleil était
l'aurore des voleurs et des assassins. Pour que tout cela
devînt de la vieille histoire, il n'a pas fallu plus de trente
années, tant dans le siècle où nous sommes la civilisation
marche vite. Depuis que les Macaires ont remplacé les
Mandrins et les Cartouches, les voleurs ne sont plus dans les
bois. Donc, en ce qui reste de la forêt de Rouvrai, aujour-

d'hui bois de Boulogne, vous pouvez à toute heure de jour ou de nuit parcourir les allées ou pénétrer dans les fourrés; ce n'est que très-exceptionnellement et comme pour vous ménager une surprise que sortirait de là une de ces apparitions patibulaires devant lesquelles on n'a qu'à s'exécuter de bonne grâce, si l'on ne veut subir la lugubre alternative de la sommation.

En 1814, les Russes et les Prussiens avaient horriblement dévasté le bois de Boulogne; après le désastre de Waterloo, ce fut autour des troupes anglaises et écossaises d'achever sa destruction. Il a fallu longtemps pour effacer les traces de ces ravages, le feu y avait passé. Enfin le Parisien avaient vu tout doucement renaître de ses cendres sa promenade favorite, lorsqu'il eut la douleur de la voir une troisième fois disparaître, du moins en partie, pour livrer passage aux fortifications. On lui rognait ses plaisirs pour l'abriter sous cette épaisse cuirasse qu'on appelle l'enceinte continue; il s'en dépita, car il eût mieux aimé la verdure et l'abri de ces taillis que la cognée n'épargnait guère. Enfin, cette œuvre faite, le sacrifice est accompli, on ne coupera plus rien, et on peut encore jouir du bonheur *d'aller au bois*, c'est la locution consacrée; et savez-vous que le bois, y compris l'endroit et l'envers de la feuillée, ne laisse pas d'avoir encore bien des charmes. Là, du moins, on peut aller et venir en toute liberté, ce qui est interdit et souvent impossible dans tous les jardins publics de Paris; rien n'empêche que vous n'ôtiez votre habit, que vous ne soyez coiffé du chapeau de paille, que vous ne jetiez au vent la fumée de votre pipe ou de votre cigare : les houras de l'allégresse ne sont proscrits par aucune consigne; il dépend de vous de lancer votre cheval à fond de train, de lui mettre la bride sur le cou, de vous mêler à la foule ou d'errer solitairement dans d'obscures allées. Ici la nature recommence : les enivrantes senteurs de la feuille qui bourgeonne et de la fleur qui s'épanouit vous délectent les circonvolutions de l'encéphale, et s'il vous plaît d'offrir un de ces bouquets qu'on oublie, mais dont on se rappelle toujours l'intention; si vous voulez couronner la rosière de votre cœur, mariez dans la même guirlande la céleste campanule à l'églantine, à la blanche marguerite, qui sera aussi l'oracle de vos amours. Silence, et vous entendrez l'oiseau chanter sur la branche, et la cigale crier dans les touffes d'herbe. Entrez dans cette clairière; là le gazon est bien du gazon, ce tapis chatoyant d'émeraude est bien de la vraie mousse; s'il vous prend fantaisie de vous rouler sur ces nains soyeux de la végétation, personne n'y trouvera à redire, et si, dans les profondeurs d'un doux sommeil, vous venez à vous oublier, point de patrouille, point de gardien, qui d'un ton rogue s'avise de vous intimer l'ordre de sortir. Ici Morphée n'est pas un vagabond. Mais à Cupidon pris en flagrant délit de vider son carquois, pas de quartier : les argus de céans sont inexorables; ils seraient moins féroces pour un chien sans laisse ni muselière; les marauds savent que l'aréopage de la correctionnelle a décidé que les plus obscures broussailles du bois de Boulogne sont un lieu public.

Vous plairait-il de voir de belles femmes, des toilettes somptueuses, d'éblouissants équipages, des chevaux de race, des laquais dorés sur tranche, allez au bois de Boulogne par une belle journée de printemps, ou par une belle soirée d'automne, à ces heures privilégiées où, dans ses poétiques allées, tout est luxe, parfums et brillante jeunesse. C'est ici que s'empressent, pour voir et être vues, les plus fringantes existences de la fashion parisienne; ce qui vit et resplendit, ce qui fait sensation dans les salons de la Chaussée-d'Antin, ce qui a fait l'admiration et reçu les hommages du noble faubourg; les astres qui jettent le plus d'éclat sur toutes les scènes sont les divinités à la mode, les grands noms, les grandes fortunes, les grands scandales, les grandes aventures, les succès inouïs, les intrigants et les intrigantes prospères, les chevaliers d'industrie du jour, tous les escrocs de la haute, toutes les Aspasies et les Laïs en coupé aux glaces étincelantes, en cavalcades d'amazones avec les Alexandres d'un dandisme effréné, les Tartufes d'opulence, éphémères Crésus qui trébucheront demain dans les abîmes de la misère, une foule de beaux qui ne savent pas être autre chose, des Céladons vétérans de cette sotte espèce, êtres reteints, empesés, compassés, musqués, qui ne croient pas avoir vieilli, et ne se trompent d'ordinaire que d'un demi-siècle; des coquettes surannées, passées, fanées, flétries, passions trop vives dans des enveloppes de parchemin fardé, âmes encore incandescentes sous la cendre vermillonnée qui les recouvre; celles-là n'ont renoncé à aucune de leurs prétentions; délaissées à jamais, ces Arianes, sans cesse déçues et trop séparées par l'océan des âges des générations qui fleurissent, voient leur Thésée dans tout jeune homme assez poli pour leur adresser un salut. Mais le Thésée passe, et c'est tout. Le barreau, la littérature, la politique, le théâtre, les arts, la finance, la diplomatie, toutes les vanités, toutes les ambitions, toutes les convoitises, toutes les vénales voluptés, toutes les séductions, toutes les perversités et tous les ridicules, tous les paons qui font la roue, toutes les lionnes les plus indomptables et les moins farouches, enfin toute la comédie de la vie parisienne de ce temps-ci, le principe des procès en séparation, *in principio erat verbum et verbum*, etc., ce n'étaient d'abord que propos et œillades sans conséquence; les criminelles conversations en herbe, la magnifique incubation des plus formidables faillites, les courses à la ruine et à l'infamie sur les plus rapides arabes, sur les plus glissants des briska, toutes les œuvres, toutes les pompes, toutes les conquêtes, tous les trophées de Satan viendront défiler devant vous.

Au milieu de ce mouvement, dans cet entrain, tout le monde se connaît, chacun sait par cœur soi, son voisin et sa voisine; aussi comme l'esprit s'y aiguise en épigrammes, comme les phrases y sont négligemment corrosives, incisives et à triple entente; la méchanceté est dans le mot et jusque dans le sourire; prêtez l'oreille, vous saurez l'âge

précis de madame la marquise, le nom de son dernier
amant et le nom de celui qu'elle va prendre ; vous recueil-
lerez la chronique d'hier, celle d'aujourd'hui, celle de demain ; on y prédit les déconfitures de notaires, les dispari-
tions d'agents de change, la chute des pièces, les ruptures
conjugales et généralement toutes les catastrophes sociales
ou privées; on se conte avec une indicible satisfaction du
ton de voix le plus sonore, mais sous le sceau du secret, des
mystères de boudoir, des révélations d'intérieur à faire
frémir : c'est le renouvellement des nouvelles à la main du
siècle dernier. On aborde avec une cordialité charmante
qui l'on vient de déchirer à belles dents; on prodigue les
protestations les plus affectueuses à qui l'on prépare les
déboires les plus amers. Oh! que de faussetés, que de men-
songes, que de serments avec préméditation du parjure ont
été livrés aux échos de ces bois! Mais pendant que s'agi-
tent, se croisent, papillonnent, piaffent ou galoppent entas-
sées, couchées, juchées sur toute sorte de remarquables
véhicules, ces moucheronnées folâtres, pendant que tout ce
monde se montre si content de vivre, derrière ces massifs de
verdure auxquels il jette sa poussière, une horrible tragédie
vient de s'accomplir. Un cadavre est gisant, et cent autres à
des jours différents sont tombés à cette place ! Que de sang
répandu sur ce terrain tout parsemé de fleurs! Tel a été le
sort d'une fatale rencontre; feu le jugement de Dieu, le duel
à mort, cette coutume des temps barbares a donné raison à
l'offense. Le bois de Boulogne et celui de Vincennes ont
recueilli l'odieux héritage du Pré-aux-Clercs. Heureusement
que dans la plupart de ces conjonctures le discord n'a pas ce
fatal dénoûment: souvent à peu de frais l'honneur se trouve
satisfait, alors il ne s'agit plus que de satisfaire l'appétit : le
canard est plumé et l'on déjeûne à la *porte Maillot.*

Vous savez quels glands pendaient aux chênes dont était
entouré le château Duplessis, cette hideuse tanière du cruel
Louis XI, ainsi désignait-il les cadavres des malheureux qu'il
avait fait attacher haut et de court; plus d'un arbre du bois

de Boulogne eut à supporter semblable fardeau, mais alors
l'exécuteur et le patient s'étaient confondus. La tyrannie
de la misère avait poussé une de ses victimes à en finir avec
la vie. Ici les sons d'un orchestre vous mettent la joie au
cœur, et tout à coup vous êtes surpris par le bruit d'une
détonation. Hélas! c'est quelqu'infortuné, dégoûté des hommes et des choses, qui vient de se faire sauter la cervelle.
Vous en êtes ému, mais la musique ne s'est pas inter-
rompue pour si peu, et l'on danse au Ranelagh avec l'entrain
le plus joyeux. C'est le jour du beau monde, c'est le jeudi.

La salle du Ranelagh, située dans le bois et près de Passy,
est comme une vieille tradition, fièrement enfumée et
obscure, mais il est reçu qu'au Ranelagh on s'amuse, on doit
s'amuser; aussi quelle gaieté, quelle pétulance, quelle exu-
bérance des juvéniles vitalités. C'est ici que se jette à corps
perdu la fleur des sans-souci, qui ne vivent que pour les
bonheurs les plus extravagants, les plus tumultueux, qui ne
voient pas au-delà du présent et dévorent en une seconde
tout avenir qui se fait attendre. Ce sont papillons qui se
brûlent à la bougie, plutôt que d'être un instant privés de
lumière. Aussi quel abandon, quelle joie, quelle verve, dans
ce tourbillon mouvant de jolies filles et de séduisants garçons, qui font assaut de mines et de poses gracieuses!

« Le Ranelagh, a dit quelque part un des plus spirituels
rédacteurs du *Charivari*, M. Albéric Second, est le rendez-
vous favori des lorettes les plus en vogue, des Madeleines
les plus courues et des impures les plus généralement demandées. La partie masculine se recrute parmi l'aristocratie
nobiliaire la plus noble, et l'aristocratie d'argent la plus
riche de ce temps-ci. C'est du fond du Ranelagh que
se sont élancées la plupart de ces inventions chorégraphi-
ques qui stupéfient Paris depuis douze ans. Un des titres
de gloire de cet établissement sans pareil, c'est d'avoir été
le berceau du *cancan*. Là, toutes les femmes sont jeunes,
jolies et coquettement attifées. Les plus anciens habitués ne

se souviennent pas d'y avoir jamais vu une seule vieille femme. C'est à croire que les mères, les tantes et autres grands parents sont déposés au vestiaire. En revanche, les vieillards y abondent. Ils viennent là, comme leurs confrères de la Bible, pour voir Suzanne se déshabiller; ce qui arrive parfois, mais seulement dans les coins. »

Six jours de la semaine le bois de Boulogne appartient aux heureux du loisir, aux botanistes qui demandent un herbier à la flore parisienne, aux entomologistes qui recherchent l'insecte pour leur collection, aux amateurs du champignon comestible. Dieu les préserve de la fausse oronge! Le septième jour, le dimanche est aux travailleurs, aux marchands et même aux petits rentiers, inerte bourgeoisie qui, par imitation, essaie de se donner hebdomadairement douze heures de congé. C'est plaisir de voir cette population si variée de fortune, de mise, d'habitudes, fondre sur les pelouses comme des nuées de sauterelles. Il faut assister au bruyant déballé de ces tapissières dont la surcharge de papas, de mamans, de jeunes filles, de jeunes garçons, de bambins et de bambines, a couvert d'écume le pauvre cheval qui, tout haletant, les a traînés jusque-là. Le cabriolet milord a remplacé la calèche armoriée, et telle grosse mere largement pourvue d'embonpoint ne se carre pas avec moins de fierté dans cette crasseuse cavité omnibus, que la duchesse qui étale languissamment ses grâces sur des coussins soyeux. Elle aussi, la grosse mère, a son escorte : à ses côtés, sérieusement, solennellement, les hommes chevauchent en tenue de pincette sur des montures que l'admirable chevalier don Quichotte de la Manche leur envierait. Ni trot ni galop à espérer de ces pauvres bêtes louées moyennant quarante sous l'heure, c'est-à-dire deux francs de plus qu'elles ne valent. Ou les galvanise à grand renfort de coups de fouet, mais elles n'avancent ni ne reculent, et l'imprévu est un soubresaut qui désarçonne le Franconi de contrebande, lui fait perdre la moitié de ses étriers et regarder le ciel la tête en bas : vous êtes-vous blessé ? est la question d'usage, celle qu'on lui adresse au milieu des éclats de rire mal réprimés. Au contraire est la réponse de rigueur; le cavalier est remis en selle, et cette fois il sait qu'il vient d'enfourcher un coursier fougueux... Autour de lui parade la grotesque *fantasia* des mammifères de la poste aux ânes, vrais têtus, qui se laisseraient plutôt arracher la queue que de rétrograder quand il le faut, que de faire un pas en avant s'il leur plaît de rétrograder, et s'il leur vient en l'esprit de se rouler, sans égard à la pudeur de la jeune et jolie fille, trop confiante en la débonnaireté de leur allure, que de belles choses, selon les hasards de la chute, auront été livrées aux regards indiscrets; n'importe, les spectateurs n'auront rien vu. Ils le certifieront; mais, en dépit de cette assurance, la victime aura de la rougeur pour un mois.

On ne vit pas du grand air, heureusement on ne s'est pas embarqué sans biscuit. On s'assied sur le gazon, les cabas se vident de pâtés, de bouteilles, de charcuterie, le même couteau sert à tout le monde, on se le passe; on n'a qu'un verre, c'est l'abreuvoir omnibus, où au simple contact des lèvres on apprend la pensée des uns, des autres, histoire du fluide escargotique; les habiles boivent au goulot. Le festin terminé, on fait voler la vaisselle, c'est-à-dire les papiers d'enveloppe; les bruyères, les mousses, les bois, les gazons en sont partout souillés. Passe pour les feuilles sur lesquelles on a mangé, mais çà et là trop de gens sèment sous ces ombrages d'incongrus échantillons de leurs correspondances secrètes.

Le château de *Madrid* a été longtemps le plus bel ornement du bois de Boulogne. Construit sous François Ier et pour son agrément, il reçut des courtisans le nom sous lequel il a été connu, parce que dans cette retraite, où il se rendait fréquemment, le prince n'était pas moins caché à leurs regards que durant sa captivité en Espagne. Ce royal édifice était dans le goût de la renaissance, une parodie de l'architecture grecque, on l'appelait vulgairement *le château de faïence*, parce que toute l'ornementation extérieure consistait en émaux de la façon du célèbre Bernard de Palissy. C'est au château de Madrid que Henri II passa une partie de sa vie avec Diane de Poitiers, qui, à l'instigation du cardinal de Lorraine, dirigeait l'esprit de ce roi dans le sens de la persécution religieuse. Charles IX se plaisait également en ce lieu, où il recevait de la sienne pareilles inspirations. Henri III vint y chercher des distractions d'un autre genre ; il y rassemblait des lions, des ours et d'autres bêtes féroces qu'il aimait à voir aux prises avec des taureaux. C'était sa barrière du Combat. Mais, une nuit, il rêva que ces animaux voulaient le dévorer ; à son réveil il les fit tous tuer et les remplaça par des meutes de petits chiens.

Henri IV donna Madrid à la reine Marguerite ; dès ce moment, ce château fut en quelque sorte abandonné ; il s'en allait en ruine lorsque Louis XVI en ordonna la vente et la démolition. La jolie maison de plaisance connue sous le nom de *Madrid-Maurepas* s'est élevée sur l'emplacement qu'il occupait.

Le château de Madrid doit être un souvenir bien cher à tous les bonnetiers et maîtres chaussonniers de France et de Navarre, car, c'est dans ses appartements qu'en 1650, furent établis les premiers métiers à bas. Entre Madrid et Longchamp, tout près de la Seine, et dans une situation charmante, est le joli château que le comte d'Artois fit construire en 64 jours, et qui fut baptisé Folie d'Artois ou Bagatelle, avec cette inscription au-dessus de la porte : *parva, sed apta,* petite, mais commode.

Nous voici arrivés au terme de nos pérégrinations sur la rive droite du fleuve parisien ; nous allons maintenant parcourir d'autres contrées, visiter d'autres peuples, étudier d'autres mœurs et presque d'autres climats. Nous passons sur la rive gauche.

BARRIÈRES DE LA GARE ET D'IVRY.

La Salpétrière et le Marché aux Chevaux, — Austerlitz, — la Gare, —
— Ivry, — les Deux-Moulins, — Vitry-aux-Arbres.

La barrière de la Gare était anciennement située à
l'extrémité du quai d'Austerlitz, et presque à la porte du
Jardin des Plantes. En 1818, le village d'Austerlitz ayant
été compris dans la circonscription de la grande cité, la
barrière de la Gare fut reculée au point où nous la voyons
aujourd'hui. Deux petits pavillons, construits en 1852, décorent cette barrière, qui a reçu son nom d'une gare voisine, destinée à mettre les bateaux à l'abri des glaces et
des débordements de la Seine. Cet utile bassin est resté
inachevé.

Un pont suspendu relie la barrière de la Gare à celle de
la Râpée ; et un poste de vigie, en permanence sur la rivière, garantit à l'octroi que, pour frustrer la perception, les
fraudeurs ne mettront point à profit cette lacune du mur
d'enceinte.

En deçà comme au-delà de la barrière de la Gare, il y a peu d'établissements consacrés aux plaisirs du public ; quelques restaurants dans le voisinage du Jardin des Plantes ; les grands salons de *l'Arc-en-Ciel*, où se tinrent aux beaux jours de la grande opposition libérale les plus notables banquets patriotiques ; un petit nombre de marchands de vins soi-disant traiteurs ; quelques cabarets équivoques à l'usage des couples d'occasion, amoureux improvisés en se livrant sentimentalement à l'étude de la nature sur le parapet de la fosse aux ours, ou bien encore en face du palais des singes ; des cafés et des estaminets borgnes tristement espacés sur un boulevart ordinairement solitaire, voilà tout ce qu'on peut remarquer aux approches de la barrière de la Gare avant de sortir de Paris. Tout cela ne vit que par la grâce de cette promenade unique dans le monde, où Parisiens et provinciaux peuvent, en quelques heures, se faire une idée de tout ce qui peuple, anime et pare chacune des cinq parties de ce globe sublunaire dont nous nous flattons d'être les plus sublimes habitants.

De l'autre côté du mur d'octroi est la nouvelle route qui mène à Charenton par la rive gauche de la Seine ; peu de promeneurs suivent cette direction, qui n'offre de stations que quelques rares taudis, décorés du bouchon traditionnel ou de l'écriteau charbonné sur la muraille. Pour se décider à y entrer, il faut éprouver plus que la soif du désert.

Mais revenons sur nos pas, et disons un mot de cet immense édifice que vous avez aperçu sur votre droite avant de franchir la barrière. Ceci est presque une ville, et par son étendue et par sa population ; une ville qui a son église, son marché, sa boucherie, son cimetière, où de bien humbles pierres, tristement ombragées, retracent de nobles dévouements et des existences terminées trop tôt, car elles furent consacrées au soulagement de l'humanité souffrante. Bien des cités en province n'ont pas l'importance de celle-ci, où le chauffage et les cuisines ne consomment pas moins de 5,018 stères de bois, sans compter

le charbon, où le gaz répand sa lumière par plus de 600 becs.
Ici les hommes forment une imperceptible minorité; ils
n'y sont admis que pour remplir les emplois ou pour
exercer des fonctions qui exigent une force ou une science
viriles. En un mot, tout l'ensemble de ces immenses bâtiments constitue ce qu'on appelle l'hospice de la vieillesse
pour les femmes. Depuis le commencement du dix-septième
siècle jusqu'en 1789, on nommait cet asile *l'Hôpital* et
quelquefois la *Salpétrière*, parce que, sur l'emplacement
qu'il occupe, il avait existé une fabrique de salpêtre. On
voit encore dans le voisinage une poudrière dans laquelle
les diverses insurrections depuis 1830 ont trouvé à s'approvisionner de munitions. *L'Hôpital général*, telle fut sa
désignation primitive, avait eu, dans l'origine, une destination bien différente de celle à laquelle il est aujourd'hui
affecté. En 1656, les pauvres et les mendiants qui erraient
dans Paris, au nombre de 40,000, causèrent de vives
alarmes aux habitants des faubourgs; le président Pom-
ponne de Bellièvre se fit l'organe des *effrayés* qui sol-
licitaient des mesures contre ces troupes de nécessiteux;
Louis XIV trouva plus commode de les enfermer que de
les secourir; c'est ainsi qu'on procède toujours sous la monarchie : il rendit un édit qui établissait un hôpital général dans les bâtiments de l'édifice connu jusqu'alors sous
le nom de *Petit-Arsenal*. Ce n'était point là une institution de bienfaisance, mais bien un lieu de rigoureux emprisonnement pour tout malheureux qui, plutôt que de périr
d'inanition dans un coin obscur, s'était enfin décidé à
tendre la main. Dans ces temps de misères inouïes, que
l'histoire mensongère n'a pas assez reprochés au monarque
du grand siècle, ces sévérités provoquées contre l'indigence
n'eurent qu'un résultat : on mendia moins, mais on vola
et l'on assassina davantage; juges et bourreaux eurent un
surcroît considérable de besogne. Le remède au mal était
encore à trouver; on put s'en convaincre, mais on ne voulut
pas le chercher. *L'Hôpital général* cessa d'être la Bastille

de la royale lettre de cachet lancée contre la truanderie parisienne. Insensiblement il reçut d'importantes modifications ; bientôt on n'y enferma plus que des femmes de mauvaise vie, qu'y envoyait un ordre du lieutenant général de police, des criminelles condamnées à une peine infamante et des aliénées. C'est à *l'Hôpital général* que fut enfermée, en 1788, à la suite de la scandaleuse affaire du *collier*, la comtesse de Valois de La Motte, fameuse intrigante sacrifiée pour sauver à la reine Marie Antoinette la honte de l'aventure dans laquelle cette princesse lui avait donné un rôle. Aujourd'hui la Salpétrière est un asile pour les femmes indigentes âgées de 70 ans. On y reçoit aussi les épileptiques et les folles, auxquelles l'humanité de l'administration épargne, par une sage défense, les inopportunes visites d'étrangers et de curieux toujours si pénibles et si humiliantes pour celles d'entre ces malheureuses qui auraient momentanément recouvré quelque lucidité d'esprit. 1849 a été une année bien fatale pour toutes ces infortunées : la plupart tombèrent foudroyées par le choléra, qui fit aussi d'affreux ravages parmi les élèves médecins, dont le dévouement ne fit que grandir avec le péril ; tous ces jeunes gens furent sublimes d'abnégation.

Depuis cette époque, la population caduque de la Salpétrière a presque entièrement été renouvelée ; par suite de l'épidémie, toute la foule des postulantes qui soupirait après les extinctions a pu enfin trouver à se caser dans ce refuge ouvert à la décrépitude et à la démence. Il y a là bien d'amers souvenirs, de cruels regrets d'une opulence éphémère, des déchéances longuement déplorées, des infortunes imméritées et restées sans consolation, des isolements et des abandons affreux. Pauvres vieilles, combien furent adorées en leur bon temps, combien fêtées en leurs jours prospères, combien reçurent avec orgueil les hommages les plus galants, combien furent des reines de la mode dans les salons les plus dorés, dans les équipages les plus bril-

lants ! Aujourd'hui les voilà humiliées et tristes sous la robe
de toile ou de bure, suivant la saison ; les voilà toutes dé-
charnées et souffreteuses, et, à chaque instant, rudement
torturées par le contraste d'un présent pitoyable et des mi-
rages d'un passé tout plein de bien-être et de splendeurs. Et
là encore sont des existences qui s'usèrent jusqu'au bout
dans de pénibles labeurs, qui s'épuisèrent pour nourrir,
pour élever leur famille, leurs enfants et leurs petits-en-
fants, qui se dépouillèrent pour eux : les ingrats, ils ont
délaissé l'aïeule, ils ont délaissé la mère ; s'ils parlent
d'elle encore, c'est pour dire : « Elle n'est plus à notre
charge, nous en sommes débarrassés. » C'est elle qui, au
premier jour de l'an, se traîne jusqu'en leur foyer pour
porter des souhaits au lieu d'en recevoir : on l'avait
oubliée, on est même importuné de sa visite ; on voudrait
que cette femme ne pût être vue de personne. Oh ! vanité
et mauvais cœurs ! Ah ! s'il vous prend fantaisie d'entrer à
la Salpétrière aux jours d'ouverture, les dimanches et
jeudis, de midi à quatre heures, ayez compassion des ca-
thares, des rhumes négligés, et des nez qui ne vivent que
de privation ; emplissez vos poches de sucre d'orge, de
candi, de réglisse, de jujube, avec abondante adjonction de
petits cornets, où vous aurez fait mettre pour 10 centimes
de cette précieuse poudre de nicotiane pour laquelle tant
de priseurs ou de priseuses au désespoir feraient volontiers
des bassesses. Entrez, entrez, entrez, distribuez vos provisions, vous serez bien venu et béni.

A quelques pas seulement de la Salpétrière, s'étend l'embarcadère du chemin de fer de Paris à Orléans. Arrivants
ou partants trouveront dans son voisinage une rue toute
neuve où plusieurs établissements de marchands de vins-
traiteurs et de limonadiers leur offriront tout ce qui est
nécessaire pour la satisfaction des besoins de la vie.

Tout près, et en face de l'embarcadère, on aperçoit la
fameuse prison de la garde nationale, beaucoup plus connue
sous son nom populaire d'*Hôtel-des-Haricots*. Oh ! vous

qu'amène en ce lieu le municipal, heureux de vous coffrer, laissez à la porte l'espoir de vous gorger en bonne et plaisante compagnie, comme l'incivique biset d'autrefois. L'emprisonnement cellulaire, cette panacée murale, si cruellement exotique, est aussi à votre usage de par la bénigne philantropie d'une époque essentiellement bienfaisante. Vous serez seul, tout à fait seul, donnant audience à vos pensées si vous en avez, ou ronflant à tout rompre si la solitude dans un coffre de pierre vous pèse assez pour vous assoupir. Être dans ce tombeau, ne fût-ce que pendant 24 heures, et savoir sa femme dehors, quel supplice ! y rester trois jours durant, sans autre consolation que ce pacifique bonnet de coton qui symbolise si bien une bourgeoisie douce, mais par trop réfractaire ; y passer, sous l'aiguillon de la jalousie, trois jours fastidieux, trois nuits agitées et brûlantes, c'est vraiment à en mourir, c'est à ne plus oser sortir de ce sépulcre, c'est à redouter la résurrection. *Là femme suivra son mari à l'Hôtel-des-Haricots,* nouveau code conjugal, article tant......

À l'extrémité des rues d'Austerlitz et de l'Hôpital général, s'ouvre la barrière d'Ivry, élevée, comme celle de la Gare, à l'époque où le village d'Austerlitz a été réuni à la ville de Paris. C'est par la barrière d'Ivry qu'il faut sortir pour se rendre au village de ce nom. Mais, avant de pénétrer dans la campagne, écartons-nous un peu sur la droite, et, sans quitter le boulevart de l'Hôpital, nous arriverons au marché aux chevaux. L'emplacement de ce marché, qui se tient deux fois par semaine, servait, il y a soixante ans, aux exercices des *chevaliers de l'arc* ; ils s'y rassemblaient pour tirer à l'oiseau, depuis le 1er mai jusqu'à la Toussaint ; ils avaient pour colonel un des grands seigneurs de la cour. Ils portaient un uniforme bleu-de-roi, avec parements et revers de velours cramoisi galonné d'or ; pour la saison d'été, ils avaient adopté la veste et la culotte blanches.

Les chevaliers ont cédé la place aux maquignons, gens de cheval fort peu chevaleresques. Si vous souhaitez voir tout ce qu'il y a de plus malingre, de plus défectueux, de plus décharné, de plus usé dans la race hippique, c'est ici qu'il vous faut venir; c'est ici qu'on amène, après d'immenses frais de toilette et de frauduleux palliatifs de toutes sortes, pour dissimuler les défauts, les flamands les plus fourbus, les normands les plus poussifs, les limousins les plus éreintés, les percherons les plus épuisés, les anglais, les arabes, les espagnols les plus dégommés, les plus hors d'âge, les plus déshabitués de toute espèce de vitesse trop prolongée, les bretons, les picards, les ardennais, les poitevins les plus bouffis, les plus refaits, sous prétexte d'embonpoint, les plus catharreux, les plus quinteux, les plus mal embouchés, les plus rajeunis, les plus remaniés, les plus recousus, les plus orthopédisés de toutes manières.

Le marché aux chevaux est le champ des ruses; ne pas les connaître toutes, ne pas être capable d'en inventer, c'est ne pas être maquignon. Un bon maquignon vaut trente Machiavel; il a plus de politique dans sa gibecière que les hommes d'État les plus retors : avec toute sa vieille diplomatie, Talleyrand au marché aux chevaux n'eût été qu'un âne. Ce n'est pas mince besogne que d'imaginer sans cesse des réseaux d'astuces et de malices, dans lesquels l'acheteur le plus défiant se laisse entortiller; en vain est-il en garde, il faut qu'à force de colles et de protocoles, ce qui est synonyme, il soit mis dedans comme frère Laurent. « L'art des maquignons, dit Garsault, n'est autre chose que d'acheter de mauvais chevaux à bon marché, de les refaire et de les vendre le plus cher possible. » Les moyens qu'ils emploient sont, par exemple, d'arracher les dents aux poulains, de les scier ou limer aux chevaux, de les contremarquer, de leur peindre les sourcils quand ils sont cillés, de leur faire des taches sur la robe pour qu'on ne reconnaisse pas ceux qui ont été volés, leur mettre de fausses queues, leur faire mâcher des drogues pour qu'ils salivent, faire disparaître les molettes, les crevasses, les salières, voilà pour une faible partie des procédés matériels; mais la fourbe est en possession d'une foule d'autres moyens : les vendeurs ont leurs compères, qui font cercle autour du marchandeur, qui l'étourdissent de mille propos, tous plus faux les uns que les autres, s'unissent entre eux pour mieux l'induire en erreur, et se donnent l'air de vouloir marcher sur ses brisées. En attendant, les chevaux, au moindre mouvement du maquignon, sont tout en l'air, tant ils redoutent les répétitions des salades de coups de fouet qu'il leur a prodiguées, soit à l'écurie, soit ailleurs. Et l'on dit : — Voilà des bêtes qui ont du feu ! — et ce n'est, hélas ! que l'effet de l'intimidation.

Tout, dans cette forêt de Bondi, a été calculé pour faire illusion : voyez ce cheval qu'on montre en main ; vous vous étonnez de la longueur des branches du mors avec lequel il est bridé, c'est afin de lui tenir haute sa tête de plomb qu'il porte horriblement mal. Voici d'autres chevaux que l'on monte ; vous croyez pouvoir à leur allure juger de leurs mérites ou de leurs démérites ; désabusez-vous, tout a été prévu de façon à vous fasciner. Ces bucéphales partent-ils au galop, pour vous dissimuler la faiblesse des reins et des jambes, on les fera s'agiter, on leur imprimera des mouvements capables de vous éblouir. Méfiez-vous du cheval qui se remue sans cesse, dont la fibre est toujours frémissante sous la peau ; dites-vous que c'est là une fièvre de terreur ; ce qui agit, c'est le souvenir du fouet, du fouet, véritable talisman à l'aide duquel les paresseux se réveillent, les boiteux se redressent, et l'ardeur arrive à tous ; au gingembre est réservé l'accomplissement des autres miracles.

Ce n'est point au marché aux chevaux que sont amenés ceux d'entre ces animaux qui ont de la race ; vous n'y verrez ni les Vénus ni les Apollons de l'espèce chevaline, ils n'y paraissent jamais, à moins qu'ils ne soient dépréciés d'avance par le nombre des années ou par quelque tare de premier ordre, telle qu'un rossignol dans le cornet, soupirail ouvert à des poumons dont le jeu n'est plus libre. Au plus grand nombre de ces piliers dont la forêt se dresse en amphithéâtre de droite et de gauche, vous n'apercevez que des déchéances, des infirmités, des décrépitudes, des ci-devant splendeurs d'équipages, envoyées aux misères laborieuses du fiacre, du cabriolet, de la carriole, ou du tombereau de la marchande de quatre-saisons ; çà et là sont encore quelques bidets, bien courts, bien ramassés, marchant l'amble et délicieux pour courir les foires ; puis, quelques individualités amphibies, bêtes de somme et de trait, enviées par tous les médecins de village qui ont une carcasse de carrosse, une paire d'éperons ou des visites à percevoir en nature. Les limoniers, aux formes herculéennes, et tous ceux qui sont destinés aux charrois, font bande à part dans le marché ; c'est dans le coin réservé à cette catégorie que retentissent les hennissements les plus formidables. Tout près est le plan incliné et la charrette enrayée qui sert de dynamomètre pour la puissance de traction ; ici on frappe de la courroie et du manche, on frappe sur la tête, on frappe partout, et la loi sur les mauvais traitements envers les animaux est violée à chaque instant. C'est à faire saigner les cœurs les plus durs.

Mais qu'attendent donc ces squelettes si mornes, si tristes, ces pauvres créatures au regard si mélancolique et si bienveillant à la fois, ces êtres amaigris, étiolés, vacillant sur leurs jambes et dont les os percent la peau ? Ce qu'ils attendent ? c'est l'équarrisseur, qui offre le plus haut prix de leur dépouille et les conduise à l'abattoir. Aujourd'hui c'est leur dernier jour, et une économie barbare leur a refusé le foin et l'avoine : on n'a pas besoin d'être nourri pour mourir ; aussi, voyez comme, en se tournant de côté, ils implorent votre pitié, et, ce qui doit vous plaire, on a vu des âmes se laisser toucher par ces tendres et muettes supplications. Nous aimons à le dire, plus d'un de ces agonisants a dû à de petits soins bien intelligents, à une alimentation convenable, de recouvrer la force et la santé.

Du côté du boulevart, et presque en dehors du marché, se tiennent ânes, ânons et ânesses au service des fruitières qui ne se soucient pas de porter la hotte, des porteurs d'eau dont le tonneau ne jauge pas au-delà du double hectolitre, des phthisiques qui attendent leur guérison de quelques tasses de lait. Et, à propos de lait, n'oublions pas de mentionner qu'au marché aux chevaux il se fait une exhibition de pis des plus exubérants ; les chèvres les plus douces y sont mises en vente ; ce sont d'excellentes nourrices sur lieu, que l'opulence dédaigne, mais qui du moins ont l'avantage sur celles qui vont étaler leur fraîcheur sous les allées des Tuileries, de n'avoir aucune tentation capable de tarir la source ou d'altérer la pureté du breuvage offert au nourrisson.

Tous les dimanches le marché aux chevaux se transforme et devient le marché aux chiens, alimenté de fondation par le contingent des vagabonds de la race canine, que la police a mis en fourrière rue Guénégaud. Au bout des huit jours de rigueur, le sort de ces animaux est irrévocablement fixé. Ceux qui ne trouvent point d'acquéreurs sont assommés le lendemain et utilisés en produits industriels, depuis le bas lacé jusqu'au noir animal. De combien de scènes déchirantes ou comiques le marché aux chiens n'a-t-il pas été le théâtre ! Là douairière qui vient, le cœur battant et les larmes aux yeux, reconnaître son Azor fugitif, s'emporte en gémissements immodérés ou éclate en joyeux transports de tendresse, suivant qu'Azor est retrouvé ou devenu introuvable. Notez bien que presque tous ces chéris sont des roquets chassieux, hargneux et dont la queue, toujours basse, est une vivante attestation d'une trop grande liberté de ventre.

Le trafic des chiens se fait surtout par des individus qui ont perfectionné l'art de les capturer ; d'autres qui spéculent sur les mères pleines, accourent avec des cages et des paniers pleins de caniches, intéressante famille, épucée, lavée, savonnée le jour même et constamment séduisante de blancheur. Les mâtins, et quelques bâtards de Terre-Neuve, parmi lesquels on vient chercher les cerbères de cour, sont, depuis la proscription du boule-dogue, la grande espèce de céans. Quant aux pur-sang, spécialité, plume ou poil, épagneuls soyeux, beaux-courants, lévriers sveltes, tous ces aristocrates de la meute, ces hauts bourgeois de la laisse, ne fraient guère avec les prolétaires de la niche ou du carcan de fer; ce n'est que très-exceptionnellement qu'ils se commettent en si mauvaise compagnie : ce n'est pas pour eux qu'est faite la foire aux mâtins.

Nous avons parlé des quadrupèdes, que dirons-nous de ceux qui les vendent? Les jours où les chevaux sont exposés, les nombreux cabarets placés aux deux extrémités du marché ne désemplissent pas; c'est le verre en main que se cimentent les achats, au milieu d'un personnel de voyous fort suspects, qui ont plus ou moins participé comme complices de l'attrapeur, comme conseilleurs de l'attrapé, le tout pour avoir un coup à boire et une pièce blanche à empocher comme prix des fausses confidences, qu'ils vous ont faites pour vous embarquer dans une mauvaise affaire avec le prestidigitateur dont ils sont les affidés. Ce sont ces derniers qui se sont chargés de produire toutes les diversions dont il avait besoin pour l'escamotage des vices de conformation. La plupart de ces engueuseurs, monteurs de coups, mauvaises pratiques s'il en fut, sont des chenapans que le bagne n'a pas corrigés ; plusieurs sont des enfants d'Israël, faits à toutes les tricheries avec les uns ou les autres. Ne comptez pas sur la garantie des cas redhibitoires; ne cherchez pas le vendeur, vous ne le retrouverez plus, ou si vous le retrouvez, il ne vous reconnaîtra pas. Toute réclamation qu'on lui adresse ne peut aboutir qu'à une de ces querelles qui se vident à coups de poing. Demandez plutôt au commissaire de police du marché , il n'est dans Paris aucun autre magistrat de sûreté dont l'intervention soit plus souvent réclamée.

A peu de distance du marché aux chevaux, est Clamart, ancien cimetière de l'Hôtel-Dieu. Le célèbre anatomiste et médecin Xavier Bichat y fut inhumé; pendant un quart de siècle, il n'eut pas même une pierre sur sa tombe; depuis il a été transféré en grande pompe au père Lachaise, où on lui a érigé un monument : ses secondes funérailles ont été un apothéose. Dans la même enceinte, on montre encore la place où a été enfoui, après son suicide, le cadavre du traître Pichegru; la conquête de la Hollande l'aurait immortalisé; pour avoir voulu jouer le rôle de Monck, il voua sa mémoire à l'infamie. Clamart a été un lieu de sépulture pour les suppliciés et un amphithéâtre de dissection avant qu'on y eut destiné un terrain à part dans le cimetière du Mont-Parnasse; aussitôt après la sanglante exécution, une charrette emporte le fatal panier dans lequel ont été jetés la tête et le corps du condamné : ces restes doivent être confiés à cette terre doublement funèbre où jamais ne retentiront les prières des morts, où aucune main pieuse ne viendra jeter quelques fleurs. La fosse est creusée, on y descend le cadavre, mais sans le recouvrir, afin qu'il reste ainsi à la disposition des élèves en médecine, à moins que la famille du patient ne le réclame pour l'inhumer à ses frais.

La barrière d'Ivry est fort rapprochée d'une sortie supplémentaire à laquelle on a donné le nom de barrière des Deux-Moulins, parce qu'elle a été établie à proximité de deux moulins à vent. C'est par la barrière d'Ivry et par sa succursale qu'on se rend à Ivry, grande commune, à peine distante de 8 kilomètres du mur d'enceinte. Sa population est de 6,886 habitants disséminés, dans un archipel de villages ou hameaux groupés sous les désignations suivantes: le grand Ivry, le petit Ivry ou Saint-Frambon, la Gare, les Deux-Moulins et la portion d'Austerlitz qui n'a pas été conquise par l'octroi de Paris. Chacune de ces localités a sa physionomie particulière et sa fête patronale distincte de celle de ses voisins : la fête du grand Ivry est fixée au 1er dimanche de mai; celle du petit Ivry, au 1er dimanche de juillet; celle de la Gare, avec joûte sur l'eau, au 1er dimanche d'août; enfin celle des Deux-Moulins, le troisième dimanche de juin. La Gare, Austerlitz et les Deux-Moulins

offrent un nombre considérable de guinguettes, où affluent,
les dimanches et les lundis, beaucoup d'hommes de rivière,
débardeurs, déchireurs de bateaux, et toute la fourmilière
si mélangée des industriels du faubourg Saint-Marceau.
Austerlitz et les Deux-Moulins sont depuis longtemps le refuge d'une foule d'établissements insalubres ; aussi n'est-il
pas très-plaisant de se trouver sous le vent de ces foyers
d'émanations plus ou moins infectes. A Austerlitz comme
aux Deux-Moulins, il y a une multitude de ces existences
précaires, de ces ménages incongrus, de ces métiers ina-
voués qui n'oseraient se loger ailleurs. Les Deux-Moulins
sont la campagne du chiffonnier, du ravageur, de l'écorcheur,
de l'équarrisseur ; là on boit en plein vent, et la cuisine
se fait à ciel découvert ; boudins et saucisses s'y promènent
sur le ventre du cordon bleu qui les offre au consommateur. De toutes parts s'épanchent dans l'air les vapeurs brûlantes de la graisse en ébullition; c'est en vous prenant à la
gorge qu'elle vous convie au banquet de toutes les fritures :
la pomme de terre est croquante, la limande s'est dorée
dans la pâte, le merlan est raide comme pendu, et tout le
fretin des poissons blancs s'est métamorphosé en goujons
pour les fines gueules du faubourg. Ailleurs le marolles
amorce et aiguise de loin les appétits, et des guirlandes
de cervelas éveillent les convoitises des demoiselles de
Mouffetard. La moule aux cailloux est encore un des mets
dont les plus gourmands peuvent faire leur régal. Les noix
soufrées, les fruits verts, les nanterres au beurre fort et
aux œufs tachés, les sucres d'orge pure gélatine, les pains
d'épices à la mélasse, les macarons creux, n'ayant que leur
peau et leur papier, tels sont les friandises ambulantes ou
sédentaires qui provoquent les amoureux à faire une galanterie, et les moutards des deux sexes à tourmenter le
papa et la maman, mon oncle ou ma tante, mon cousin ou
ma cousine pour en obtenir un petit sou. Pauvres enfants,
ils n'ont que cela de douceur, et à tout prendre, cela vaut
encore mieux que le vin bleu dont on les excitera tout à

l'heure à se teindre les lèvres, que les libations de trois-six auxquelles on va s'efforcer de les aguerrir ! Il faut s'habituer au camphre dès l'âge le plus tendre, principe d'éducation malheureusement trop appliqué et trop applaudi aux environs de la place Maubert et sur les bords de la rivière des Gobelins.

La verrerie de la Gare, où l'on fait des bouteilles et des verres à vitres était, il y a quelques années, ce qu'il y avait de plus remarquable dans ces parages. Aujourd'hui on y trouve toute espèce de fabriques et de manufactures. Ivry, avec toutes ses dépendances, n'est plus seulement une aggrégation de nourrisseurs apportant leur lait à Paris, on y compte en ce moment plus d'ouvriers que de cultivateurs ; néanmoins l'horticulture y est florissante : il faut voir les belles collections de pivoines et les roses de Victor Verdier et les magnifiques camélias de Paillet, dont les serres sont si variées et si bien tenues. Ivry est encore la patrie des beaux œillets et des jolis bengales.

Il y a quelques années, Ivry fut le théâtre d'un grand crime. Une croix expiatoire indique le lieu où un monstre de luxure immola à sa brutale passion une jeune bergère qui n'était pas moins renommée pour sa beauté qu'estimée pour sa sagesse : pas une fille du pays qui ne sache et n'ait chanté la complainte de la bergère d'Ivry.

Le fort d'Ivry, situé à quelques centaines de mètres du village, peut croiser ses feux sur la Seine avec ceux du fort de Charenton, en même temps qu'avec celui de Bicêtre ; il peut balayer l'ennemi sur les routes de Choisy-le-Roi et d'Italie. D'Ivry à Vitry l'intervalle est bientôt franchi. Ce bourg, d'une population de près de 5,000 âmes, est à 8 kilomètres de Paris. Il est bâti dans une situation des plus agréables. On y remarque un beau château, entouré de superbes plantations, et plusieurs maisons de campagne fort élégantes. Les pépinières sont la principale richesse des habitants de Vitry, qui leur consacrent d'immenses terrains ; on expédie de là des arbres fruitiers ou d'agrément dans toute la France et même dans toute l'Europe. Les jardiniers pépiniéristes de Vitry étaient autrefois sans concurrents, mais leur prospérité a fait des envieux dont les premiers seuls se sont assez promptement enrichis. Les pépinières de Vitry n'en sont pas moins restées les plus réputées pour le bon choix et la variété des espèces, et c'est encore à leurs propriétaires qu'on doit s'adresser si l'on veut obtenir des livraisons consciencieuses. Vitry possède des carrières de pierres à plâtre d'une excellente qualité.

La fête de ce bourg a lieu à la Pentecôte; elle est une des plus brillantes des environs de Paris. Il n'est si petit jardinier à gages ou autre qui n'y soit convié par le pépiniériste à qui il a donné sa pratique ou celle du bourgeois dont il plante et entretient les espaliers. Entre la poire et le fromage, on stipule les intérêts, on discute le catalogue, on arrête la commande, et si l'on opère pour le compte d'un bourgeois, on n'oublie pas que plus elle sera forte, plus la remise sera considérable. Le pot-de-vin, cet ennemi mortel de la probité, s'infiltre, se fourre partout. O grand saint Fiacre, ayez pitié de vos jardiniers, et pour que Dieu leur fasse miséricorde, envoyez-leur des scrupules s'il en reste encore là-haut, car ici-bas la graine s'en est perdue !

Enfin n'importe, le jour de la Pentecôte, Montreuil et Bagnolet dansent à Vitry, où il y a un beau sang et de belles filles bien courtisées, bien choyées, bien fêtées, parce qu'elles ont de belles robes, de riches dentelles à leurs bonnets, des bijoux d'or, et, ce que la vénalité du siècle ne permet pas de dédaigner, outre le trousseau bien fourni, une respectable dot.

Revenons à la barrière d'Italie par la route de Choisy.

Barrières d'Italie ou de Fontainebleau, — de Croulle-Barbe, — de Lourcine, — de la Santé, — d'Arcueil.

GENTILLY, ARCUEIL, BICÊTRE, VILLEJUIF, CHOISY-LE-ROI.

On arrive à la barrière d'Italie par le boulevart de l'Hôpital et par la rue de Fontainebleau, à laquelle les habitants du 12ᵉ arrondissement ont conservé son ancien nom de Mouffetard. Dans le voisinage de cette barrière, mais en deçà des murs, s'élève la manufacture nationale dite des Gobelins, établissement de premier ordre entre les grandes créations industrielles. Sur le boulevart s'ouvre le vaste abattoir de Villejuif, qui alimente de viande tous les étaux de la rive gauche, et peuple de mouches tous les environs. A chaque instant on y conduit des troupeaux de bœufs, et il n'est pas toujours sûr pour les piétons de se trouver sur leur passage. Les tanneries de Saleron, des fonderies de suif à chaque pas, des cheminées gigantesques qui versent dans l'atmosphère les fumées du charbon de terre, des ruisseaux infects où croupissent des eaux de savon, d'incessantes exhalaisons de détritus d'animaux, tout concourt à éloigner de ce quartier les personnes que leur profession ne

condamne pas à respirer cet amalgame de miasmes pu-
trides. Aussi n'a-t-il pour habitants que ceux qui veulent de
grands espaces à bon marché; des équarrisseurs, des cor-
royeurs, des mégissiers, des tanneurs, des marchands de
mottes à brûler, des cordiers, des marchands de chevaux,
des blanchisseurs, des nourrisseurs, et un certain nombre
de jardiniers fleuristes, dont les orangeries exhalent en
pure perte des parfums inaperçus. Aussi combien, à sa dernière apparition, le choléra a fait de victimes dans ces lieux
où les lois d'une hygiène salutaire ont été de tout temps
méconnues! C'est à partir de cette région du faubourg
Saint-Marceau jusqu'aux environs de la place Maubert, que
l'on remarque le plus triste rabougrissement de la population parisienne; là l'étiolement est presque général au sein
d'une multitude des plus misérables, des plus laborieuses,
des plus dégoûtamment nourries, mais pourtant des plus
pullulantes, des plus grouillantes surtout: à certaines heures
et à certains jours, hommes, femmes, enfants, semblent
sortir d'entre les pavés. C'est dans ce singulier pays que
s'amoncèlent et s'emmagasinent les os dérobés aux chiens
dans les immondices de la capitale, les vieux haillons destinés à la papeterie, les peaux de lapins pour la ganterie et
autres usages, enfin mille ordures d'où le travail, aidé de la
science, extraira plus d'or que n'en contiennent les mines
trop problématiques de la Californie.

En face de la barrière d'Italie, s'ouvrent les routes de
Choisy et de Fontainebleau, l'une et l'autre bordées de guinguettes, de cafés, de cabarets et d'auberges transitaires.
L'ancien salon d'Hervé est toujours l'un des plus fréquentés.
Il est surtout très-affectionné par les blanchisseuses, dont
les plus accortes sont vivement recherchées par les ouvriers
qui tiennent à la blancheur et à la régularité des plis de
la chemise plus qu'à l'argent de leur semaine; car toute
blanchisseuse qui vient ici se trémousser au son d'un orchestre faiblement musical n'est pas fâchée de consommer
avant de quitter le bal, et tout danseur qui ne paierait pas

à souper à sa danseuse est réputé un pleutre de premier ordre. *Au Cheval-Blanc*, le personnel est plus mélangé; les militaires y sont en grand nombre, le sexe y est par conséquent plus aventureux; on n'y voit en fait de blanchisseuses et autres ouvrières que celles qui ont trop oublié dès l'âge le plus tendre qu'en bonne règle la noce ne se fait pas avant le mariage. Le piou-piou fait aujourd'hui la coqueluche de ces *parsonnières*. Plus tard, après la chute de leur dernier chicot, c'est à un vétéran que, devant M. le maire, elles jureront fidélité. Aux beaux jours, devant la plupart des guinguettes sont dressées des apparences de tables sur lesquelles on s'abreuve en plein vent et en pleine poussière : impossible de paraître mal vêtu dans ce congrès d'individus à l'aspect minable : les chiffonniers n'hésitent pas à s'y rendre dans leur négligé le plus délabré. Au premier litre, qu'il faut toujours payer rubis sur l'ongle, ils sont silencieux, graves et quasi mystérieux; près d'aborder le second, ils chuchotent, ils se parlent tout bas, peut-être conspirent-ils, et non, ils se consultent. As-tu des gueltes? — Et toi? Une question en réponse à une question. Enfin la soif est là; on se cotise par moitié, et chacun aboule pour le litre qu'on a demandé. Graduellement la voix s'élève; au troisième litre, elle est ferme et sonore, bientôt à tous les écots on est en rumeur, c'est un brouhaha à ne plus s'entendre, et d'une table à l'autre il s'échange des paroles qui appartiennent essentiellement à ce genre d'institution. Oh! qu'il y a là de drôles de tendresses conjugales et d'étranges ragots à recueillir! La barrière d'Italie est le point intermédiaire où les bons pauvres des deux sexes se donnent rendez-vous pour se faire les doux yeux, et causer, tabatière sur table et verre en main, de leurs mutuelles inclinations. Chaque couple de ces amants transis, de ces visages tordus, de ces cous de travers, compte toujours pour le moins un siècle et demi. Depuis un demi-siècle, personne ne voudrait leur contester le droit de poser pour la caricature.

Il ne nous convient pas de retracer ici une des plus lugu-

bres scènes de nos discordes civiles; jetons un voile sur ces
déplorables événements, et hâtons-nous d'arriver à la barrière
de Lourcine, en passant rapidement devant celle de Croulle-
Barbe, l'une des plus solitaires et peut-être des plus inuti-
les. Qui pourrait avoir besoin d'entrer ou de sortir par ce
guichet, placé entre deux déserts? Derrière, des prairies et
des étendages; devant, des étendages et des prairies; quelques habitations perdues dans des bas fonds; à droite et à
gauche, des parcs de mottes à brûler, des monceaux de
tan dont la forme rappelle celle des meules de blé, dont
l'assemblage reproduit jusqu'à un certain point l'aspect d'un
groupe de huttes de sauvages.

La barrière de Lourcine était connue anciennement
sous le nom de barrière de la Glacière. La Glacière dont il
s'agit était celle de Gentilly; on s'en occupait peu dans le
quartier, et l'on préféra à la désignation primitive la désignation actuelle empruntée de la rue de Lourcine, avec laquelle elle communique par la petite rue de la Glacière. On
ne peut parler du faubourg Saint-Marceau sans qu'aussitôt
les noms de Moufffetard et de Lourcine ne viennent à la
pensée : ce sont deux mots qui caractérisent toute une population; ils font image pour la mémoire; mais, en l'an 1848,
la rue de Lourcine devint plus fameuse que jamais : il se
répandit tout à coup que dans une de ses maisons isolées
il s'accomplissait des mystères et des crimes qui rappe-
laient les mystères et les crimes de la *Tour-de-Nesle*, des
jeunes filles avaient été enlevées et traînées de force dans
cet antre. Il y eut des plaintes et des révélations, la justice
informa, et quelques-uns des coupables furent traduits et
condamnés. C'étaient des petits, qui, corrompus par l'exemple, aspiraient à prendre les mœurs et les vices des grands.

La barrière de Lourcine consiste en un seul bâtiment à
deux péristyles, chacun de trois colonnes. Elle jouit de tous
les avantages que peuvent procurer le voisinage d'une caserne d'infanterie et la prédilection des garçons brasseurs,

robustes lurons qui engouffrent proprement les liquides et font crânement valser la fillette, toujours légère comme plume pour leurs bras de fer. A de tels gaillards, comme à leurs donzelles, dont quelques-unes sont de vraies pièces de résistance, il faut une musique bruyante : tambours, trombonnes, grosse-caisse et lanières de cuir. Tout galop qui n'a pas l'air d'une débâcle a, pour de tels danseurs, la monotonie du menuet. Aussi quel tapage infernal il se fait au *Père-de-Famille*, au *Vainqueur*, à la *Grande-Chau-mière-des-Buveurs* et dans tous les établissements analo-gues qui sont favorisés de l'aimable clientèle des panta-lons garances et des cottes blanches. Ici beaucoup de fem-mes soumises du quartier Saint-Germain ont leurs habitudes du dimanche, du lundi, du jeudi quelquefois, et c'est par sympathie pour ces anciennes, la plupart troupières finies que sont demandées les permissions de dix heures.

Si, après avoir franchi la barrière, vous suivez sur votre gauche le boulevart extérieur, vous ne tarderez pas à remar-quer sur votre droite un plateau couronné de quelques mou-lins à vent ; de là vous apercevrez le village de la Glacière. Au début de la pente assez rapide par laquelle on arrive à ses premières habitations est un cabaret dont l'enseigne, *au Repos-des-Artistes*, ne fut longtemps qu'un très-modeste charbonnage, et précisément alors une fameuse vérité ; car souvent, dans la semaine, des peintres, des sculpteurs, des musiciens, des gens de lettres venaient s'y délasser de leurs travaux. Feu l'avocat Vollys, l'un des plus agréables loustics du barreau de Paris, y fit de son vivant de nombreuses séances, et ceux d'entre les habitués de cette époque qui n'ont pas encore mordu la poussière se rappelleront sans doute la jeune fille borgne servante de céans, qui était si heureuse de blanchir et plisser la chemise de son amant.

Le hameau de la Glacière compte plusieurs établissements industriels, tels que filatures, fabriques de produits chimi-ques, teintureries, lavoirs pour laines, mégisseries, etc. Les marchands de vins-traiteurs n'y sont ni nombreux ni brillants.

A quelques pas du village coule la rivière de Bièvre, sans cesse salie par toute espèce de réactifs et de débris de matières animales en putréfaction, et, qui pourrait le croire? non loin de ce foyer des plus nauséabondes exhalaisons il s'est élevé une maison de santé. La Glacière n'est guère visitée par le monde élégant que pendant les plus froides journées d'hiver, alors que les prairies totalement submergées par la Bièvre et les ruisseaux ses affluents ont disparu sous une couche de glace. Dès ce moment les patineurs de Paris et les élèves des pensions voisines y accourent en foule. On chercherait vainement ailleurs un bassin plus convenable pour le genre de plaisir auquel la saison les convie. Non seulement une surface unie et d'une vaste étendue se prête à toutes leurs évolutions, mais encore le peu de profondeur des eaux leur permet de la parcourir dans tous les sens sans jamais avoir à craindre le moindre danger. Aussi chaque fois que la glace vient à se rompre sous les pas des patineurs, il se manifeste dans les groupes de spectateurs un long mouvement d'hilarité auquel prennent part les victimes elles-mêmes.

On peut aller à Gentilly ou par la Glacière, ou par la vallée de la Bièvre; mais le chemin, à travers la prairie et sous l'ombrage des peupliers, est le plus agréable. Les premiers habitants de Gentilly furent des *Gentiles*, *Lètes* ou *Gentils*, c'est-à-dire des *Sarmates*, prisonniers à qui les Romains, maîtres des Gaules, donnèrent des terres pour les cultiver. Saint Eloi, plus connu par la chanson sur le roi Dagobert que par sa légende, possédait du bien à Gentilly, qui se nommait alors *Gentiliacum*, et où il avait établi un monastère. Le village de Gentilly, très-considérable à cette époque, avait dans sa dépendance Arcueil et Cachan. Les rois de la première race y avaient une maison de campagne. En 766, Pépin y tint un concile où les évêques discutèrent sur le respect dû aux images. En 878, Louis-le-Bègue fit don à Ingelwin, évêque de Paris, de la maison royale de Gentilly et de l'abbaye fondée par saint Eloi, avec tout ce qui en dépendait. Les prélats successeurs d'Ingelwin devinrent dès lors les seigneurs de Gentilly, et jusqu'au quinzième siècle ils y eurent une magnifique maison de plaisance, où ils se livraient à toutes les débauches. En 1691, les sœurs de la Miséricorde y eurent leur couvent.

Sous Charles IX, le prince de Condé, campé à Gentilly, y eut avec Catherine de Médicis de longues conférences qui furent sans résultat. Dans les seizième et dix-septième siècles Gentilly fut un des trois villages adoptés par l'Université pour but de promenade des écoliers. Simon Colin, l'un des plus fameux graveurs de caractères d'imprimerie, était de Gentilly. C'est lui qui, en 1480, exécuta le premier les types romains, tels à peu près qu'ils se sont conservés. C'est à Gentilly que mourut de la pierre, en 1691, le galant Benserade. Il y avait alors en cet endroit un château où se donnaient des fêtes splendides, et de jolies maisons de campagnes possédées par la noblesse de cour, par les gens de robe ou de finances, et appartenant aujourd'hui à des maîtres carriers ou à des blanchisseurs un peu huppés. La population de cette commune est de 9,987 habitants, dont 5,500 sont compris dans la circonscription de Bicêtre.

La fête patronale a lieu le deuxième dimanche de mai; elle se tient sur la place et n'est pas une des moins animées; on danse dans le parc. Il fait bon venir à Gentilly par la Glacière; mais celui qui veut l'aborder par un autre côté se sent le cœur serré en traversant cette zone aride d'excavations qui, de ce côté surtout, laisse à peine quelques rares et étroits espaces à la réjouissante verdure des champs.

Bicêtre est ce sombre et immense édifice qui couronne une hauteur à la droite de la route de Fontainebleau. Il y eut d'abord là, sur un terrain appelé *la Grange-aux-Gueux*, une colonie de Chartreux, appelés en cet endroit par saint Louis, grand amateur de moines de toutes les couleurs; ces religieux s'étant rapprochés de Paris, leur monastère tomba en ruines. Mais la position de cette Thébaïde qu'ils avaient abandonnée était si séduisante, que Jean, évêque de Win-

cester en Angleterre, y fit, en 1290, construire un château
qui prit le nom de son fondateur, Wincester, mais qui, par corruption, a fini par s'appeler Bicêtre. C'est dans ce château que
fut négociée cette paix dite de Wincester, qui, à un an
d'intervalle, fut suivie de sa violation, appelée dans l'histoire
trahison de Wincester. Après plusieurs vicissitudes, le château bâti par l'évêque devint la propriété de Charles V, celui-
ci le donna à son frère le duc de Berri, qui fit construire à
sa place une des plus belles résidences princières qu'il y eût
en France. Elle subsista jusqu'en 1414, époque à laquelle
elle fut prise et incendiée par la faction de Legois, boucher
de Paris. De ce vaste édifice tout rempli d'ouvrages d'art, il
ne resta que deux chambres enrichies d'admirables mosaï-
ques. Après cet embrasement, un duc de Berri, oncle de
Charles VI, fit don des décombres et du sol au chapitre de
Notre-Dame de Paris, qui laissa s'y établir un repaire de
voleurs; pour les expulser, il ne fallut rien moins que faire
raser les maisons construites à leur usage. Louis XIII, en
1652, songea qu'un hôpital destiné à servir de retraite aux
soldats invalides ne pouvait être mieux situé qu'en cet endroit; il le fit élever; ce sont les bâtiments qui existent
encore, mais qui devinrent une annexe de l'Hôpital général
lorsque Louis XIV eut bâti dans l'enceinte de Paris l'Hôtel
royal des Invalides.

Creusé dans le roc, le puits de Bicêtre, par sa profondeur
et ses autres dimensions, est ce qu'il y a de plus curieux à voir.
Ses câbles sont énormes, ses deux seaux gigantesques allant
chercher à 171 pieds l'eau intarissable de plusieurs sources
et l'amenant à bras d'hommes et sans effort, par l'effet d'un
ingénieux mécanisme, dans un réservoir de la contenance
de 4,000 muids, méritent de fixer l'attention des visiteurs.

Durant plusieurs siècles, Bicêtre a servi d'asile aux vieillards indigents, de lieu de séquestration et d'hôpital aux
aliénés, de prison et de maison de force aux filous, aux
vagabonds, aux réclusionnaires; c'était aussi dans ses cachots que les condamnés à la peine capitale attendaient

leur dernier jour et les condamnés aux travaux forcés le départ de la chaîne. Bicêtre, où il y avait en même temps des salles pour les vénériens, était ainsi le réceptacle de tout ce que la population de Paris comptait de plus misérable, de plus infirme, de plus digne de compassion et parfois de respect, se confondant avec ce qu'elle comprenait de plus hideux, de plus méprisable en fait de criminels, de vagabonds et d'infames débauchés. Sous l'ancienne monarchie, Bicêtre servit plus d'une fois les vengeances des hommes puissants, des dames de la cour et des prostituées de haut parage. Sous le règne de Bonaparte, un ordre de Fouché suffisait pour y faire jeter dans un cabanon quiconque faisait de l'opposition au gouvernement impérial; on le traitait alors comme fou, ou si on voulait lui épargner les douches, on se bornait à l'écrouer administrativement comme dangereux. C'était la lettre de cachet de ce temps, où toutes les libertés avaient disparu.

Depuis la translation des prisonniers dans les bâtiments de la Roquette, Bicêtre n'a plus été qu'un hospice ouvert aux aliénés, aux infirmes et aux vieillards indigents, qu'on nomme *bons pauvres*, et qui ne sont admis qu'à soixante-dix ans révolus. Ces derniers ont pour se distraire la ressource d'un atelier commun, où ils se livrent à de petits travaux qui exigent moins de force que de patience et d'adresse. De là proviennent de jolis ouvrages en os, en bois, en paille dont le débit vaut à leurs auteurs les quelques centimes nécessaires pour se procurer du tabac et se réconforter de temps à autre par une chopine d'Argenteuil; des cabarets où ils peuvent la boire sont à portée de leur demeure. Les dimanches et les lundis sont les grands jours de recette pour ces établissements; les parents et amis viennent trinquer avec les vieillards qui leur sont chers. Les aliénés ne sont jamais visibles que pour les personnes de leur famille, et même, dans ce cas, il faut l'autorisation du médecin qui les traite. Autrefois ils étaient constamment inoccupés dans les cours, où ils n'avaient que la fu-

neste distraction de leurs extravagances mutuelles. Aujour-
d'hui on les conduit par détachement dans la campagne, où,
sur des terrains appartenant à l'administration des hospices,
on les emploie à des travaux agricoles d'un effet très-salu-
taire pour eux.

Le fort de Bicêtre commande la route d'Italie.

Tout près de Bicêtre est Villejuif, situé au haut de la
colline, à l'endroit où commence la belle plaine de Long-
Boyau. Ce village, connu dès le règne de Louis VII, s'est
nommé successivement *Villa-Judæa*, *Villa-Jude*, *Villa-
Jutitæ*, *Ville-Juive* et enfin Villejuif. L'église de cette
commune date du quinzième siècle. Le 4 mai 1492, il y
eut entre Paris et Villejuif une si furieuse bataille de cor-
beaux, que les historiens du temps en ont fait mention;
la terre fut rougie de leur sang; la crédulité vit dans ce
fait extraordinaire un présage qui, suivant elle, se serait
accompli par une pluie diluvienne qui aurait menacé Villejuif d'une véritable submersion.

En mars 1815, Villejuif fut le quartier général des volontaires royaux de Paris, rassemblés en cet endroit sous
les ordres du duc de Berri et du maréchal duc de Tarente,
qui furent trop prudents, l'un et l'autre, pour ne pas
s'éclipser en apprenant que la cage de fer dans laquelle on
amenait Napoléon n'était autre que les fusils des grognards
de l'île d'Elbe. Les volontaires, fort peu nombreux, ne
tardèrent pas à se disperser.

Villejuif, en sa qualité de point culminant, possède un
télégraphe, qu'il fallut rétablir après le départ des Prussiens
qui l'avaient détruit le 10 juillet 1815.

Villejuif est un des plus jolis bourgs des environs de
Paris, dont il n'est distant que de 8 kilomètres. Sa population est de 1,508 habitants, presque tous cultivateurs ou
carriers. Il se fait dans cette localité un grand commerce
de paille et de foin. On y voit un château qui tombe en
ruines et quelques belles maisons de campagne rarement
habitées; peut-être y a-t-il incompatibilité d'humeur entre

les bourgeois parisiens et les naturels de Villejuif, assez dédaigneux du citadin. Quoi qu'il en soit, la fête de Villejuif ne laisse pas d'attirer les danseurs les plus fringants ; on y vient pour les filles du pays, si belles ce jour-là : et où ne le sont-elles pas le 15 août ?

Par un léger détour, en se rapprochant de la Bièvre, on arrive, en quelques minutes, au riche et beau village d'Arcueil, si renommé par ses eaux. Ce village est ainsi appelé à cause des arches de l'aqueduc des Romains, établi vers le commencement du quatrième siècle pour conduire au palais des Thermes les eaux de Rungis. Quant à l'aqueduc moderne, près duquel se voient encore des restes de l'ancien, il fut élevé par ordre de Marie de Médicis sur les dessins de Jacques de Brosse. Louis XIII en posa la première pierre en 1615, et il ne fut achevé qu'au bout de onze ans, en 1624. Sa longueur est de 600 mètres, et sa plus grande hauteur de 25. En vingt-quatre heures, il épanche 36,000 muids d'eau qui alimentent 15 fontaines, les jardins et palais du Luxembourg, et beaucoup de maisons particulières ; il se compose de 24 arches.

Arcueil n'a pas moins de 2,500 habitants. Son sous-sol est, par excellence, la patrie du moellon, de la pierre de taille et de la pierre à plâtre. Les Arcueillais sont des espèces de troglodytes amphibies vivant presque autant sous terre que dessus. Ils exploitent des carrières et cumulent souvent avec cette profession d'extracteurs de la matière brute de la bâtisse, celles de cultivateurs de la betterave, du sainfoin et de la luzerne. Arcueil possède quelques nourrisseurs et un grand nombre de charretiers peu doucereux : demandez plutôt à leurs limoniers. En général, les habitants de cette localité ne brillent pas par l'aménité des mœurs, et dans plus d'une occasion maint touriste parisien a pu se convaincre qu'ils n'étaient que médiocrement policés. Leur peu de sympathie pour les citadins (on n'a pas oublié le temps où leurs fiers-à-bras assommaient sans plus de façon les longues barbes et les chapeaux gris)

a peut-être sa source dans un souvenir historique. Au
centre d'Arcueil est une vaste maison dont le jardin touche
à la rivière, on la nomme *l'Aumônerie*. Là fut le séjour
d'un monstre, l'exécrable marquis de Sade, dont nous
avons déjà parlé ; on y montre la chambre où, pour assouvir
ses féroces dépravations, il attacha sur une table une
jeune fille, la fenêtre d'où, après avoir brisé ses liens, elle
se précipita dans le jardin, le mur qu'elle escalada à l'aide
du treillage, et l'endroit où elle fut recueillie toute ensan-
glantée, toute couverte de plaies dans lesquelles il faisait
couler de la cire brûlante, afin de jouir de sa douleur. Une
plainte fut portée contre cet attentat, mais le Parlement,
lent à poursuivre, laissa au coupable le temps et la faculté
d'acheter un désistement, le crime resta impuni. Depuis
cette époque, à Arcueil le bourgeois a été pris en aversion ;
on le confond avec le noble, et il paie pour la caste qui,
sous la monarchie, avait l'odieux privilége de paralyser la
justice.

Arcueil est un point de station du chemin de fer de Paris
à Sceaux.

Le joli hameau de Cachan fait partie de la commune
d'Arcueil, dont il n'est séparé que par l'aqueduc. Cachan
était connu dès le temps de Louis-le-Débonnaire. Philippe-
le-Bel y avait une maison de plaisance en 1308. Charles-le-
Bel l'habita en 1325. Le roi Jean la possédait en 1355 ; elle
appartint ensuite à Duguesclin, qui la vendit au duc
d'Anjou en 1377. Depuis longtemps Cachan n'a plus de
villa royale, mais on y voit de très-agréables habitations
bourgeoises ; ses habitants ne sont pas des Turcs, ils n'ont
ni la dureté, ni les fâcheuses préventions de ceux
d'Arcueil.

Dans cette excursion à travers la campagne, nous avons
laissé derrière nous deux barrières, celle de *la Santé* et
celle *d'Arcueil*, plus connue sous le nom de la barrière
Saint-Jacques. C'est de la rue de la Santé, ainsi appelée
parce qu'elle conduisait à un hôpital fondé par Anne d'Au-

triche, que la première de ces barrières a pris sa dénomination. Le boulevart sur lequel elle ouvre est la première halte ordinaire de messieurs les charretiers de Gentilly; c'est là qu'à leur voyage du matin, pendant que soufflent leurs chevaux, ils s'amusent à tuer le ver à coups secs et redoublés de petit vin blanc. Il faut être bien malade du côté de la bourse pour s'en aller, comme on dit, sur une jambe. En face de la barrière, en longeant le boulevart, et à l'entrée de la voie qui mène à Gentilly, s'étalent ou se groupent une foule de cabarets borgnes, tout à fait anonymes, une ou deux guinguettes fort peu pastorales, et remplies, aux jours fériés, d'ouvriers dans un remarquable négligé, de soldats, de vétérans, d'invalides, de charbonniers, de forts de la Halle, de commissionnaires, tous buvant ensemble et dansant par occasion, avec des particulières très-capables de leur tenir tête à l'endroit du biberon. *Le grand Saint-Marcel*, tout fier de ses deux entrées et surtout de ses deux jeux de Siam, qui lui permettent de se passer des violons, reçoit rarement la société des dames; mais, en revanche, il est l'endroit favori des pochards du célibat, et du petit nombre de ces ouvriers encroûtés de l'ancien régime, qui ont conservé la déplorable habitude de mal se vêtir et de ne jamais se désaltérer en famille.

La barrière d'Arcueil, placée à l'extrémité du faubourg Saint-Jacques, est d'un triste aspect, plus triste cent fois si l'on vient à songer que c'est dans son voisinage que s'accomplissent aujourd'hui les exécutions capitales qui, avant 1830, avaient lieu sur la place de Grève. Il est à remarquer que depuis cette époque, on n'exécute plus à quatre heures du soir, mais à huit heures du matin, ce qui n'empêche pas qu'une foule nombreuse n'assiste toujours à ces lugubres spectacles. Les mauvaises natures que leurs penchants entraînent au crime éprouvent le besoin de s'aguerrir à recevoir comme à donner la mort : le bourreau et le patient sont pour elles de funestes exemples.

La barrière Saint-Jacques devrait être une barrière maudite, et pourtant là on danse, on boit, on chante, on fait l'amour. *La Guinguette du Sauvage* n'est pas déserte, *le Petit-Bachus* ne laisse pas que d'être assez fréquenté. Ouvriers et militaires affluent dans ces parages, où l'on rencontre parfois de jolies filles, délicieuses à voir sous leurs blanches robes de mousseline, d'organdi peut-être, mais plus souvent encore de jaconas. La plupart de ces tenues virginales sont de véritables ouvrières, heureuses, après une semaine de travail, du plaisir que l'on peut prendre en public. Un *monsieur* ne les séduirait pas : elles croiraient qu'il se gausse d'elles.

Le faubourg Saint-Jacques, en deçà du mur d'octroi, est le quartier des hôpitaux; nulle part, dans Paris, ils ne sont plus près les uns des autres : ce sont l'hôpital militaire (Val-de-Grâce), à quelques centaines de pas de l'institution des Sourds-et-Muets; l'hôpital de la Maternité pour l'allaitement, rue de la Bourbe; les Capucins, hôpital des vénériens; l'hospice Cochin et quelques maisons de santé, où la salubrité de l'air est le plus efficace complément des soins médicaux.

BARRIÈRE D'ENFER.

Petit et grand Montrouge, — Bagneux, — Châtillon, — Fonténay-aux-Roses, — Sceaux, — Chatenay, — Aulnay.

On n'est pas d'accord sur l'étymologie du nom de cette barrière, qui vient immédiatement après la barrière d'Arcueil. Suivant quelques historiographes, la rue d'Enfer, dont la barrière a emprunté sa désignation, s'est ainsi appelée, parce qu'elle a été longtemps un lieu de débauches et de voleries; d'autres pensent que le nom de *via superior* (voie supérieure) ayant été donné à la rue Saint-Jacques, la rue parallèle a été appelée, par opposition, *via inferior* ou *infera* (voie inférieure ou *infère*), d'où, par corruption, on n'a pas eu de peine à faire *voie* ou *rue d'Enfer*.

Dans la cour du pavillon ouest de la barrière, s'ouvre l'entrée principale des catacombes de Paris, d'où sortirent durant des siècles tous les édifices de la grande cité, et dans lesquelles sont aujourd'hui déposés les ossements extraits des églises et des anciens cimetières depuis plus de soixante années. Les catacombes sont comme une autre ville, un monde silencieux, caché à tous les regards, ignoré de la plupart des Parisiens, une capitale des morts ayant ses rues, ses places, ses carrefours, ses fontaines. Là sont rassemblés, par millions, les derniers débris humains de bien des générations expirées. On en a formé, de chaque côté des voies, des murailles dont les parois extérieures sont composées des ossements les plus volumineux; tout le décor de cette architecture funèbre est fait avec des têtes, des tibias, des fémurs, des bassins de l'un et de l'autre sexe; c'est comme une horrible et perpétuelle raillerie de cette vie dont nous sommes si fiers. Des inscriptions plus ou moins philosophiques complètent cette œuvre d'une bien étrange fantaisie. On voit même en ce lieu une sorte de musée où l'on a recueilli tous les ossements qui, par la nature de leur conformation, peuvent intéresser la science. Et dans ces sombres demeures, chaque jour plus d'un travailleur va puiser ses moyens d'existence, en ajoutant à ces gigantesques ossuaires de nouvelles constructions dont toutes les fosses communes et les concessions temporaires fournissent périodiquement les matériaux. Cette suite de galeries occupe une étendue de plus de 674,000 mètres. Trente à quarante générations sont venues s'y engloutir, et l'on a estimé que cette population souterraine était huit fois plus nombreuse que celle qui respirait à la suface du sol. On commença à les creuser au début du quatorzième siècle. Le faubourg Saint-Jacques et le territoire de Montsouris et de Gentilly furent fouillés les premiers. Dans l'origine, ces exploitations eurent lieu sans surveillance, sans méthode, sans aucune espèce de précaution. L'Observatoire, le Luxembourg, l'Odéon, le Val-de-Grâce, le Panthéon, l'église Saint-Sulpice, les rues Saint-Jacques, de la Harpe, de Tournon, de Vaugirard, du Cherche-Midi, de Sèvres, etc., reposent en quelque sorte sur des abîmes. Ce n'est qu'à la suite de nombreux éboulements que l'on a senti la nécessité d'avoir un plan exact de toutes ces carrières, et de faire des travaux de consolidation.

L'idée d'établir des catacombes dans ces souterrains est due à M. Lenoir, lieutenant de police. En 1786 on y transporta les ossements pris dans tous les cimetières dont la suppression avait été résolue; celui des Innocents qui, pendant dix siècles, avait reçu des millions de cadavres, fournit le plus ample contingent. Ces restes furent déposés dans les carrières de la plaine de Montsouris, et la maison de la Tombe-Isoire ou Isouard, nom d'un fameux brigand qui avait désolé le quartier, devint l'entrée de ce vaste tombeau. Depuis ce temps, les ossuaires se sont considérablement accrus. L'arrangement qui règne dans ces régions des ténèbres est dû à l'ingérieur Héricard de Thury. Au-dessus de la principale entrée de ce séjour des morts, on lit ces deux vers de Legouvé :

Dans ces lieux souterrains, dans ces sombres abîmes,
La mort confusément entasse ses victimes.

Puis, de toutes parts, on aperçoit d'autres inscriptions qui enseignent le mépris de la vie et de toutes les vanités de ce monde. Ici c'est une sentence en latin :

Æquat omnes cinis, impares nascimur, pares morimur.

Ce qui veut dire que la mort tient le niveau de l'égalité.

Celui qui ignorerait qu'il faut mourir, verrait cette vérité exprimée de toutes les manières dans les mots gravés sur tous les piliers de ce monde des ténèbres. Tout lui annoncerait qu'il viendra tôt ou tard se confondre avec ce peuple lugubre.

Partout on s'est ingénié à produire avec des ossements les plus étonnantes bizarreries mortuaires.

Ce que l'on nomme l'autel des obélisques est une construction de 1810 destinée à consolider le ciel de la carrière dont les affaissements avaient fait naître des craintes. C'est là une imitation de l'antique, dont les ossements ont encore fait les frais. D'autres travaux de consolidation affectent la forme d'un monument sépulcral élevé à la mémoire du poète Gilbert, qui mourut, comme on le sait, sur un des grabats de l'Hôtel-Dieu, après avoir avalé la clef de son secrétaire.

Une lampe sépulcrale de forme antique, sur un piédestal d'ossements, complète les accessoires du sarcophage. Les dépouilles des infortunés qui, depuis 1791, périrent dans la lutte sanglante des partis politiques ont été réunies dans deux chapelles, appelées l'une le tombeau *de la Révolution*, l'autre celui des *Victimes*. Non loin de là coule une source, nommée d'abord la source de l'Oubli, puis la fontaine de la Samaritaine, parce que l'inscription qu'elle porte rappelle les paroles du Christ à cette femme, et dans ce bassin, depuis 1815, nagent silencieusement quatre poissons rouges, les seuls êtres vivants au milieu de plus de dix millions d'hommes !

On ne pénètre dans les catacombes qu'avec un permis du préfet de police. Mais, pour les visiter sans danger, il est indispensable d'avoir en outre un cicérone, qui vous guide et appelle votre attention sur toutes les particularités de ce dédale. Alors seulement on peut prendre connaissance de tout ce qui offre quelque intérêt dans cette répétition souterraine de Paris au soleil. Là chaque rue d'en bas correspond à une rue d'en haut, porte le même nom que celle-ci et des numéros indiquant l'emplacement de ses maisons. Au moyen de cette précaution, il ne se fait pas un éboulement qu'à l'instant même on ne puisse savoir où doit s'appliquer le remède. L'air atmosphérique arrive dans ces profondeurs par des puits de lumière qui communiquent avec le dehors.

Toutes les excavations d'où sont sorties depuis des siècles les constructions de Paris et des environs ne sont pas des nécropoles. Les Parisiens peuvent vivre et mourir encore longtemps avant de ne plus y trouver de place pour leurs os, il passera bien de l'eau sous les ponts avant que soient remplis tous les vides qui existent sous les trois faubourgs Saint-Germain, Saint-Marcel et Saint-Jacques, et sous Chaillot. Mais l'espace vint-il à manquer, hors de l'enceinte il y a encore des carrières : de l'est au nord-ouest et au sud, tout est miné vers Saint-Maur, Charenton, Conflans, Gentilly, la barrière de Fontainebleau ; du sud à l'ouest, tout l'est pareillement sous la route d'Orléans, les barrières du Maine et de Vaugirard ; de l'ouest au nord, Passy avec le sol qui l'entoure, repose sur d'immenses cavernes.

Il existe des escaliers pour pénétrer dans les catacombes au faubourg Saint-Marcel, près du jardin des Plantes, du marché aux chevaux et de la rue Mouffetard ; au faubourg Saint-Jacques, dans la cour du Val-de-Grâce, et près de la barrière d'Arcueil ; au faubourg Saint-Germain, rue Neuve-Notre-Dame-des-Champs, rue du Pot-de-Fer et rue de Vaugirard, près le palais du Luxembourg. Chaillot a deux de ces escaliers, le premier entre la fontaine de distribution et les réservoirs, le second à la barrière de Longchamp. Saint-Maur, près du pont et au bord du canal ; Charenton. Conflans, le voisinage de la barrière de Fontainebleau, la Voie-Creuse et la Fosse-aux-Lions à Mont-Souris, les barrières d'Enfer, du Maine, de Vaugirard, Vaugirard et Passy, au coin de la grande rue, sont les endroits où se trouvent, hors de l'enceinte fiscale, les escaliers principaux.

Le concierge des catacombes est en même temps le conservateur d'un registre ouvert à tous les visiteurs ; libre à chacun d'y consigner ses impressions. Tout ce que nous y avons lu peut se réduire à ceci : dix siècles et quarante générations d'hommes, tout cela poussière et rien que poussière. Que deviennent les grands et les petits, les rois et les peuples ? Néant. Mais sortons de ces abîmes et poursuivons à la face du ciel le cours de nos explorations.

Au-delà de la barrière d'Enfer, commence le bourg de Montrouge, vaste commune dont le territoire s'étend dans la plaine jusqu'au fort de ce nom et confine aux territoires de Gentilly, d'Arcueil, de Bagneux, de Vanves et de Vaugirard, ayant pour base de son périmètre le boulevart extérieur de Paris, à partir de la barrière Saint-Jacques jusqu'à la barrière du Maine. 10,000 habitants sont distribués par groupes sur cet espace, où se trouvent compris le Grand et le Petit-Montrouge, Montsouris et une multitude de guinguettes plus ou moins renommées, plus ou moins éparses.

L'étymologie du nom de Montrouge, situé dans une

plaine toute sillonnée de carrières souterraines, ne peut se justifier ni par la position de ce bourg, ni par aucune tradition vraisemblable. Montrouge n'a point d'histoire, à moins qu'on n'attache quelque importance à la présence des jésuites qui avaient dans ce bourg leur maison de noviciat au moment où ils furent expulsés de France pour la seconde fois, et qui purent se la faire restituer en 1814 ; lorsqu'ils revinrent une troisième fois sous le titre de *Pères de la Foi.* Les Montrougiens les voyant de trop près, ne purent qu'en contracter de l'aversion pour l'ultramontanisme ; aussi, après 1850, eurent-ils une église française et un prédicateur de l'abbé Châtel. Toutefois leur engouement pour la nouvelle doctrine ne fut pas de longue durée, et le temple tout neuf du culte dissident est occupé aujourd'hui par un atelier de machines à battre le grain.

Le Petit-Montrouge n'était, il y a quelques années, qu'une collection de cabarets, de traiteurs faisant noces et festins, d'aubergistes transitaires, de magasins de toutes sortes, d'entrepôts de boissons, d'huiles et de combustibles, et de pensionnats pour les deux sexes. Il y avait encore là force carriers, quelques nourrisseurs et des horticulteurs assez mal inspirés pour n'avoir pas prévu l'inconvénient d'aller puiser l'eau à une profondeur de 150 pieds. Longtemps ce faubourg parisien ne consista qu'en deux longues rangées de maisons de chaque côté de la route d'Orléans. Son plus bel édifice était alors l'hospice de la Rochefoucault, où sont admises des personnes âgées pouvant payer une pension de 200 fr.; la première République en avait fait un hospice national spécialement affecté aux malades pauvres de Bourg-la-Reine et des environs. Le petit Montrouge est maintenant une colonie où s'exercent toutes les grandes et petites industries de la capitale ; c'est une cité magnifiquement éclairée, bien arrosée en été par ses bornes fontaines, et pourvue d'amples trottoirs dans sa rue principale. A gauche de la barrière est l'embarcadère du chemin de fer de Sceaux, qui, par divers circuits, touche à Arcueil, Cachan, Bourg-la-Reine et Fon-

tenay-aux-Roses. On peut descendre à toutes ces stations.
Sur la place devant l'embarcadère se sont ouverts plusieurs
cafés et restaurants très-fréquentés le dimanche et les jours
de fêtes. Le Petit-Montrouge a aussi ses réunions dansantes,
et le 25 juillet sa Kermesse, où son grand bal est sous une
tente dressée au bord de la plaine. Il appartient alors à tous
les saltimbanques de l'univers, à toutes les petites boutiques de la quincaillerie foraine, à tous les marchands de
coco, de limonade, de sucres d'orge et de bons hommes de
pain d'épice ; des cibles de mille formes différentes cou-
chent en joue la bourse du gamin qui ne doute pas de son
adresse ; on tire des macarons comme partout, et l'on peut
gagner à toute espèce de jeux, non pas le lingot d'or ou la
statue d'argent, mais le timide lapin, l'estampe encadrée
ou la porcelaine habillée d'une ombre de dorure, pour en
dissimuler les défauts. C'est là que s'écoulent les rebuts en
toutes choses.

Le Grand-Montrouge est coupé en deux par l'enceinte
bastionnée ; son magnifique parc a disparu sous la hache
de la spéculation ; les roues et les câbles des grues ont pris
la place des futaies, et les plates-formes, encombrées de
blocs de pierre, y font regretter les bosquets.

S'il vous déplaît de patauger dans ce pourtour d'immondices qui cerne Paris, prenez le chemin de fer, et à chacune
de ses stations ses wagons pourront vous jeter en pleine
campagne. Vous savez déjà ce que sont Arcueil et Cachan ;
un peu plus loin est Bagneux, vieux village aujourd'hui
tout neuf, Bagneux tout frais et quasi-tout bourgeois, Bagneux vignoble jadis en grand renom, Bagneux où Richelieu eut des oubliettes qu'à l'époque de notre première
révolution on trouva remplies d'ossements des victimes du
bon temps monarchique ; Bagneux, dont les habitants sont
encore nommés *les fous de Bagneux*, parce que, pour avoir
des cloches, leurs ancêtres vendirent les eaux de leur village
à leurs voisins de Montrouge, qui s'emparèrent des sources
et les détournèrent à leur profit. L'église de Bagneux, ré-

cemment restaurée, date du treizième siècle; elle est souvent visitée par les artistes. La fête de cette commune, où l'on ne compte guère que 1,100 habitants, est des plus gaies quand la vendange a été bonne. Elle a lieu le 18 octobre.

Bourg-la-Reine n'est un peu animé que le jour où s'y tient le marché dit *de Sceaux*; alors les auberges y sont pleines, et l'on peut y bien vivre; mais en tout autre temps Bourg-la-Reine est triste. On a bâti une foule de fables sur l'origine du nom de ce lieu; peut-être est-il venu de ce qu'en l'an 584 Rigonthe, fille du roi Chilpéric, se rendant dans le midi auprès de son fiancé Récarède, y passa la nuit avec son nombreux cortége. La trop fameuse courtisane Gabrielle d'Estrées, qui eut partout des maisons de plaisance aux environs de Paris, en eut une à Bourg-la-Reine. L'habitation que lui fit construire Henri IV est située au milieu d'un parc de 40 arpents. Son entrée est dans la grand'-rue n° 41. Là eut lieu, le 2 mars 1722, l'entrevue de Louis XV, âgé de douze ans, avec sa future épouse l'infante d'Espagne, âgée seulement de quatre ans. Dupuis, le savant et ingénieux auteur de *l'Origine des cultes*, a longtemps habité Bourg-la-Reine, dont le presbytère lui appartenait. C'est à Bourg-la-Reine, où il avait été conduit après son arrestation à Clamart, que Condorcet, ne voulant pas être traîné au tribunal révolutionnaire, mit fin à ses jours par le poison. La population est de 15,000 habitants.

Par un léger détour, à travers les plus riches cultures et sous l'ombrage des noyers, nous arriverons à *Fontenay-aux-Roses*, qu'il faudrait appeler aujourd'hui Fontenay-aux-Fraises, Fontenay-aux-Lauriers-Cerises ou bien encore Fontenay-aux-Violettes et aux Pépinières, car les rosiers ont été impitoyablement proscrits du moment que leurs produits n'ont plus offert des bénéfices assez considérables. Fontenay, avec ses 1,076 habitants, est un des plus riches villages du département de la Seine. Pas de Fontenaisien qui n'ait son cheval et sa carriole pour transporter sur les marchés de Paris les paniers de fraises habilement parés et toujours arrangés avec beaucoup d'art, pour qu'elles puissent faire le trajet sans rien perdre de leur fraîcheur et de leur parfum. C'est vers minuit que commence à s'acheminer vers la capitale le convoi de ces fruits qui flattent à la fois l'œil, l'odorat et le goût; les Fontenaisiennes qui ont accompagné la cargaison reviennent au logis les poches pleines d'argent et la mémoire de plus en plus richement meublée de tout le répertoire ou obscène ou trivial des halles, où elles ont passé la nuit : le langage et les mœurs n'y ont pas gagné. La cueillette des fraises est un rude travail : les matinées sont-elles fraîches, il faut se souffler sur les doigts, et durant les ardeurs de la canicule on est littéralement torréfié. Autrefois à Fontenay l'arrosage et la cueillette étaient effectués par des filles de la Bourgogne, mais on a essayé des Lorraines, et, comme on les a trouvées de meilleur cœur à la besogne, et qu'à d'autres égards les garçons de Fontenay les ont estimées plus avenantes, l'esprit d'économie et la galanterie se sont accordés pour leur donner la préférence.

Fontenay est dans une situation charmante; on y voit plusieurs maisons de campagne fort agréables; le burlesque Scarron y eut la sienne, c'est celle qui, dans ces derniers temps, appartenait à Ledru-Rollin, l'un des fondateurs de la République. Son parc est vaste et bien planté. Chaulieu, abbé épicurien et poète quelque peu critique, est né à Fontenay. Le chimiste Thénard est une des célébrités que chaque printemps ramène habituellement dans ce village. C'est de Fontenay que tous les fondeurs de l'Europe tirent le sable pour le moulage. Les belles prairies de Fontenay si verdoyantes, si fraîches, si fleuries, si aromatisées, ont entièrement disparu; elles ne sont plus aujourd'hui que des champs de fraisiers; toutes les pelouses ont été envahies, tous les ombrages stériles ont été sacrifiés, le seul qui ait été respecté est celui sous lequel s'établissent les danses le premier dimanche de juillet, jour de la fête patronale. Toutefois, sans aller trop loin, on peut en-

core trouver aux environs de délicieuses promenades.
La Fosse-Basin est presque une vallée helvétique, on s'y
croirait à 200 lieues de Paris. A quelques pas de là est l'é-
tang du Plessis, où les baigneurs fontenaisiens viennent
nager dans l'été. Quelques pas encore, et vous entrez dans
un pays tout propret, tout aligné, et de partout entouré,
peigné, gazonné avec le plus grand soin; ces champs, ces
taillis, ces prés appartiennent à M. de Girardin, l'ancien
grand veneur; ces chemins si unis, si bien entretenus en
tout temps, sont à l'usage de sa seigneurie. Toute cette régularité est comme la préface, véritable introduction par
contrastes des belles châtaigneraies d'Aulnay. Marchez toujours, et bientôt sur votre gauche vous apercevrez sous
son rose badigeon le manoir champêtre de l'opulent gen-
tilhomme; vous êtes déjà dans *la Vallée-aux-Loups*. Ce
château gothique, avec tourelles, mâchecoulis, fossés et
pont-levis, est une création de Chateaubriand; c'est là,
c'est dans ce parc qui reproduit quelques-uns des sites de
la Palestine qu'il composa ses *Martyrs*. Ce château est aujourd'hui la propriété de M. Sosthènes-Larochefoucault. Il
existe dans la vallée plusieurs autres habitations remarquables; plusieurs sont d'un style bizarre, d'une ordonnance fantasque. Aulnay, la Vallée-aux-Loups, Malabry, le
Petit-Chambord, offrent autant de ravissants points de vue
où l'on a fait construire des maisons de plaisance. Ce sont
là comme autant de hameaux dépendant de Châtenay-les-
Bagneux, antique village dont l'église date du dixième
siècle. C'est à Châtenay que naquit Voltaire, le 2 février
1694, dans la maison que possède aujourd'hui madame la
comtesse de Boigne.

Georges Sand, l'abbé de Lamennais et Pierre Leroux
ont été les hôtes de Châtenay. La fête de cette commune est
une des plus gaies et des plus champêtres; elle a lieu le
premier dimanche d'août.

Sceaux, où nous nous arrêterons, est une jolie petite ville
de 2,000 habitants, à laquelle se rattachent bien des sou-

venirs : les dévotes vous parleront encore des reliques du saint martyr Mammès, qui, depuis 1214, se conservaient en l'église du lieu où l'on venait en pélerinage pour être délivré de la colique; les vieillards, qui ne vivent que du passé, vous raconteront tout ce qu'il y avait de beau, de magnifique dans ce château sans pareil que Colbert avait fait construire, dans ce parc immense et ces jardins dessinés par Le Notre, dans ce séjour enchanté tout plein des peintures de Lebrun, des sculptures de Girardon et Pujet. Le récit des fêtes brillantes que le grand ministre y donna à Louis XIV, les embellissements que son fils, marquis de Seignelay, fit à cette superbe *villa*, les sommes immenses que le duc et la duchesse du Maine, ses nouveaux possesseurs, dépensèrent pour qu'il n'y en eût pas de pareille au monde, les cascades incomparables, les eaux jaillissantes, les bassins de marbre, le cours limpide d'une rivière artificielle, les réunions fréquentes dans ce lieu de délices de toutes les illustrations de la science, de la littérature et des arts, les représentations théâtrales par les personnages les plus marquants, les libéralités du comte d'Eu et celles plus amples encore du généreux duc de Penthièvre, voilà les peintures féeriques, les traditions merveilleuses que colore le regret dans la mémoire et dans le langage toujours un peu hyperbolique de ces Nestors. De tout cela il n'y a quasi-plus de vestige. En 1798, le château, qui, avec ses dépendances, avait été acheté par Louis XVI pour la somme de 18 millions, fut vendu comme bien national et rasé, les 700 arpents du parc furent rendus à la culture des céréales; le jardin de la ménagerie, le logement du jardinier, la cuisine et les écuries furent seuls conservés. Quelques habitants de Sceaux en firent l'acquisition, et ils abandonnèrent au public un terrain planté de beaux arbres et couvert d'admirables pelouses.

A l'entrée de ce lieu si fleuri qu'encadrent de magiques salles de verdure, on lisait ces deux vers :

De l'amour du pays ce jardin est le gage;
Quelques-uns l'ont acquis, tous en auront l'usage.

Telle fut l'origine du grand bal de Sceaux, qui, pendant
un quart de siècle, fut en possession d'attirer l'élite de la
jeunesse parisienne. Aujourd'hui le zèle intelligent d'une
nouvelle direction, un orchestre nombreux et bien choisi,
et la proximité du chemin de fer assurent à cet établissement une vogue nouvelle; où trouverait-on ailleurs une
rotonde plus vaste et mieux décorée, de plus jolis visages,
de plus riches, de plus fraîches toilettes de villageoises? Les
coquettes de Sceaux y font assaut de beauté, d'élégance et
de bonne grâce avec celles de Fontenay, de Bagneux,
de Châtillon, de Chatenay, de Clamart, de Bourg-la-
Reine, de Verrières. Il y a là des minois et des tournures
à rendre jalouses les lionnes les plus prétentieuses de la
Chaussée-d'Antin. La fête de Sceaux est à la Saint-Jean.

En sa qualité de ville et de chef-lieu d'arrondissement,
Sceaux devait avoir aussi sa campagne; pour y arriver, suivons la route qui mène à Bièvre : sur notre droite, nous
laissons ce qu'on appelait naguère le *Parc-de-l'Amiral*,
immense terrain sur lequel un malencontreux acquéreur a
eu l'idée de tracer les rues d'une villa qui ne sera jamais habi.

tée. Avançons toujours dans la même direction, et bientôt une croix va nous révéler l'enceinte où reposent les générations éteintes de la petite cité. Ici fut enterré Florian, mort en 1794, à peine âgé de trente-huit ans. Ses fables occupent une place distinguée après celles de La Fontaine. Une pierre tumulaire marque à peine le lieu de sa sépulture ; on y lit cette épitaphe que Mercier y fit graver :

ICI

REPOSE LE CORPS

DE FLORIAN,

HOMME DE LETTRES.

Non loin de là a été inhumé Cailhava, auteur de quelques comédies remarquables par leur gaieté ; il mourut à Sceaux en 1813.

Mais quittons le champ des morts, poursuivons notre chemin. Que nous annoncent ces cris de joie, ces chants peut-être bachiques, ces éclats du cornet à piston ? Que nous approchons des frontières de Robinson, hameau de plaisance dont les chaumières, les châlets et quelques baraques économiques se sont groupés au milieu des sables, à l'ombre des vieux châtaigniers. Là on danse, on se roule sur l'herbe, on se balance en pleine liberté, et si l'on en veut plus encore, le buisson de Verrières a bien des attraits. Les arbres de Robinson sont devenus autant de salles à manger ; où naguère il ne se perchait que de la gent volatile, on a dressé des tables, véritables cabinets de société, où, fourchette en main, des tourtereaux sans plume se content des douceurs en se donnant des baisers dont zéphir et la feuillée sont les seuls confidents. Le danger de perdre l'équilibre pourrait être une garantie de tempérance, et en se fiant à des escaliers trop abruptes, on pourrait craindre le vertige ; n'importe, il faudrait n'être pas Parisien pour ne pas désirer de faire, au moins une fois dans sa vie, un dîner à la poulie sur le châtaignier géant ; malheureusement, il n'y a pas toujours place pour tout le monde.

Châtillon, où nous arriverons en passant derrière Fontenay, offre peu d'agrément aux promeneurs; la vue magnifique dont on jouit de ce village, situé sur une hauteur, y a fait singulièrement multiplier les maisons de campagne; mais presque toutes n'ont que de l'eau de citerne, ou des puits d'une désespérante profondeur. Près de Châtillon, on remarque les restes d'une ancienne forteresse; c'est ce qu'on appelle la tour de Crouy, sur laquelle s'est enté un moulin à vent; du moins, telle est la tradition du pays. Quoiqu'elle soit maintenant presque entièrement détruite, elle offre cependant encore des ruines très-pittoresques. Tout près de là, sur la même éminence, existe une fort belle glacière, et un peu plus loin, sur la lisière du bois de Clamart, une construction fort originale, connue dans le pays sous le nom de la *Tour-de-l'Anglais*. C'est à Châtillon que s'est donné, en plein air, un des plus fameux banquets du vieux libéralisme. Châtillon est le pays des grues, et, par conséquent, des carriers; ces derniers composent en grande partie la population de ce village, qui s'étend aujourd'hui, presque sans interruption, d'une part jusqu'à Fontenay, de l'autre jusqu'à Montrouge. La fête de cette commune est le premier dimanche d'août. Deux des plus grandes illustrations de la science, Laplace et Gay-Lussac ont eu leur maison de campagne à Châtillon.

Barrières du Montparnasse, — du Maine et des Fourneaux.

LA GRANDE CHAUMIÈRE, CIMETIÈRE DU SUD, EMBAR-CADÈRE DE L'OUEST.

Cette barrière a emprunté son nom d'un petit monticule sur la cime duquel, aux beaux jours de la Sorbonne, les écoliers de l'Université avaient coutume de s'assembler pour se lire, les uns aux autres, leurs improvisations poétiques. La butte où se tenait cette réunion apollonienne était leur mont Parnasse. Plusieurs siècles se sont écoulés depuis cette époque, et ce lieu n'a pas cessé d'être le rendez-vous de la jeunesse des écoles ; mais elle n'y vient plus pour réciter ses vers : là elle est toute à Terpsichore, à Bacchus, à Vénus, aux amours. Qui ne connaît la Grande-Chaumière et ses bals en plein vent, si chers au pays latin tout entier ? Il s'y trouve des avenues pleines d'ombrages, faites exprès pour la rêverie et pour l'expansion des tendres sentiments ; il s'y trouve des bosquets de lilas et de coudriers, si précieux pour le tête-à-tête ; enfin, l'amour plus pétulant, moins discret, se précipite dans des chars du haut des montagnes suisses ou s'élance dans de joyeux quadrilles, où plus d'un geste trop expressif, plus d'un pas d'une trop grande licence échappent à la double vigilance du municipal de service et du père Lahire, l'austère propriétaire de cet établissement chorégraphique.

La barrière du Montparnasse abonde en contrastes de plus d'un genre. Entre la Grande-Chaumière et la salle de spectacle desservie par les frères Seveste, un petit sentier mène au cimetière du sud. Ce champ du repos, fondé en 1810, situé au milieu d'un cercle de guinguettes que peuple plus ou moins, en tout temps, le personnel toujours altéré des enterrements, s'étend, presque sans intervalle, jusqu'à la chaussée du Maine. Dans l'enceinte, récemment agrandie, de cet asile funèbre, il faut citer parmi les sépultures visitées le plus souvent, celles des *patriotes de 1816* et des *quatre sergents de la Rochelle*, victimes immolées à la politique des Bourbons ; Malherbe, La Harpe, et ce pauvre poète qui s'est éteint sur un grabat d'hôpital, Hégésippe-Moreau, sont les illustrations littéraires de cette nécropole où repose également l'illustre amiral Dumont-d'Urville, réuni, dans la même tombe, avec sa femme et son fils, victimes, comme lui, de la catastrophe du 8 mai 1842, sur le chemin de fer de la rive gauche. Le mausolée qui renferme les cendres du célèbre navigateur et de sa famille est d'une conception des plus bizarres ; peut-être est-ce le désolant hiéroglyphe d'un souvenir terrible.

Mais ne nous arrêtons pas aux cyprès, et n'oublions plus que si l'on vient aux barrières, ce n'est pas pour y vivre avec les morts. Laissons passer les corbillards et leur sombre cortége, et mêlons-nous à cette foule endimanchée qui vole au plaisir. Ici l'étudiant du quartier latin et la grisette sa compagne sont évidemment tout ce qu'il y a de plus électrisant, de plus sémillant, de plus bruyant, de plus gambadant. Ils sont les rois de la fête, et, vrais dominateurs, ils font saillie dans cet océan de femmes coquettes, de jeunes et jolies filles, de militaires, de maçons, de chiffonniers, d'acteurs et d'actrices, cabotins s'entend, de bourgeois, de rapins, d'élégants, de prostituées avec leurs amants, couples devenus *monsieur* et *madame* pour ces jours dérobés au plus vil des trafics. Suivons ce monde, et nous verrons chacun se caser suivant son costume. Et d'abord voici une forêt de tables et de bancs : *Chiffonniers buvant avec leurs femmes* serait l'inscription du tableau qui représenterait les personnages ici rassemblés. Cela s'appelait, il y a bien peu de temps, la *Chambre des pairs et des députés* ; à droite la première, à gauche la seconde. Puis, à mesure qu'on s'enfonce dans ce pays de Cocagne, une série d'enseignes fait appel au consommateur : Le *Bon-Coin*, le *Temple-de-Bacchus*, le *Gagne-Petit*, les *Deux-Noyers*, le *Père-Bourgeois*, le *Veau-qui-Téte*, le *Grand-Salon-d'Apollon*, puis une kyrielle de cabarets, de cafés, de restaurants, se meurent d'envie de l'abreuver, de le nourrir, de le faire danser. En face le théâtre est le *Rendez-vous de Thalie*, puis, tout près de là, le *Grand-Balcon*, la *Rosière*, et le *Jardin-de-la-Gaieté*, estaminet, café, bastringue, pardon pour le mot, réfectoire horriblement tumultueux, la clientèle est singulièrement mélangée, et où l'on parle toutes sortes de langues, sans compter l'argot. Le *Bosquet*, chez Verry, le *Petit-Château-du-Coq*, sont les établissements les plus sérieux et les plus proprement tenus.

Nous touchons à la chaussée du Maine, c'est-à-dire que nous continuons nos excursions sur la terre classique de la ripaille. Impossible d'y faire un pas sans rencontrer une guinguette chantant à tue-tête, ou des buveurs attablés sous une tonnelle pendant deux jours de la semaine. Toute la population des faubourgs environnants accourt dans ce complément des délices du Montparnasse pour y demander un extra souvent bien modeste, l'oubli momentané de ses rudes labeurs et de ses privations quotidiennes. Bien qu'ayant sans doute plus d'une fois changé de propriétaire, l'élégante maison *Tonnelier*, ses bosquets, son orchestre, ses vastes salons, sa cave, sa cuisine, n'ont rien perdu de leur attrait. Que dirons-nous de la *Californie*, qui, sur le même rang, s'étale avec ses veaux, ses moutons pendants? La *Californie*, c'est la vie à bon marché, c'est là gargotte et la portion monstre ; ce qu'on y boit, ce qu'on y mange pour 20 centimes tient du merveilleux. Aussi que de pauvres diables viennent y prendre leur repas! On n'en sort que sainement et abondamment repu. Presque en face sont les salons des *Cuisiniers-Associés*, qui ont sans doute encore une vogue démocratique. La guinguette du *Moulin-de-Beurre*, si renommée pour la bonne galette ; le *Rendez-vous-des-Artistes*, tenu naguère par Bourdon, tous ces cabarets où venait se grouper autour des brocs une illustre pléiade de jouisseurs sceptiques, dont les prosateurs Abel Hugo et de Villemarest, le dessinateur Charlet, le peintre Chenavart, le mystificateur Bilioud étaient les astres les plus radieux, se sont perdus ou plutôt absorbés dans les constructions sans fin et sans motif du hameau de Plaisance. Cette superfétation n'a, pour ainsi dire, qu'une population roulante d'industriels aventureux, d'individualités à ressources précaires ou même problématiques. Là on commence ou bien on finit; on ne continue pas. Nulle part on ne voit autant de marchands de vin, ni autant de maisons vides de la cave au grenier, les locataires ayant mis la clef sous la porte. Le dimanche et le lundi l'entrée de ce village, à partir de la chaussée du Maine, s'annonce par la plus appétissante odeur : les fours allumés y sont en permanence, et de tous côtés, sur des nappes blanches comme neige, s'étalent aux regards les disques dorés des galettes brûlantes.

Deux bâtiments, décorés de colonnes et de sculptures, forment la barrière du Maine, ainsi appelée du nom de l'ancienne province vers laquelle on se dirigeait en sortant de Paris par cet endroit. Elle s'ouvre sur une magnifique chaussée, qui se continue, en deçà du mur d'enceinte, jusqu'au boulevart du Montparnasse. C'était là une des belles entrées de la capitale ; aujourd'hui elle doit aux sombres voûtes dont on l'a embarrassée, sous prétexte de rendre plus central l'embarcadère du chemin de fer de Chartres, d'être tout ce qu'il y a de plus disgracieux. Mais, qu'y faire ? le mal est sans remède.

Si cet aspect blesse votre vue, éloignez-vous, voici le départ d'un convoi, montez en wagon, et à toutes les stations, n'importe où vous voudrez descendre, vous trouverez de ravissantes promenades : à Clamart, au Val, à Fleury, à Meudon, à Bellevue, à Sèvres, à Viroflay, à Chaville, partout des bois, partout des parcs, des vignes, des jardins, des prairies, des cultures les plus variées; vous pouvez choisir dans toutes les directions : l'île Séguin, actuellement l'île Panckoucke, où, près de la hutte du pêcheur, il y a toujours à votre service du goujon pour la friture et de l'anguille pour la matelotte; Saint-Cloud, Ville-d'Avray, Vaucresson, Rueil, Suresnes au vin maudit des palais délicats, le Mont-Valérien avec sa couronne de casernes et de batteries au lieu et place du Calvaire où tant de Tartufes ambitieux vinrent se prosterner sous les yeux d'une cour dévote, tous ces endroits vous convient à les visiter, tous font un appel à votre curiosité, à votre amour de l'art et de la nature, tous ont à votre service de piquantes traditions du temps passé, et une étonnante richesse de souvenirs historiques ; mais les limites que nous avons dû nous prescrire ne nous permettent pas de les recueillir dans ces pages. Que dirons-nous de la barrière des Fourneaux ? Rien, absolument, si ce n'est que son isolement lui a valu la préférence pour l'établissement d'un abattoir de porcs, à proximité duquel les garçons charcutiers ont nécessairement leur cabaret.

Barrières de Vaugirard, — de Sèvres, — des Paillassons, — de l'École-Militaire, — de Grenelle, — de la Cunette.

VAUGIRARD. — GRENELLE.

La barrière de Vaugirard est à l'extrémité de la longue rue de ce nom, et à l'entrée d'un village qui, jusqu'au milieu du treizième siècle, fut appelé Valboitron ou Vauboitron. Girard de Moret, prieur de Saint-Germain-des-Prés, y ayant fait bâtir une maison de plaisance pour les religieux convalescents de son abbaye, Valboitron prit le nom de Vaugirard, c'est-à-dire *vallée de Girard*. Vaugirard s'étend jusqu'à Issy, et ne compte pas moins de 13,000 habitants. Cette population se compose de cultivateurs, de blanchisseurs, de nourrisseurs, de quelques bourgeois et d'un grand nombre d'ouvriers employés dans les ateliers et les usines, si multipliées aux portes de Paris. Vaugirard n'a point de promenade, mais il a une magnifique municipalité et une belle place où l'on danse chaque dimanche. Sa fête est le 20 ou 27 septembre. Sa rue principale est abondamment pourvue de cafés et de marchands de vin-traiteurs dont les vastes salons sont ouverts, en tout temps, aux réjouissances nuptiales, et les jours de fêtes à la jeunesse du pays, qui y trouve un orchestre pour le bal.

Vaugirard est la campagne des invalides et des troupiers de l'École-Militaire, qu'une longue pratique des grandes routes a aguerris à la poussière et aux ardeurs du soleil. Le petit vin à 20 centimes leur sourit, et ils sont assurés de le voir affiché sur plus d'un mur. Au retour, ces braves gens chancellent et festonnent le chemin, ce qui fait qu'à leur approche les jeunes filles crient et que les dames comme il faut de la boutique du faubourg Saint-Germain ne se soucient plus de s'aventurer dans les plaines de Vaugirard.

La *barrière de Sèvres* commence au n° 171 de la longue et large rue de ce nom; elle se compose d'un bâtiment orné sur ses quatre faces de porches chacun de trois arcades, sur colonnes accouplées. Sa rue principale mène en droite ligne au bourg de Sèvres, l'un des plus agréables et des plus commerçants des environs de Paris; là est un établissement justement célèbre : la manufacture nationale de porcelaine, que nous visiterons une autre fois. En-deçà comme au-delà de la barrière, il ne manque pas de cabarets où les vieilles et les nouvelles gloires de nos armées sont heureuses et fières de trinquer ensemble. Le *Cheval-Blanc*, les *Enfants-de-Bellone*, l'*Arcade-de-Saint-Jean* et le *Bal-de-la-ville-de-Tonnerre*, sont, aux deux barrières de Vaugirard et de Sèvres, les lieux où s'éditent à nouveau, avec accompagnement de curieux commentaires, les bulletins des triomphes et des revers de la France. Il y a quelques années de nombreux ouvriers assistaient attentifs à ces récits; aujourd'hui des préoccupations plus graves, des intérêts plus puissants sont venus les en distraire; que leur font toutes ces vanteries de guerre!

La barrière des Paillassons, ainsi nommée parce que autrefois elle avait dans son voisinage une fabrique de paillassons, est une barrière solitaire et rarement ouverte.

La barrière de l'École emprunte son nom à la fameuse

école militaire érigée en 1751 par Louis XV. Cet immense édifice, qui avait coûté des sommes énormes et dix ans de travaux, ne tarda pas à recevoir une autre destination. En 1787, il devint succursale de l'Hôtel-Dieu; sous la République, on en fit une caserne de cavalerie; Napoléon en fit son quartier général. En 1815, les troupes étrangères s'y logèrent, et l'on put voir après leur départ de quelles atrocités ces barbares étaient capables : plus de 80 cadavres de femmes, horriblement mutilés, furent trouvés enfouis dans les fumiers des écuries et dans les fosses d'aisance. La Restauration caserna la garde royale à l'École-Militaire, qui, depuis, n'a cessé d'être occupée par différents corps de la garnison de Paris. Ce vaste parallélogramme, qui, avec son entourage de grands arbres, se déploie devant la façade de ce bâtiment, est un champ de manœuvres pour les troupes de toutes armes : 10,000 hommes peuvent s'y mouvoir aisément. Cette plaine encadrée s'appelle le *Champ-de-Mars*; on l'a nommée aussi le *Champ-de-la-Fédération*, en mémoire de la Confédération nationale, célébrée en 1790, le 14 juillet, jour anniversaire de la prise de la Bastille. Les amphithéâtres latéraux entre lesquels était dressé l'autel de la patrie, ces terrasses sur lesquelles vinrent alors se placer quatre cent mille spectateurs, furent en quelque sorte une création improvisée du civisme et de l'enthousiasme : hommes, femmes, enfants, vieillards, pauvres et riches, tous les rangs se confondirent pour prendre part à ce travail. C'est dans l'enceinte du Champ-de-Mars que, le lendemain de son couronnement, le 5 novembre 1804, Napoléon distribua des aigles impériales à l'armée. C'est là que se tint le 1er mai 1815 cette assemblée renouvelée des vieux temps monarchiques où fut proclamé l'acte additionnel aux constitutions de l'empire.

Le dimanche la barrière de l'École a une physionomie toute particulière; la joie y est martiale, l'ivresse y chante avec armes et bagages. Les héros des casernes voisines fêtent à qui mieux-mieux de faciles beautés; l'argent venu du pays, la solde de la semaine, le décompte du trimestre, il faut que tout y passe. On oublie l'ordinaire du quartier, on brave même les rigueurs de la salle de police ; le soldat français est naturellement galant à outrance, il fait bon marché de son prêt, de son cœur toujours pris et à prendre, de sa liberté et même de sa vie. Enfin, il fait l'amour ou il commente, le verre à la main, ce couplet de Béranger :

> L'amitié que l'on regrette,
> N'a point quitté nos climats ;
> Elle trinque à la ginguette,
> Assise entre deux soldats.

Mais cette amitié n'est souvent qu'un vain mot, qu'on noie volontiers au fond des brocs. Si des pékins boivent un peu trop bruyamment dans le voisinage, si des bourgeois se mêlent trop intimement à la fête, on laisse tomber la main sur la poignée de son sabre, et voilà la guerre allumée. Trop souvent la rixe prend un caractère sérieux : les buveurs dégaînent et le sang coule au lieu des rasades. Quelquefois, à la première estafilade, tout s'arrange, les anciens sont intervenus en pacificateurs ; alors adversaires et témoins reviennent à leurs verres, on trinque fraternellement, on s'embrasse à s'étouffer, on pleure presque, on s'aime plus que jamais ; c'est à la vie et à la mort. Dimanche on recommencera.

Le *Grand-Balcon*, avec son salon de 300 couverts, est le coq des restaurants de la barrière de l'École ; c'est là que s'adonnent le sous-officier en bonne fortune et le remplaçant, qui se consomme de compte à demi avec quelque rusée californienne. Il est la feuille du mûrier, elle le ver ou la chenille qui le ronge. Toutes les enseignes banales s'étalent à cette barrière ou aux environs ; ce sont les *Barreaux-Rouges*, la *Corbeille-de-Fleurs* le *Gros-Raisin*, la *Ville-de-Mâcon*, celle de *Barcelone*, le *Petit-Bacchus*, le *Bon-Coin*. Tous ces endroits rappellent et reproduisent, à divers degrés, les mœurs de la cantine ; on n'y rencontre que troupiers en activité ou troupiers émérites ; les premiers, avec les amazones de ce Gros-Caillou où, depuis quelques années, les maisons suspectes se sont étrangement multipliées ; les seconds avec... eh ! mon Dieu, ne disons rien de ces pauvres Héloïses surannées, qui ne dîneraient pas tous les jours sans les délicates attentions et la sobriété d'un amant invalide, tendre Abeilard qui leur fait partager sa pitance de l'hôtel et réserve à leur estomac délabré sa ration de vin. *Saint-François, Saint-Vincent-de-Paul* et le *Soleil-d'Or*, sont les endroits où se réunissent les ouvriers.

La barrière de Grenelle s'ouvre sur la vaste plaine qui s'étend à la droite d'Issy et de Vaugirard. Grenelle, village il y a bien peu d'années, est maintenant une ville importante. Des fabriques de produits chimiques, et diverses autres manufactures, y ont fait affluer une population industrieuse qui s'accroît de jour en jour. La situation de Grenelle passe pour être insalubre, cela peut-être, mais il faut remarquer que bon nombre d'industries que l'hygiène repousse de la capitale s'y sont réfugiées.

L'explosion de la poudrière de Grenelle est un souvenir toujours vivant dans la mémoire des Parisiens : on n'a jamais su quelle fut la cause de cette catastrophe qui fit tant de victimes. Le camp de Grenelle sous le Directoire et la conjuration qui vint échouer au milieu des troupes, ont fait époque dans notre histoire révolutionnaire.

C'est dans la plaine de Grenelle que la justice militaire procède à l'exécution de ses terribles jugements. Derrière le Champ-de-Mars, en avant d'un mur tout sillonné des balles de nos soldats, est un petit coin de terre inculte et désolé ; c'est là que tombèrent, en 1812, les généraux Mallet, Guidal et Lahorie, arrêtés et frappés le même jour pour avoir voulu renverser le trône impérial.

L'abattoir de Grenelle est un des plus beaux et des plus spacieux ; c'est là qu'a été creusé par l'ingénieur Mulot un puits artésien dont il a fallu aller chercher l'eau jaillissante à une profondeur fabuleuse.

Grenelle, au point de vue industriel, est une localité des plus intéressantes. Ses habitants ont une salle de spectacle où l'on ne joue qu'une fois par semaine. Leur fête de village est le premier et le deuxième dimanche après la Saint-Jean.

La barrière de Grenelle est peu fréquentée; elle n'a pas d'attrait pour les promeneurs; autant en dirons-nous de celle de la Cunette qui s'ouvre à l'extrémité du quai d'Orsay, et qui doit son nom à un commencement de fortification pratiquée en cet endroit. Ici le bâtiment de l'octroi est la seule chose remarquable; c'est un pavillon à deux arcades avec colonnes et frontons. A ce point, nous voici revenus en face de la barrière de Passy; notre revue est terminée : puissions-nous avoir rempli à la satisfaction du lecteur la tâche que nous nous étions imposée!

FIN.

TABLE DES MATIÈRES.

RIVE GAUCHE.

FIN DE LA TABLE.

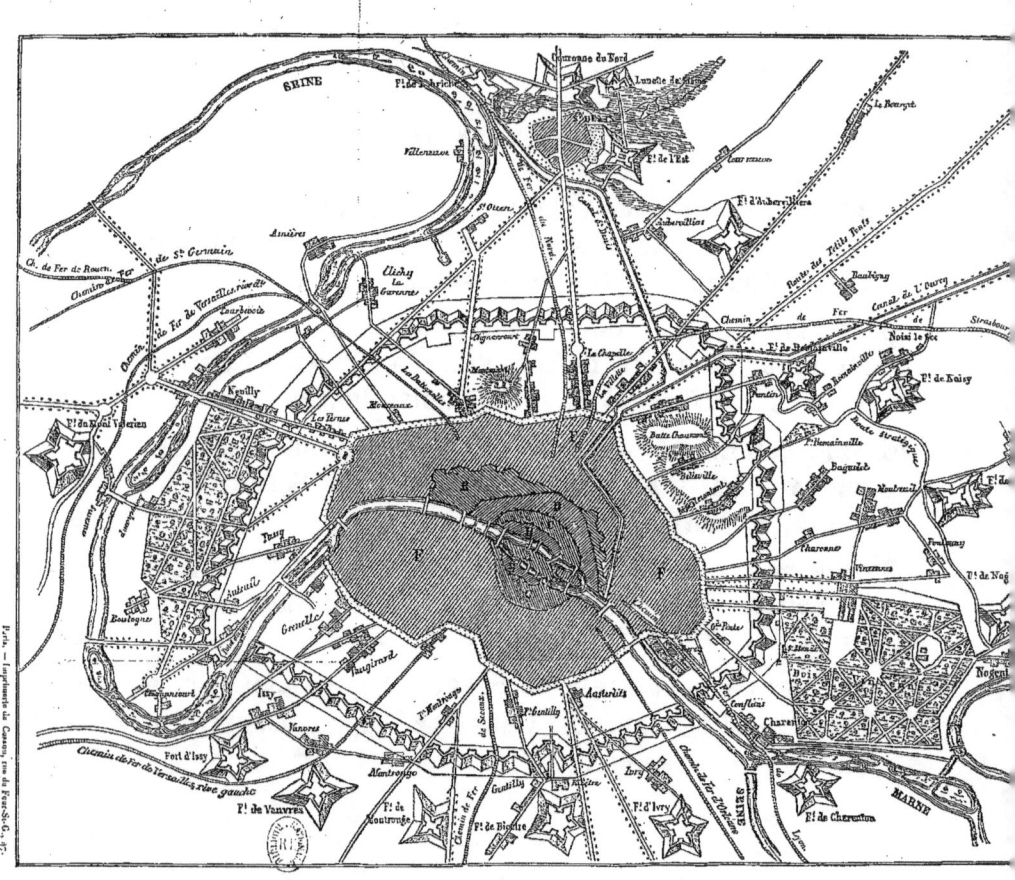

ENCEINTES DE PARIS AUX DIFFÉRENTES ÉPOQUES, DEPUIS SON ORIGINE JUSQU'A NOS JOURS,

A. Lutèce, Cité, en 885.
B. Enceinte sous Louis VI, dit le Gros, 1134.

C. Enceinte sous Philippe-Auguste, en 1205.
D. Enceinte de Marcel, sous Charles V et

Charles VI, en 1356.
E. Enceinte sous Louis XIII, en 1630.

F. Accroissement depuis Louis
Louis XVIII.